魔物を従える"帝印"を持つ転生賢者

Mamonowo shitagaeru "teiin" wo motsu tenseikenjya

~katsute no mahou to juuma de hissori saikyou no boukensya ni naru~

~かつての魔法と従魔でひっそり最強の冒険者になる~

〈3〉

苗原一

Illustration BBBOX

Written by Naeharahajime
Illustration by BBBOX

Character
ルーン
かつてルディスが従えていたスライム。転生したルディスと再会し、少女に擬態していっしょに冒険を始める。
ルディス
魔物を従えることができる冒険者。実は千年前に魔物とともに腐敗した帝国を立て直した賢帝の生まれ変わりで、冒険をしながらかつての仲間を探している。
ノール
ルディスが冒険者ギルドで出会った最上級クラスの冒険者。魔法大学を卒業していて、魔法が得意。
ユリア
ヴェストブルク王国の第十七王女。国民を助けるため、ルディスに魔法の指導を受ける。
マリナ
ルーンから分裂して生まれた八体のスライムのうちのひとり。少女の姿に擬態する。
アヴェル
エルペンの街に訪れたヘルハウンド。転生前のルディスが従えた魔物でもある。
エイリス
最上級クラスの冒険者。明るく前向きな性格で、みんなのムードメーカー的存在。
ネール
魔王軍所属のサキュバス。ルディスに惚れ、自分から従魔となった。
フィスト
ユニコーンに襲われていたところをルディスが助け、従魔とした白いバイコーン。

魔物を従える〝帝印〟のせいで不遇な死を迎えた皇帝・ルディスは、千年後の世界に転生した。今度は冒険者として自由に生きようと考えた彼は、かつて従えていたスライムのルーンたちとの再会を機に、従魔たちとまた会いたいと考える。先輩冒険者のノールらとの冒険の傍ら、かつての従魔やその子孫たち、そして新たな魔物と出会っていくルディス。魔物が静かに暮らせる隠れ里を作った彼は、新たな冒険に向かうのだった。

Mamonowo shitagaeru "teiin" wo motsu tenseikenjya
~katsute no mahou to zyuuma de hissori saikyou no boukensya ni naru~

Presented by NAEHARAHAJIME
illustration by NNBOT

序章

かつての従魔の面影

もう少しで夕暮れというころ、俺は馬車の後ろへと振り返った。

それを見てか、短いブロンドヘアーの女の子が俺に声を掛ける。

「ルディス様、どうかされました？」

この十五歳ぐらいの子はルーンといって俺の従魔。人間ではなく、俺に仕えるスライムだ。

「いや……やっぱ離れるのは寂しいなって」

俺はかつてのことを思い出しながら、自然とそう呟いていた。

俺……ルディスはおよそ千年前、ある帝国の皇帝であった。帝国では忌み嫌われる魔物を従える帝印を持った。

だが、かつての従魔を残して皇帝ルディスは死んだ。

そして千年後に記憶と帝印を持ったまま転生した今、冒険者のルディスとして世界中を旅しながら、皇帝時代に仕えてくれた従魔の足跡をたどっている。

ルーンは俺の手を握り、こう言った。

「大丈夫です、ルディス様。また、会えますよ」

ルーンは俺の前世でも最初に仕えてくれた従魔であり、こうして転生した後でも俺の最初の従魔となってくれた。スライムでありながら魔法の腕前は相当なもので、今は【擬態】という魔法で人間の姿になっている。

馬車の先頭で御者の……フリをする青髪の女の子マリナも、ルーンが分裂して生まれたスライムだ。

どうして人間の姿になっているかというと、この時代の人間が魔物を憎んでいるから。スライムの姿では人間の街を堂々とは歩けない。

それもあって俺のかつての従魔や、新たに仲間にした従魔は自由に行動出来ないのだ。

俺が今振り返った方向、そこにはそんな従魔達がひっそり暮らす隠れ里がある。

昨日まで俺は彼らと過ごしていた。家などの建物をつくり、温泉をつくり、一緒に食事をするなどして。

そんな彼らと別れる……どうしても千年前の別れを思い出してしまうのだ。

「そうだな……なっ！」

俺が寂しそうな顔をしてると、褐色肌の女の子が俺の肩に寄ってくる。

俺やルーン同様、十五歳ぐらいの見た目の彼女も、人間ではなくサキュバスという魔物だ。

隠れ里にいる途中、このネールを含むサキュバス達の襲来があった。ネールは魔王軍の親衛隊である黒翼の戦斧団の一員であったが、俺が魔法で警告しなんとか流血を避けられたのだ。

そのサキュバスには魔王のもとに帰らせた。俺が魔王と話をしたいという伝言を持たせ、尚且つネールを人質にして。

「ルディス様！　お疲れですか？　なら早いとこいい宿探して、はやく休みましょうよ！」

「いや、ネール。今日は馬車で寝るんだ。明後日には着くからもう少し我慢してくれ」

そう、今日は馬車の上で寝る。とはいえそれも二日間の辛抱、予想以上に早く、冒険者ギルドのあるエルペンまで着きそうだ。

途中までアヴェルが案内してくれたこともあり、フィストは牧羊を営むイプス村を越えて、エルペンまでもう一日半というところまで来ていた。

ここまで早くこれたのは、フィストが普通の馬の倍の速さで走れるバイコーンだからだ。疲れを感じないので、休息の必要もない。

普通の馬であれば四日はかかる道のり。人間の足なら、一週間はかかるだろう。

俺の方はただ馬車に乗っているだけ。疲れることはないと思っていたが……

「……はーい。ま、ルディィス様と一緒なら馬車の上でもいいや！　ねえねえ、ルディィス様はどんな女の子が好きなの？　ルディィス様は何人子供が欲しい？　私は百人は欲しいかなー！」

と、ネールの質問攻めに、俺はほとほと疲れ果てていた。

俺は回答をはぐらかすが、その度にルーンが、

「ルディィス様のタイプは、私のような女性です!!　あなたは、むしろルディィス様が絶対に好きにならないタイプです！」

と、俺を間に挟んで、ネールに強い口調で返していた。

「ルディィス様、怖いよー！」

そしてこうやって、ネールが引っ付いてくる。

「こら！　ルディィス様から離れなさい!!」

ルーンも簡単に釣られ、ネールと取っ組み合いになる。

この光景に、御者のフリをするマリナも呆れた様子であった。

でもマリナは大人しい子なので、二人には何も言えない。

ずっとこれでは敵わない……

それにもう日は沈んでいる。馬車の上で寝るつもりであったが、これでは到底眠れそうにない。

ここは俺が態度をはっきりさせる必要がありそうだ。

「……こほん！　二人とも主人の俺の前ということをくれぐれも……うん？」

俺は馬車の進行方向から魔力の反応を感じた。

魔力の剣のおかげで、常時【魔法壁】と【探知】ぐらいは発動出来るようになっている。

目を街道の先に向けると、そこには青白い光の球が浮遊していた。

「あれは、ウィスプ？」

ルーンは光の球をそう呼んだ。

ウィスプ……魔物や人間の怨霊ともいうべき存在で、魔力の集合体でもある。知性は失われており、生者を見境なく襲う一種の魔物だ。

神殿の神官が言うには、ウィスプはこの世に未練を残した者の成れの果てだそうだ。

使える魔力は生前のものを引き継ぐようで、その量から予想するとこの霊達の正体は……ゴブリンか。

数は五十……いや、百以上か……

ここまで大量のウィスプが発生したのは、俺達が以前、エルペン周辺でゴブリンを大量に倒したことと関係があるのかもしれない。

俺や冒険者達が葬ったゴブリン達……戦わざるを得なかったとはいえ、ロイツの話によれば彼らも故郷を追われ南下してきた者達だ。その境遇には思うところがある。

俺の知るゴブリン達も天国を信じていた。このまま彷徨わせるより、楽にしてやるべきだろう。

それに、このままここを通る人間も危ないしな……

まずは一度馬車を止めて、高位魔法でよく狙うとしよう。

「フィスト！　目の前のウィスプが分かるな？　足を止めてくれ！　……フィスト？」

俺の呼びかけにフィストは沈黙し、一向に走るのをやめようとしない。

このままでは、馬車はウィスプの集団の中に突っ込んでしまうだろう。

「フィスト、どうしたんだ？」

俺の呼びかけに、フィストではなく御者のフリをするマリナが答えた。

「ルディス様！　フィストさんなら先程……失恋中の俺になんてものを見せるんだ？　俺はもう寝る！　……と言っておられました！」

「新入りの癖に何という怠慢!!　フィスト！　起きなさい!!」

ルーンは怒り声で起こそうとするが、フィストは尚も起きそうもない。

いや、寝たまま走れるって……すごい才能だな。って、感心してる場合じゃない。ここは、中位魔法で徐々に……

俺がそう思い、手をウィスプに向けた時だった。

視界の隅を横切るように、馬車から黒い影が飛び出す。

「ルディス様、お任せを!!」

黒い影の正体はネールだ。

先程の人間の姿から、翼と尾を生やしたサキュバス本来の姿となっている。

ネールは次々と闇魔法を手から放っていく。【闇炎《ダークファイアー》】と【闇球《ダークショット》】を一体ずつ的確にウィスプへ当てていった。

本来、ウィスプに闇魔法はあまり通用しない。

だが、ネールの闇魔法は威力があり、その相性の悪さを感じさせない程だ。

ウィスプ達は一発で倒されていった。

俺は一応【魔法壁】をネールの周囲に展開するが、攻撃には加わらない。

改めて、ネールの実力を見てみたかったのだ。

しかし、ルーンもネールに負けじと、聖魔法でウィスプを攻撃していく。

マリナも初動が遅れたが、それに続く。

ウィスプ達は馬車に近づくことも出来ず、瞬く間に全滅した。

俺が見る限り、ネールはウィスプの大半、七十体は倒しただろう。

一方のルーンは六十体で、マリナは十体程か。

マリナはまだまだこれからとして、ルーンとネールで討伐数に差がついたのは理由がある。

ネールはサキュバスが得意とする闇魔法を使ったので連射出来た。

だが、ルーンが使ったのは、本来スライムが得意としない聖魔法だ。

なので、ルーンが聖魔法を連続で使う際は、水魔法などと比べるとどうしても速度が落ちるのだろう。

鼻歌交じりに馬車へ戻ってきたネールは俺の前に立つと、どうだという顔でルーンを一瞥する。

そして、えっへんと俺の前で胸を張った。

「ルディス様、見てくれました⁉　そんなスライムよりも何倍も強いし……夜も退屈させませんよ？」

魔法の腕……特に戦闘魔法はさすが黒翼の戦斧団といったところか。

「私はウィスプ達を苦しみなく逝かせようと、聖魔法を使ったのです！　水魔法だったら、あなたなんて敵ではありません‼」

ルーンのやったことは俺のやろうとしたことだ。

こういったアンデッドには聖魔法で、苦しみなく浄化してあげる……人間の価値観だが、死者への敬意でもある。

だが、ネールはそれを鼻で笑った。

「正直に言ったほうがいいですよー？　負けて悔しいって！」

「なんですって⁉　もう我慢なりません！　ルディス様、この小娘を一度ぎったんぎったんに！」

ルーンは怒り声を上げる。

俺はまあまあとそれを手でなだめ、ネールに言った。

「ネール、お前の実力は確かだな」

「本当ですか？　私、嬉しい!!」

「だが……戦いでただ敵を多く倒すことだけが強さじゃない。ルーンのような思いやりも、立派な強さだ」

「……思いやり？」

ネールはちょっと頬を膨らませて、そう聞き返してきた。

ルーンのほうは、うんうんと頷く。

魔物の大半には、思いやりなんて概念はないかもしれない。が、俺の影響を受けた従魔達は、理解は出来なくとも尊重はしてくれたと思う。

「まあ、魔王もそれはよく分からないようだったが……これから人間の社会に行くんだ。どうせなら、魔王領以外のこともよく見聞きしてもらいたい」

「それはまあ、いいですけど……とにかく、ルディス様はもっと私を褒めてください!!」

再び引っ付くネールは、褒めて褒めてと駄々をこねる。

まるで子供のようだな……

どうせ一緒に旅をするなら、色々人間のことを知ってほしい。それが、いつか人間と魔王軍双方の理解につながるのでは、と俺はネールとルーンの言い争いを聞きながら思うのであった。

その後、俺は目だけを瞑る眠れない夜を過ごしていた。

「旦那！　旦那、あれがエルペンですかい!?　見えてきましたぜ！」

フィストの声が聞こえる。答えなければということは分かっている。

だが、体が動かないのだ。

隠れ里を出て二晩が明けた朝。空にはまだ朝焼けが微かに残っている。

そしてこの時まで、俺は全くというほど寝れなかった。

原因は俺の前で言い争いをする、ルーンとネール。

二人はウィスプを倒してから、ずっと口論しているのだ。

マリナだけが気を利かせて、二人にやめるよう諌める。

しかし、二人に睨みつけられてはマリナもそれ以上何も言い返せなかった。

俺の肩を揉み解しているマリナが、申し訳なさそうに言った。

「ルディス様、ママがすいません。フィストさんにそろそろ止まってもらうよう言いますね」

俺は無言で、こくっと頷く。

マリナが速度を落とすよう伝えると、フィストは徐々に減速していった。

人間の視線が多くなる中、あまりに速いと不思議がられるので、俺が事前に頼んでいたことだ。

バイコーンが持つ羊のような二本角には、俺が【透明化】を掛けている。

これで、フィストは立派な白い馬にしか見えない。

また今日の朝、ネールも人間に見えるように伝えておいた。サキュバスはもともと人間の姿に近いこともあり、サキュバス特有の翼や角などは好きな時に隠せるようだ。

俺は馬車を、エルペンの城門付近の厩《うまや》に面した小さな広場に停まらせる。

ここは馬や馬車を自由に停留させることが出来、商人が良く集まるエリアだ。

もちろん、あの強欲な領主がここの使用に税金を掛けないわけもなく、他の街と比べても高額な使用料を払わなければいけなかった……のはもう昔の話だ。

領主はエルペンや付近の街や村に、適正な税金や使用料を定めるようになった。

商人からはすでに関税を得ているので、ここの使用料は現状無料にしているようだ。

吸血鬼の襲撃の一件……俺が賢帝の亡霊のように良き領主となるよう言い聞かせたのが、よっぽどきいているようだ。

フィストは「到着しやした!!」と言って、あたりをきょろきょろと見渡し始めた。

どうやら他の雌馬をまるで品定めをするかのように見ているらしい……

そのフィストに、ルーンが一喝する。

「フィスト！　ちゃんと馬車の見張り頼みましたよ!!」

「へ、へい!!　皆さんも気を付けて！」

人間の街並みを珍しそうに見回していたネールは、ルーンにこう言った。

「ルーン先輩、こわーい」

「何か言いましたか、ネール？」

はあ……せっかく収まったかと思うとまたこれだ。

俺はマリナに支えられながら、ゆっくりと馬車を降りた。

その時、聞き覚えのある声が響く。

「お、ルディスじゃん！　元気？　……ではなさそうね？」

「これは……エイリスさん。ちょっと張り切り過ぎたようで」

「私が頼んだ依頼のせい？　そういえば村からギルドに、冒険者ルディス一行が問題の馬を追い払ったって報告があったそうよ。お手柄じゃない！　私も任せた先輩として、何とも鼻が高いわー」

「はは、先輩の期待に応えられて嬉しいです。でも、後で報告書を出しに行かないといけませんね」

「ちょっと休んでからでいいじゃない。にしても、また随分立派な馬を手に入れたわねぇ」

エイリスはフィストをまじまじと見つめる。

フィストはそれが嬉しいのか、誇らしげに嘶《いなな》いてみせた。

バイコーンは馬よりも立派な体格を持っているので、角さえなければフィストは大きく逞しい馬に見えるはずだ。

先程から通り過ぎる商人達がフィストを見ていくのも、エイリスと同じように思われるのだろう。

「それに……まーた可愛い子連れちゃって。もしギルドなんかに連れて行ったら、男達がまたぶーぶー言うわよ」

「それは困りましたね……この子は俺の村の者なのですが、冒険者を始めるつもりでここまで来たので」

「あら、あなたも冒険者に？」

エイリスの問いかけに、ネールは元気よく答える。

「はいっ！　私、ルディス様の婚約者で、ずっとルディス様のお近くにいたいと思って、村を飛び出えてきた。

「ね、ネール？　何を言うんだ!?」

人間であるのを偽装するために俺の言葉に合わせるように言ったが……とんでもない設定を付け加えてきた。

狼狽えたのは俺だけじゃない。

ルーンが大きな声で、すかさず続けた。

「る、ルディス君は私の婚約者です!!」

ルディス様、と言わないようにというのは覚えていたようだ。

だが、ルーンがまさかこんなに感情的になるとは……

「いいえ、違う！　ルディス様の婚約者は私!!」

「違いません！　あなたなんかに、ルディス君との結婚は無理!!」

エスカレートする二人に、エイリスは何かを察したように俺の肩を叩いた。

「いやあ……色男ってのもきついわね……どっちも傷つけちゃだめよ」

「エイリスさん、俺は本当にそんなこと！　って……エイリスさん、その袋は？」

二人がぎゃあぎゃあと騒ぐ中で、俺はエイリスが片手で持つ長細い袋に気付いた。

「ああ、これ？　あんた達に馬の捜索をお願いしている間に、私とノール、カッセルで大き目のワイルドボアを狩っていたのよ」

「この前一緒に狩った、猪のような魔物ですね……肉が高く売れるのでしょうか？」

「そうね。でも、それよりもっと高く売れて、肉みたいに腐らないのがこれ」

エイリスは袋から、剣のような長さの角を取り出した。

「これは、ワイルドボアの角なんだけど……バリスタってあるでしょ？　王都の軍は、これをそのバリスタの矢じりに使うのよ」

バリスタというのは、いうなれば大きなクロスボウ。

木造の建物や集団に対して、大きな威力を発揮する。

「では、これを王都に？」

「そ、王都との交易商人にこれを売りつけるの。一本二十デル。なかなかでしょ？」

「そんなに！　俺達にも是非、狩場を教えてくれませんか？」

「うーん、どうしよっかなー」

「そこをどうにか！　あ、でもバリスタの矢なんてそうそう使うもんじゃないでしょうし、あまり市場に出回ると困りますよね……」

「それは心配いらないわ。これは私も王都の商人から聞いた話だけど……」

エイリスは俺の耳元でささやいた。

「……せ、戦争？」

聞きなれたはずのその言葉に、俺はどこか落胆するのであった。

俺が少し驚いた顔をしたのを、エイリスは少し不思議に思ったようだ。

「ま、東部人が大々的に攻めてくるのは、二年ぶりぐらいだし。久々っちゃ久々かしらね」

ここエルペンでもこの前、ゴブリン達との戦いがあったように、〝戦争〟は珍しくない。

だが王都で進められているのは、中央山脈を越えてくる大陸東部の国に対する防備だった。つまり、ヴェストブルク王国が戦争をするのは人間の国。人間同士で争うということである。

分かってはいたが、この大陸ではいまだに人間同士が争っているらしい。

エイリスは俺が怯えていると感じたのか、こう声を掛けてくれた。

「そんな心配しなくても大丈夫よ。実際に戦場で争うのは、主に貴族達だし」

「そうですよね……でも、前はエルペンの騎士は全滅したようでしたが」

「今回は人間の貴族同士だから、どっちも死ぬまでやろうなんて思わないわ。まあ、彼らからしたらちょっとしたお祭りね。もっとも王様同士は本気で、相手の領地が欲しいのだろうけど」

王は勝てば領地が増える。貴族は武功を立てれば、王から褒賞が得られるのだろう。

戦場になった場所で困るのはそこに住んでる人達だし、その戦費も褒賞も農民の税によるものだ。とても褒められたものじゃない。

「私達からすれば、これは稼ぎ時よ。狩猟や採集でしか得られない物は高値で売れるし、王都とエルペンの依頼も増える」

「つまり、王都に行く依頼も増えると？」

「そう。むしろ、王都のギルドでは人手不足になるぐらいよ」

だから、エルペンにも王都で対処出来ない依頼が舞い込んでくるわけか。

「物資や武器のために特需が起きるのは分かります。ただ、人手不足になるほど仕事が回ってくるのでしょうか？」

「不足になるなんてもんじゃないわよ。仕事は選び放題だし、どうしても人が必要な依頼はギルドが報酬を追加して、無理にでも人を集めているわ」

「お金は……皆の税金なのでしょうね」

「そこは王様のお金、ということにしておきましょ。どちらにしろ、ずっと貯め込まれるよりはましだし」

エイリスの歯に衣着せぬ言葉に俺は苦笑いする。

しかし、聞きたいのはどういう仕事が増えるのかということ。

「それで、仕事の内容は……」

「王都とその周辺での護衛、哨戒……実質軍の後方要員みたいなもんね。魔物に対処出来る兵が少なくなるというのもあるわ」

王都が無防備になるということか。

「まあ、その魔物もさすがに王都を攻めようとは思わないだろうけど」

「それはまたどうしてですか？」

「そっか、ルディスは王都をまだ見たことないんだっけ？　田舎と言われる大陸西部で一番……むしろ、大陸東部の都市と比べても、王都ヴェストシュタットの城壁は立派なものなのよ」

エイリスは王都について語ってくれた。

「エルペンの三十倍もの広さの土地を囲う長大な城壁……元々、ヴェストシュタットはザール山の上に築かれたから、元の山頂にあたる王宮を中心に、見下ろすように市街が広がっているわ」

立派な都市ということかと感心したが、ザール山という言葉に俺は引っ掛かりを感じた。

ザール山……だと？

俺は思わず声を大にする。

「ザール山？　あの大火山の上に街を造ったのですか？」

「……だ、大火山？」

エイリスは困惑するような顔で聞き返してきた。

ザール山は俺の時代では、大火山として知られていた山だ。

その噴火は大陸東部でも観測され、風に飛ばされてきた火山灰で、東部全土で大飢饉が起こったこともあるほどだ。

俺の生きていた間には噴火は起きなかったが、神話の時代から人、魔物問わず、ザール山の噴火は綿々と語り継がれてきたはず……

西部に大々的に人間が流れてきたのは、五百年前。ザール山が千年間噴火しなかったのなら、火山であることが忘れ去られたということもあり得る。

「あ、いや、他の山と間違えてしまったようです！　とにかく、王都の依頼も視野に考えてみます」

「そうね、あなた達へのギルドからの評判は上々だから、きっと割のいい仕事を紹介してくれるはずよ」

「ありがとうございます！」

エイリスは頑張れと俺の肩を小突くと、手を振って商人のたむろする場所へと向かっていくのであった。

「ザール山……」

戦争という言葉がどっかに吹っ飛んでしまった。

まさか、あの大火山の上に街を造るとは……しかも首都ともなれば、どれだけの人が住んでいるのか。

噴火すれば、どれだけの死者が出るか分かったもんじゃない。

いや、すでにもう噴火しなくなった火山もいくらか知られている。だが、千年噴火しなかったのがたまたまで、もし明日にでも噴火したら……

それとも、噴火しない理由、または噴火を止める術があるとでもいうのだろうか。

火山の上に築かれた王都か……これは少し見てみたいな。

俺は宿に戻る途中、そんなことを思うのであった。

「王都、ですか？」

宿の中で、スライムに戻ったマリナだけが俺の話を聞いてくれた。

同じくスライムに戻ったルーンとネールは互いに口論を重ね、チビスライム達は思い思いにくつろいでいる。

ネールは客人だし、チビスライム達は初めての長旅でもあったから大目に見るとしても、ルーン……

俺は呆れつつも、マリナに続けた。

「ああ、王都ヴェストシュタットに行きたいと思ってな。純粋に、どうして火山の上に都市が築かれたのかが気になったんだ」

「なるほど。でも、都市の成り立ちを知るだけなら、この街にある図書館という所でもいいのではないでしょうか？」

「そうだな。当然、本や人から情報を集めて下調べはしていくつもりだけど、この目でザール山を見てみたいというのもあってね……まあ、俺のわがままみたいなものだよ」

「そういうことでしたか！　それなら、このマリナどこまでもお供しますよ！」

マリナは健気に胸をポンと叩いて応えてくれた。

「ありがとう、マリナ。でも、一応王都に行くのは、生活のためでもあるんだ」

「それは、先程エイリスさんが仰ってた王都には仕事が溢れている、ということですね？」

「その通りだ」

俺は頷くと同時に、嬉しくなった。

だんだんとマリナは察しが良くなってきている気がするのだ。

「まずエルペンから王都へ向かうような依頼を受ける。そしてしばらくは王都で仕事をしながら、ってところかな」

「そうしましたら、明日は市場で遠出に必要な物を揃えておきますね！」

「ああ、頼む」

マリナだけが俺の話を真面目に聞いてくれる。

先程までは、ずっと寝不足の俺を気遣ってくれていたし……

「……色々ありがとうな、マリナ」

「え？　あ、はい！　私もお役に立ててうれしいです！」

「それじゃあ、俺はもう寝るよ」

「はい！　おやすみなさい、ルディス様！」

俺がベッドに横になると、マリナはスライムの体を伸ばして、布団を掛けてくれた。

体はすっかり眠いが、頭には部屋の喧騒が響き、なかなか寝付けない。

そろそろ限界……ではあったのだが不思議と嬉しくなるのは、従魔達との在りし日を思い出すからだろうか。

ルーンはよくサキュバスのアルネと喧嘩をしていた。

何でも、俺に近づく危険分子だとか……

実際ネールの真意は掴めないが、ルーンがこうも敵視している以上、俺の寝込みを襲うのは不可能だろう。

それはさておき、従魔達が言い争いをしたり、時には魔法や腕っぷしで衝突することは珍しくなかった。

だからか、俺は再び従魔達が戻ってきたという安心感を得られたのだろう。

だが、俺の元従魔達で生き残っている者はまだまだ多いはず……

最近では、このエルペンの周辺で吸血鬼が現れたと騒動になり、領主の館が吸血鬼に乗っ取られそうになった。

その際、俺は吸血鬼と戦ったのだが、彼らは俺のかつての従魔アーロンを知っていた。

アーロンはそれなりの吸血鬼の集団の中で、上の立場にいるらしい。

しかし、とても衰えているようで、人間を必要以上に襲わないという彼の意思に反して、集団の吸血鬼の一部は人間を襲っているらしい。

領主の館を襲った吸血鬼もその一部であった。

なので俺は何体かを生かし、アーロンに俺の復活を報せるようにさせた。

アーロン……まだ生きている従魔達に俺のもとへと戻ってもらうのは難しいかもしれない。でも、せめて会うことだけでも出来たらどんなに嬉しいことか。

死んだ従魔にしたって、俺の剣を守って死んだサイクロプスのギラスのようにどういった運命を辿ったのか知りたい。

不安なのは再び得たこの俺の一生で、それらがどこまで成し遂げられるかということだな。

人間の一生は、あまりにも短いな……

俺はそんなことを考えながら、ゆっくり眠りにつくのであった。

結局、良く寝れたのかも分からないまま、次の朝を迎える。

俺はマリナに、ルーンとネールと共に買い出しに行くよう頼んだ。

そして俺はギルドにいる、ある人物の元へと向かう。

「図書館？　別に良いわよ？」

先輩冒険者のノールは、俺が図書館に行きたいと言うと、快諾してくれた。

エルペンの図書館は王立で、誰もが蔵書を無料で閲覧出来るわけではない。

だが、ノールのように魔法大学を卒業している知識人は、ただで閲覧が出来る。

同行者もその恩恵を受けることが出来るのだ。

俺はノールに続き、図書館へ入る。

ノールはというと借りたい本があるとかで、ルディス関連の本……当然、賢帝である〝ルディス〟の本を手に取っていた。今日は意外にも真面目に、『ルディスと従魔の魔法大全』を読んでいるようだ。

そんな本を著した覚えはないので、俺の死後、誰かが書いたのだろう。どんな魔法が書かれているのかは俺も気になるところだ。

一方の俺は、王都に関する記録を探るため、『王都史』、『ヴェストブルク建国神話』に目を付ける。

この二冊を読むと、細かい差はあれど、王都が出来るまでの流れはだいたい一緒であることが分かった。

当初大陸西部には、東部を何かしらの理由で追われた人間達の集落が点在するだけで、国家と呼べるものが存在しなかった。

東部では多数を占め、あらゆる生物の覇者であった人間という種族も、ここ西部では魔物に狩られる野生動物のごとき存在だったのだ。

そんな人間達に、ある時救世主が現れる。

それがヴェストブルク王国初代国王の、ヴィンターボルト一世。

元々東部の貴族であったヴィンターボルトは、ある日虐げられている人々を助けよと、神のお告げを得た。

その天啓に従い、剣の腕に覚えがあったヴィンターボルトはわずかな兵を率い西部に入る。

だが、魔物との戦いは一進一退だったらしい。

このままでは西部の人間は滅びてしまう……ヴィンターボルトは、藁にもすがる思いで神のお告げを求めることにした。

神はそれに応じるように、ヴィンターボルトに知恵を授ける。ザール山に城を造り、そこを人間を守る砦になさいと。

そのお告げに従い、ヴィンターボルトはザール山にヴェストシュタット城を造り、度重なる魔物の襲撃を撃退した。

大きな戦いとしては、ヴェストシュタットの戦いがあげられるようだ。

この戦いでは、ヴェストシュタットに襲来した十万の魔物の軍勢が、神の力を得たヴィンターボルトによる炎の魔法で全滅させられたことになっている。

やがて街は大陸西部中から人を集め、東部からの難民の希望の地となる。ヴェストブルク王国が発展する要因となったのだ。

俺はこれらが記されていた本を机に積む。

これがヴェストシュタットが出来た経緯か……もちろん鵜呑みには出来ないが。

〝ルディス〟に関する歴史が色々な変遷を経たように、これも同様であることは想像に難くない。

何しろ、今も君臨する王国にある王立図書館、そこに収められている初代国王に関する歴史だ。

王の権威を損ねたものはあってはいけないし、逆に権勢を誇示するものが溢れているはず。

故に、これはあくまで神話と捉えるのが一番だろう。

しかし、神話になるのはそれなりの理由がある。修飾する事柄を抜いていけば、歴史を抽出出来るかもしれない。

ここで一番気になるのは、剣で戦ってきたヴィンターボルトが突如、神の力とやらで炎の魔法を使えるようになったことか。

しかもただの炎の魔法ではなく、十万の魔物を滅ぼすほどのものだ。一人でやったとするなら、かつての俺にも匹敵する。

ヴィンターボルト……一体何者なんだ。

この初代国王も調べてみる必要はある。だが、その前に……。

「すいません、ノールさん」

「ん？　どうしたの、ルディス？」

「ノールさんは、王都に行かれたことがおありでしたよね？」

「それはまあ……向こうのギルドでも良く仕事をしているし」

「実は聞きたいことがあって。王都の土って、何色でしょうか?」

「土? いや、元々王都には土はないはず。王都は岩山の上に立っているようなものよ」

ノールは俺に、更に王都の地面について話してくれた。

「王都のあの城壁と石造りの街並みは、その岩山から取れる石材の賜物ね。比較的新しい街なのに東部の都市をも凌ぐほど大きく発展したのは、そういった理由もあるわ」

「なるほど……」

周囲の環境は、以前の噴火からどれだけ時間が経っているかを知れる一つの指標だ。

一般に噴火から時間が経てば経つほど、火山周囲は自然豊かになる。

逆にあまり時間が経っていない火山とその周辺は岩でごつごつとしていることが多い。

この場合は、後者。ザール山は俺のいない千年に一度噴火していてもおかしくない。

俺が一人納得していると、ノールが訊ねてきた。

「王都について調べてるの?」

「ええ。実は王都に足を延ばしてみようと思ってまして」

「そう。勉強熱心ね」

ノールはそう言って微笑んでくれた。

「近々、王都では仕事が溢れるから、私もそっちに向かうの。多分、エイリスやカッセルも行くはずだわ。向こうで会えたらよろしくね」

「こちらこそ、よろしくお願いします！　王都って都会でしょうし、色々と分からないこともありそうなので……」

「ええ。大きな街だし、案内するわよ。今度は王都の図書館も連れて行ってあげる……あそこはすごいわよ」

王都にはどんな本があると紹介してくれるノール。

だが、ちょっと〝ルディス〟に関する書物のことが多い気もしたが。

この後、俺はヴィンターボルトについても調べた。

しかし、どれも似たようなことばかりが書かれ、ヴィンターボルトが真にどんな人物だったかは分からないのであった。


王都の情報を集め終わった俺は、ノールと別れギルドへ戻っていた。

情報収集はこれで完璧……王都での注意事項は殆どノールから聞くことが出来た。

ノールによれば、王都はあまり治安のいい場所とは言えないらしい。今なお大陸西部最大の人間の都市ではあるが、最盛期と比べると人口が減少し、通りには廃墟も目立つという。

そういった廃墟に住むのは単に家のない人々ばかりではない。強盗やスリ、非合法の商売に手を染める者が拠点にしている場合もある。

それでも未だに人口が非常に多いので、王宮に続く大通りでは常に人がごった返しているらしい。

歩きづらいだけではなく、頻繁に客引きから声が掛けられるのだが、それがあまりにもしつこいだとか……

まあ、大都市ではありがちなことだ。

ただ、農民生活が長く、エルペンの人が少ない通りに慣れた俺にとっては確かに辛いことかもしれない。ノールもそんな俺を思って教えてくれたのだろう。

しかし、俺達が心配することは特になさそうだ。宿もこちらと同様、冒険者は無料で借りられるし、生活費もしばらくは大丈夫だろう。

だが、俺達が王都に向かう際、こちらの宿はしばらく空けることになる。

なので、サキュバスのネールの冒険者登録を済ませるついでに、チビスライム達も同様に冒険者にするつもりだ。

チビスライム達の冒険者としての仕事は、まず主に薬草採集などの納品を任せる。戦闘が伴うものはまた今度。そもそもは隠れ里への物資の輸送も頼むので、冒険者業は片手間だ。

チビスライム達だけ残して心配かと問われれば、確かに心配だ。

しかし、これまでも何度も留守は任せてきたし、外での任務もそつなくこなしてくれた。

最低限のことは守らせるし、一緒に隠れ里を行き来させるアヴェルにも定期的に指導させる。

むしろ一番の悩みの種は、ルーンとネールの言い争いか……

俺はそんなことを考えながら、ギルドの受付嬢に挨拶する。

「こんにちは、ルディスさん」

「こんにちは。実は今日は王都に向かう依頼がないか聞きたくて来たんです」

「まあ。それなら」

受付嬢は振り返り、何やら手招きし始めた。

それに気が付いたのは、椅子にどっしりと座る見たことのある顔の男だ。

鉄の鎧兜に身を包んだ体格のがっしりとした男は、俺を見て獲物を見つけたと言わんばかりに立ち上がった。

「ごめんなさい、今の言葉は忘れてください……それじゃあ」

俺は振り返り、ギルドの出口を目指そうとした。

だが、その瞬間俺の肩はがしっと掴まれる。

「ルディス！　王都行の仕事を探しているんだな？」

「ろ、ロストンさん、お久しぶりです」

俺は仕方なく、ロストンという男に振り返った。

ヴェストブルク王国の王女ユリアの護衛隊長であるこの男が、このギルドにいるということは……

「姫殿下がギルドに依頼を出された！　ルディスは当然受けてくれるな？」

あのユリアがまた何かを考え出したらしい。

それも王都に用がある依頼なのだろう。

確かに王都行きの仕事は探していたが、あまりユリアに接近することは、権力に近寄ることにもつながりかねない……

それに正直に言えば、ユリアの依頼の報酬は割に合わないので、即答はしかねる。

「そうは言われましても……私も仕事ですので、内容次第ですかね」

ロストンは俺から手を離し豪快に笑う。

「ははは！　今回の報酬は期待していいぞ！　何と五十デルだ!!」

胸を張って言うロストンだが、王都まで歩きで半月かかることを考えれば、正直言って微妙な額だ。

「……念のためお聞きしますが、依頼は先ほど出されたのですか？」

「いや、昨日だ。今日はどれだけ人が集まったか聞きに参ってな」

「……それで、何人集まったのでしょう？」

「一人だ！」

ちっとも恥じることなく返すロストンに、俺はそうでしょうねと返した。

「だが、ルディスと……あとルーンと言ったか、この二人なら受付嬢が受けてくれるだろうと言うのでな」

俺は受付嬢に視線を移す。

すると、受付嬢はそこから逃げるように、「ああ、あの書類忘れていたわ」と去っていった。

「はあ……それで、どういったお仕事なのでしょうか？」

「姫殿下が護衛を募集している。五台の馬車を護衛してくれる冒険者をな」

それならば兵士だけでもいいように思えるが、昨今の魔物の多さからして、対魔物の戦闘経験豊富な冒険者を募るのは理にかなっているか。

なによりユリアだけを守るのではなく、五つの馬車を守るというのだから人員も必要になるだろう。

「エルペンの領主も兵を十人程付けてくれると言ってくれたのだがな。やはり、魔物との戦いに慣れた者も殿下は連れていかれたいようだ」

「それは……そうでしょうね」

しかし、馬車を五台も用意して何を運ぶつもりだろうか。

その答えをすぐにロストンは口にした。

「ルディスが教えてくれた魔法で、ここ最近殿下はたくさんの者を救われた。しかし、魔法で治せない者もおってな……」

俺がユリアに教えた魔法【浄化】で治せないとなると、末期の高齢者や、体の一部を失った者……そういった人々になるだろうか。

「そこで、王都でならもっと進んだ治療が出来ると、連れていくことにしたのだ」

それを聞いて俺は、割に合わないなどと言った自分を少し恥じた。

ユリアは俺が教えた魔法と与えた剣で、多くの人を救っていたのだ。

それは分かっていたが、とても助からないような症状の人まで助けようとするとは。

ロストンは手を合わせ、頼むと懇願する。

ユリアのみならず、ユリアの行いを助けようとするこのロストンにも俺は心を打たれた。

五十デル……少ないが、受ける価値はおおいにあるか。どうせ、急ぐ旅でもないし、贅沢がしたいわけじゃない。

「分かりました……その依頼、受けさせてもらいます」

こうして、俺は王都までの依頼を請け負うのであった。

一章

聖と魔

「じゃあ、行ってくるよ」

俺の言葉に、エルペンの城門近くの広場に集まった小さな子供達は元気よく、はいと答える。

隣にいた白い馬……バイコーンのフィストも、嘶きで返事の代わりとしているようだ。

今日この日、俺は王都に向かって出発する。

目の前で整列する子供達は、チビスライムが人間に化けたものだ。

肉眼では確認出来ないが、この場には【透明化】したアヴェルとヘルハウンド四体もいる。

皆、俺を見送りに来てくれたのだ。

エルペンと隠れ里の留守はアヴェルに指揮を任せる。

直接言葉を掛けるわけにはいかないが、既に昨日宿で諸々伝えてあるので問題ない。

そう、問題はない……問題があるのは俺の右腕と左腕をそれぞれ掴む者達か。

「ルディス君、やはりこの者は隠れ里の地中奥深くにも埋めておくべきです!!」

「ルディス様助けて！　ルーン先輩がいじめます！」

ルーンとネールが俺を挟んでお互いを睨む。

結局二人はずっと喧嘩しっぱなしだった。

フィストですら不安な視線を送っていることが全てを物語っていると言っていい。

「マリナ……準備は良いか？」

「は、はい！　準備万端です……あっ！」

手を挙げて俺に応えてくれたマリナだが、その反動で、華奢な体に似合わない背嚢から荷物が落ちる。

「ごめんなさい！　る、ルディス！」

ルディスという呼び捨てが何だか初々しい。

謝ることなんてない。買い出しの際もきっとルーンやネールが喧嘩しているから、一人で買わなければいけなかったのだろう。

食糧や食器、果てはスコップやつるはし……少し準備していく物が過剰な気もするが、準備のし過ぎで悪いということもない。

「俺も少し持つから大丈夫だよ。それじゃ、行ってくる」

俺はエルペンに残る従魔に手を振って広場を後にした。

「行ってらっしゃい、お兄ちゃん！」

皆、外なのでルディス様と呼ばずにお兄ちゃんと呼ぶ。

フィストも再び鳴いて、俺に別れの挨拶をしてくれた。

さて、それではユリアの率いる馬車へ向かうとしよう。

王都に行くのは、俺とルーン、マリナ、ネールだ。

また、アヴェルとの連絡係としてヘルハウンド三体も付かず離れずに同行してくれる。

エルペンの城門を出ると、そこには傷病人を乗せた馬車が五台あった。

雨風を凌ぐ幌が付いた、二頭立ての馬車。中は六人程が寝れるスペースがあって、実際にどの馬車も五、六人程が乗っている。

なるほど、やはり魔法だけではどうにもならない体の者も乗っているようだ。

それでも俺の魔法で完治させられる者もいるし、この人達が長旅で疲れないように聖魔法を少しずつかけていくとしよう。

俺はルーン達を車列の後方に待機させ、一人で先頭まで歩いていった。ある女性に挨拶を済ませるためだ。

……いた。見覚えのある女性が、部下や領主の兵にあれこれと指示を出している。

この青い瞳を輝かせる長い銀髪の女性こそ、今回の依頼人にしてヴェストブルク王国の王女ユリアだ。今日はいつものドレスではなく、青い軽装鎧を身に着けていた。

俺は話が終わるまでその場で待とうと思ったが、向こうから気が付いたようでこちらに顔を向ける。

「ルディス！」

「殿下、お久しぶりです！」

「良く来てくれました！　あなたならきっと参加してくれると思ってました！」

以前会った時よりも、その顔はどことなく明るく感じた。

都合の良い人間が来たと思ってる……かもしれないが、信頼はしてくれてるのだろう。

どちらにしろ、こういうことを断れるわけがないし、ただ見ているだけなんて出来ない。

「微力ながら、殿下と人々を必ずお守りいたします」

「心強い言葉です……それと、あなたには色々と聞きたいことがありました。旅の途中、私の話し相

手になってくださいますね」

「そ、それは……身に余る光栄です」

頭を下げる俺。

聞きたいことというから少し身構えたが、きっと俺の身の上というよりは、新しい魔法がないか等聞きたいのかもしれない。

「ルディス、俺からも礼を言わせてもらう」

次に声を掛けてきたのはロストンだ。

「いえいえ、お金をいただくのですから、お礼なんて不要です」

「はは、相変わらず謙虚な奴だ！　皆、こいつはな！」

後ろの領主の兵士達に、こいつは強いんだとか言いふらしているようだ。

ユリアはそれに構わずに俺に続ける。

「……ルディス、あなたには後方の護衛をお願いしてもいいですか？　魔法を使える者が後衛の方が安全と思うので」

「かしこまりました、殿下」

「ありがとう、ルディス。後方にはもう一人冒険者が付いてくれます。あなたと仲間の三人、そしてその一人に後ろは任せました」

「はい！　それでは早速配置につきます」

俺はもう一度頭を下げて、後ろへ向かう。

既に後ろには、ルーン、マリナ、ネールが待機している。

あと一人か……そういえば、ロストンが一人集めたと言っていたのでその人だろうか。

俺はマリナと今後について話し合うことにした。

後ろの二人は、しばらくはそのままにさせるのが一番だからだ。いつかは、真面目な俺達を見て、改心して……くれるはず。

するとと、聞き覚えのある声が俺の耳に響く。

「……あら、ルディスじゃない」

その声の主は先輩冒険者のノールであった。

「ノールさん！　ノールさんも殿下の依頼を受けたんですね」

俺は思わず、少し喜ぶような表情でノールに言った。

報酬だけ見ればこんな割に合わない依頼を受ける者がいたとは。

それが世話になっている先輩のノールだったのだから、尚更嬉しい。

ノールも俺達がいたことが嬉しいのか、微笑んで挨拶してくれた。

「そうよ。ルディス、ルーン、それにマリナちゃん。あなた達も受けたのね……えっと」

ノールは人間に化けたサキュバスのネールを物珍しそうに見た。

俺はネールのことを紹介する。

「ああ、この子はネールといって、俺の村の」

「ルディス様の婚約者でーす！　どうぞ、お見知りおきを！」

また、このサキュバスは……

俺が訂正しようとする前に、ルーンが口をはさんだ。

「あなたはただのルディス君の召使いです！　婚約者は私です‼」

またもや不毛な応酬が始まった。

ノールは苦笑いするかと思ったが、子供の争いと思ったのか小さく笑うだけだ。

「ふふ、元気な子ばっかかね」

「は、はい！　元気だけは！」

「それじゃあ、これからよろしくね」

「はい！」

エルペンに向かって進み始める車列。

馬車は傷病人を乗せているので、人間が歩くのとそう変わらない速度で石畳の街道を進んでいく。

馬で先頭を行くユリアだが、道を通る人々からは手を振られ、好意的に接してもらっているようだ。

「王女様にしては、立派なお方じゃのう」

「そうね。でも、王印ってのがないだけで宮殿ではいじめられているそうよ」

「弱い者はすぐに切り捨てじゃからのう、あの王様は」

「それは代々そうでしょ」

二人の老夫婦を始め、すれ違う人々はユリアの噂を残していった。

エルペン周辺だけでは何も言えないが、国民から王室はあまり慕われていないのかもしれない。

それもあってか、ユリアの行いは際立って見えるのだろう。

とはいえ、兵や護衛の前でそれを言ってしまうのだから、この国の王様は権威がないものだ。あるいは、王の権威は王都にしか及んでいない可能性もあるが。

そんな真面目なことを考えていると、ネールが俺に駆け寄る。

「ちょっとルディス様。さっきの綺麗な人も、ルディス様の……」

「ネール……人間はサキュバスみたいに、いつもそんな色恋沙汰ばっか考えているわけじゃないんだ」

そんなことばかり考えている人間もいるかもしれないが……俺は違う。

「本当ですかぁ？　さっきの目線は、確かに想い人のそれだと思ったけどなあ」

俺はちょっとぎくっとした。

いつのまにノールをそんな目で見ていたのだろうか。

いや、これは俺をおちょくっているだけか……

にやにやと俺の顔を見るネールの表情がそれを物語っている。

「とにかく……俺は違う」

「え、そうじゃなくて、私は……あっ、ルディス様！」

俺はネールの言葉の途中で、少し先を行くノールの方に歩いていく。

ネールはというと、再びルーンに捕まり、先程の言葉を責められているようだ。

こうなると、ルーンとネールはペアで組ませた方が良いな……

俺はノールの隣で歩みを合わせると、気になっていたことを訊ねた。

「あの、ノールさん」

「うん？　どうしたの、ルディス？」

「その、何でノールさんはこの依頼を受けたのかなって思いまして」

「割に合わない依頼……あなたもそう思ったのね。現に、エイリスとカッセルからはそう言われたわ」

「半月で五十デル……やはり少ないですからね。片手間で出来るなら別ですが」

「ええ。護衛という仕事柄、王都まではずっと気を抜けない。他の仕事が出来ないものね……逆に聞くけど、ルディスはどうしてこの依頼を受けたの？」

「俺ですか……」

正直に言うのは少し恥ずかしい気もした。

だが、先程の喜ぶ顔を見せてしまった以上、今更隠しても仕方がない気がする。

「そうですね……何というか、放っておけなくて」

「私もそうよ」

ノールは恥じることなくそう言った。まるで、それが当然であるかのように。

「私が冒険者になったのは、こうやって人の役に立つためだから」

胸にある五芒星が刻まれたペンダントを握るノール。

その真剣な表情からは、今の言葉通り人々のために仕事をしたいという確かな意志を感じた。

自分を思い返すと、冒険者になりたいと思ったのは純粋に己の欲のためであった。

「……そうだったんですね。何だか、自分が恥ずかしいです。俺なんてお金を稼ぎたいがために、冒険者になったようなものなので」

「でも、あなたもここに来たじゃない」

「それは……」

見透かされているか。

自分も金のためにこの依頼を受けたのではない。

もちろん報酬はもらうが、ただ稼ぐだけなら他の依頼を受けた方が良いはずだ。

「心のどこかで、ユリア殿下に協力したいと思った。そうでしょ？」

「……そうですね。人助けになるならと思ってこの依頼を受けたんです」

「ふふ、思ったとおりね。ただお金のためだけに生きていくなんて、寂しいもの」

俺はノールの声にコクリと頷いた。

自分の心の赴くままに行動する……。

これは、皇帝時代は立場や利害で出来なかったことだ。こうしたい、という自分の意思で行動出来るのは恵まれていることなのだろう。

そんなことをしみじみ感じていると、ノールがさらに続けた。

「この言葉はね、賢帝ルディスの言葉なのよ」

「え、そうなんですか？」

そんな言葉を残しただろうか？　俺は自分の前世を思い出す。

似たようなことは言ったかもしれないが……

「知らないのね、じゃあ私が教えてあげる……いい、今の言葉は『ルディス全語録』にもあるように」

「ちょ、ちょっとノールさん、俺は別に」

本当に自分が言ったことじゃないかもしれないし、本当に言ったとしたら解説がつくなんて恥ずかしい。

だが、ノールは俺の声も聞かずに、神官の唱えるお告げのように賢帝ルディスに関する講義を始めるのであった。


エルペンを発った初日は特に何事もなく、日が暮れようとしている。

道中は本当に平穏そのもので、たまに道行く行商や農民がユリアのやらんとしていることを聞いて、果物等の食糧を持ち寄ってくれたりした。

俺はノールから賢帝に関する講義を聞きながら、馬車の中の人達に聖魔法をかけたりして、少しでも長旅がつらくならないようにした。

急に治ると色々とおかしいので、王都での治療が上手くいく程度に治療していくつもりだ。

そんなだから、争いごとは皆無。

もともと、俺達が隠れ里や羊飼いのイプス村に行くのにこの道を通った際も、野盗の類は現れなかった。

山賊や野盗が出ないのは、そもそもの人口の少なさか。

加えて、以前はよく現れていた吸血鬼やゴブリンもすっかりいなくなり、より安全になっているはずなのだ。

ただ、隠れ里から帰ってくる途中ウィスプに襲われたように、夜はまた少し様子が違うかもしれない。

ユリア達も夜の旅は危険と分かっているのか、今日はここらへんで野営すると兵士達に伝えるのであった。

街道から少し離れた場所、小川までそう遠くない平野で、兵士達は天幕を張りだした。

傷病人にはもちろん、俺達冒険者にも天幕を用意してくれるらしい。

小さいが嬉しい配慮だ。寝袋は俺達も持ってきているが、天幕があるとないかでは暖かさが段違い。

大きな焚火を囲むように、十余りの天幕が立てられた。

兵士と護衛で二十人程、傷病人が三十人程、そして俺達冒険者が五人。総勢五十人程の野営ということもあって、中々に賑やかだ。

ロストンや一部の護衛は多才なのか、弦楽器を弾いて、傷病人や兵達を飽きさせない。

食糧も調理係りの兵達がふるまったスープやパンに加え、昼に道行く人達がくれた果物も振る舞われた。

「皆、お疲れ」

俺は付き添ってくれた二人の従魔と客人に礼を言った。

「ルディス君こそお疲れ様です！」

「そうです、どこかお体は痛みませんか？」

ルーンとマリナが逆に俺を気遣ってくれた。

「大丈夫だよ……ネール？」

俺はネールから返事がないことと、元気がないのに気が付く。

ネールは無言のまま体を揺らしながら、俺の胸に飛び込んだ。

「ルディス様……私、疲れちゃったみたい」

「だ、大丈夫か？　その姿でいるのがもしかしたら」

ネールは一回頷いて、俺を上目遣いで見た。

「多分……だから、ルディス様今夜……いたっ！」

「ネール！　あなたは私の監視下に置きます！　そもそも、私達はルディス君の護衛でもあるのですよ！」

「る、ルディス様！」

再び俺に近づこうとするネールだが、見えない壁に阻まれる。

【魔法壁】です。あなたとルディス君の間に展開しました」

「ルーン先輩！　どうしてそんなに私をいじめるんですか!?　いくら実年齢がもうおばあちゃ……」

再びルーンの魔法がネールに飛んだ。

【透明化】をかけた【電鞭】か……ネールが体を痺れさせる。

「余計なお世話です！　そもそもあなただって、人のこと言えないじゃないですか？」

ネールも百歳程だが、どちらも人じゃないというのは野暮だろうな……

俺は焚火の前に置かれた岩に腰を下ろす。

この先が思いやられるが、ルーンがまあ抑えてくれるか……

それにしてもネールの真意が読めない。

俺がそんなことを考えていると、ノールが隣に来て腰かけた。

傷病人の様子をユリアと共に見てきたようだ。

「ノールさん、傷病人の方の調子はどうでした？」

「不思議ね。皆、疲れているどころか元気そのものよ。人によっては怪我の治りが良くなった者もいるみたい」

少しやり過ぎたか……とはいえ、全くあり得ない回復の度合いとは言えないのだろう。

「それは良かった。ユリア殿下の魔法のおかげかもしれませんね」

「そうね。殿下は先ほど、この前【浄化】という高位魔法を覚えて、そのおかげだと言っていたけど」

「……へえ、そんな魔法があるんですね」

しらばっくれながらも、俺は内心で焦った。

ユリアが俺に教えてもらったと言っていたら……

だが、それは心配要らなかったようだ。

「誰に教わったか聞いたのだけど、約束でちょっと教えられないと言っていたわ」

「高位魔法ですもんね……」

「でも、魔法自体は教えても良いって言ってたわ」

「おお、それは羨ましい！」

「あなたも魔法の才能があるし、殿下に聞いてみたら？」

「そうですね……機会がありましたら聞いてみようと思います」

俺が何か別の話題を振ろうとしていると、ちょうどいい時に、マリナが紅茶を差し出してくれた。

「ルディス、お茶を淹れました。ノールさんもどうぞ」

俺とノールはありがとうと言って、マリナから木製の杯に入った茶を受け取る。

俺は一口、二口と茶を口にする。

「……うん、美味いな」

ルーンの教えもあってか、マリナが淹れてくれたお茶はとても美味しかった。

「本当、美味しいわね……王都でもここまでの茶は出せないわよ」

「本当ですか、ありがとうございます！」

素直に喜ぶマリナ。

ノールはこう続けた。

「しかし、ルディス。あなたの村……あなた含め、なかなか素養が高い者達ばかりね。学校でもあるの？」

「ああ、いや……教えてくれた村長や大人達が優秀なのかもしれません」

「そうでしょうね。いつか、私も行ってみたいものだわ。何村だったかしら？」

「そんな大層な村じゃないですよ。行っても特に何かがあるわけじゃないですし！　本当にただの田舎で」

実際にノールが来たら落胆するというか、ルーン達が本当は村の者でないのがばれてしまうだろう。

必死に誤魔化そうとしていると、今度はまた違う聞き覚えのある声が聞こえてくる。

「美味しそうな紅茶ね」

「ええ、とっても美味しいです……え？」

俺は突然の声に振り向く。

そこには長い銀髪の女性、ユリアがいた。

「殿下」

俺はその場で立って、挨拶しようとした。

だが、ユリアは片手を出して、構わないと告げる。

「マリナ、と言いましたか？」

「は、はい！　何でございましょうか、殿下!?」

「私にもお茶を用意してくださらない？」

「も、もちろんです！」

マリナはすぐに茶を用意し始めた。

「ありがとう、ここ失礼するわね」

「え、は、はい！」

俺が少し間を空けると、ユリアは隣へと腰かけた。

俺を挟んで、左側にノールが、右にユリアが座る。

ユリアは【浄化】を俺が教えたことは黙っていてくれた。

だが、俺についていらぬことを話す可能性もあるので、気が気でない。

すぐにノールがユリアへ挨拶した。

「先ほどはお見事でした、殿下。また、このような立派な行い、感服いたしました。殿下のお手伝いが出来ること、光栄です」

「私こそ、力を貸してくれたこと礼を言います、ノール」

「もったいなきお言葉です、殿下」

ノールは座りながら軽く礼を返し、言葉を続ける。

「時に、殿下が為されようとしていること、まるで賢帝ルディスのようだと感じました」

ルディスという言葉に、俺はやはり反応してしまう。

とはいえ、俺のようだとはまたどうしてだろうか。

ノールは更に続けた。

「『帝国史』には、賢帝ルディスは皇帝に即位する前から、各地方で必ず傷病人の治療を行っていたとされています」

「しかも、聖魔法を使える従魔に各都市を巡回させ、多くの人の病やけがを癒した……『従魔秘史』にもある通りね」

ユリアはノールに、即座に回答した。

それを聞いたノールは少し興奮気味に問い返す。

「やはり！　エルペンの図書館で、殿下がルディス関連の本を読んでいたのを目にしましたが、『従魔秘史』も読まれていたのですね」

「もちろんよ。あなたもあれを読んだの？　あれはエルペンで借りられるような本じゃなかったと思うけど……」

「私はアッピス魔法大学の図書館で見ました」

「なるほど、あなた魔法大学の生徒だったのね。道理で、エルペンの図書館でよく魔法の本を借りているのを見たわけだわ」

二人は、今回の依頼関連が初対面であったわけではなさそうだ。

図書館で、お互い賢帝ルディスについての本を読んでいることに気が付いてたのだろう。

俺を挟んで、二人の話は更に弾んだ。

「殿下も色々読まれてましたね。『従魔秘史』なら、私はオークのヴァンダルとルディスの出会いが好きです」

「元々敵同士だった二人だけど、ルディスがヴァンダルを三度退けて、ついに心服させたというやつね」

　ああ、あれか……確か。

「名誉のためなら命を失っても構わないオーク達を心から従わせるために、ルディスは捕らえたヴァンダルを二度も解放した……恐怖で無理やり統治しようとした他の皇帝とは明確に違うと見せつけた出来事だったと思います」

　俺が思い出すよりも早くノールが解説してくれた。

　俺はそんなこともあったなと、心の中でうんうんと頷く。

「そのおかげか、ヴァンダル率いるオークは、人間が逃げるような激しい戦場でも一歩も引かない程、ルディスへ尽くした……」

「従魔になる前と後で一番変わったのは、このヴァンダルでしょうね」

「そうね……でも、印象に残る従魔との出来事なら、サキュバスのアルネとの出会いも中々だったと思うわ」

「伝説と謳われる、魔王軍の黒翼の戦斧団を束ねる戦士長でしたっけ？」

「そうよ。魔王の最側近で、数々の男を石に変えるのを至上の喜びとしていたサキュバス……そんな彼女が、唯一落とせなかった男……」

「毎晩ルディスの前に現れては、あの手この手でルディスを落とそうとしたのが……何だか泣けます……」

　そう言われると、何だか今の状態も似ているような気も……

しかし、二人ともそんなことまで知っているのか。従魔については、だいたい正しい情報が語り継がれているようだ。

「そうね……ルディスは人や人に近い見た目の魔物よりも……」

「ヴァンダルは特にお気に入りだったようですからね」

え、何の話だ？　ヴァンダルは確かに、打ち解けるまでが大変だった分、相当仲良くなった。しかし、二人ともやけに顔が赤いが……

「ヴァンダルとルディス……私はやっぱりルディス優位の方がいいわね……」

「そっちの方が多いですけど、ヴァンダル優位の『オークの忠誠』を見ると世界が変わるかもしれません」

「『オークの忠誠』!?　名前だけしか聞いたことないけど、実在するの!?」

「大陸東部の限られた図書館で、上下篇が見れます。どこでも一部の人にしか見せていない奇書です」

「何てことなの……ああ！　我が生まれの故郷を恨むわ!!」

ユリアはさも本当に恨むように、ヴェストブルク王国の田舎っぷりを嘆いた。

いや……そんな書物は出回っちゃだめだ……

ユリアはノールへ問う。

「でも、中篇は？」

「中篇は失われて久しいです……もう二百年は見つからず、読んだ者の所感がわずかな文献で残されているだけで……」

「人類社会にとっての大きな損失ね……」

「ええ……中篇が読めたら、私はもう……」

人の前で、この子達はなんという話をしてるんだろうか……

俺の中で、再び皇帝になって全てを禁書にしてしまおうか、という思いが一瞬よぎるのであった。

「へぇ……まあしかし、そんな本があっただなんてね。つくづく、私が自由の身だったらと思うわ……」

ため息を吐くユリアに、ノールが言った。

「もしご希望でしたら、大学で働いている友人から何冊か送ってもらうよう頼みますよ？」

「本当!?」

賢帝についての話題で、ユリアとノールはすっかり意気投合したようであった。

当の本人である俺が耳を塞ぎたくなる話もあったが、何とも様々な面で賢帝ルディスが語り継がれているることは分かる。

歴史、神話、伝承……あることないことが混ざりつつも、それらが二人の好むような文化財に変わっていった。

俺自身は自慢出来るような一生とは思わなかったが、死後千年経った今このような形で語られているのは何とも奇妙なものだ。

それを今耳にしている俺という存在も。

だが、語り継がれるのには単に本人の行いだけでそうなったとは言いづらい。

俺の死後、俺についての記憶を残した人……例えば俺を殺した男が改心したことだったり、貴族達が再び身分制社会を目指したこと……俺を評価する人や、比較されるような事件の存在も、俺の治世が見直された要因の一つでもあるだろう。

何よりは俺が死に俺の遺した帝国が衰退し滅亡して以来、大陸全土が荒廃していることが大きな理由かもしれない。

自分で言うのもおかしいが、俺以降、名君と呼ばれる者があまり現れていないのも一因だと思う。

俺は丁度話が一段落したのを見計らって、こんなことを訊ねる。

「お二人は……ルディスが本当に復活したら嬉しいですか？」

「うーん……」

意外にもユリアとノールは目を合わせて、頭を捻った。

「本当に復活したら……何か、怒られそうな気がするわ……」

ユリアの声にノールは思わず笑いをこぼした。

「ちょっと度が過ぎる書物もありますからね」

「ふふ、そうね。本当にルディスが神になっていたら、作者に天罰でも下すかもしれないわ」

二人は再び笑い出す。

ルディス教、などというものがあるらしいが、やはり復活論は現実味のない話として受け入れられているのだろう。

以前像に祈っていたノールの今の表情を見ても、真に俺の復活を望む狂信者、といった感じは見受けられない。

だが、ノールは俺に向かって一言。

「でも、復活したら、いいな……私はそう思うわ」

ユリアも無言で頷く。

「今の大陸に彼のような君主は存在しない……いや、彼が死んでから世界は悪くなる一方……」

ノールはぽつりと呟く。

しかし、すぐに自分の言葉が失言だったことに気が付いたようだ。

「……殿下、失礼いたしました」

「いいえ、気にしないで。父は……いや、我が王国の歴代君主達誰を見たって、かの賢帝ルディスには遠く及ばない」

ユリアはさらに続ける。

「貧しい人々のことは捨てて、ただ己の地位にしがみつく者達ばかり……王がそんなだから、貴族もそう。皇帝であるルディスから変革の始まったその後の帝国を見れば、何と情けないことか……」

「大陸東部の王達もそうです。ルディスは死後も帝国の人々を突き動かした……」

「そう、だから……」

ユリアはノールに頷き、決心するようにこう言った。

「私は、ルディスのようになりたい。人々を守り、大陸に平穏をもたらせるような……いや、彼が成し遂げられなかったこともきっと……」

ユリアは言っていて恥ずかしくなったのか、「忘れて」と顔を赤らめる。

ノールは決してそれを笑うことなく、小さく拍手した。

俺もそれに続いて手を叩いた。

まだ若く未熟ながらも、人々のためになりたいと口にする。立派なことだ。

今回だってそんなユリアの意思に賛成して、俺もノールも参加したのだ。馬鹿にするわけがない。

ユリアの言葉は比較的近くにいるロストンや他の兵や傷病人も聞いていたのか、拍手したり杯を高く上げて賞賛する。

ユリアは恥ずかしそうに、小声でありがとうと呟くだけだ。

拍手が収まると、ノールはユリアへ言った。

「賢帝ルディスの再来……殿下をそう呼ばせていただく日が来ることを願っています」

「の、ノール！　茶化さないでください……ああ、恥ずかしい」

「恥ずかしがることではないと思います。ねえ、ルディス？」

俺も首を縦に振る。

「そうですよ。俺みたいな元農民からすれば、殿下みたいな人が王になってくれればどんなに嬉しいか」

「る、ルディス……でも、私はとても王なんかには……」

「なれずとも、我々は力になれることがあれば、殿下に協力いたします」

「ルディス……ありがとう。皆も……」

俺とノールはうんうんと頷く。

果たしてこのユリアは、今後どう成長していくのだろうか？

しかし、俺も成し遂げられなかったことを成し遂げたいというのは、一体どういうことだろうか。

自分が出来なかったことなどない、という意味ではもちろんない。成し遂げられなかったことなんていくらでもある。だからこそ、見当がつかない。

それを訊ねようと思ったが、この日は機会を逸してしまったようだ。

ノールとユリアが再び、賢帝ルディスについて熱く語り始めたからだ。

この日はそのまま、夜が更けていった。

王都まではこんな平和な日々が過ぎていく……俺はこの時、そんなことを思っていた。

……ル、ルディス様と私が結ばれる話？

不覚にも、少し遠くにいる二人の人間……ノールとユリアの会話に、私は変な気持ちになってしまった。

私はただのブルースライムで、人間ではない。人間の感情や男女関係など、私にはどうでもいい話だ。だがそういった関係もルディス様が望まれるなら、もちろん……

「あれえ？　ルーン先輩、どうしちゃったんですか？」

手で持っていた見えない魔法の鎖が引かれ、急に現実に戻された。

「……何でもありません。少し静かに出来ませんか、ネール？」

「ねえ、ルーン先輩。ルーン先輩は、ルディス様のことが好きなの？」

「と、突然、何を!?」

「だって、私がルディス様に近づくと、すぐに追い払おうとするじゃん？」

「好き、とかいう次元の低い話ではありません……私はルディス様を敬い、愛しているのです」

「愛している……　やっぱ好きなんじゃないですかー！」

「だから、そういう話では！」

言われてみれば、妙な話だ。

本来感情を持たないとされるスライムである自分……それがこんなにもルディス様に忠誠を誓う。

ルディス様に恩義を感じているのはある。

だが、それにしたって恩義等というものを〝感じて〟いるのだ。

こんなことが、昔もあった。

ルディス様が亡くなって以来、そんなことも感じなくなったが。

「ふう……これだから、サキュバスは……あなたと話していると、昔従魔だったアルネを思い出します」

「あ！　そのアルネって、さっきあの二人の話にもでてたサキュバス？」

「そうです、あなたと変わらず、油断も隙もないサキュバスでしたよ……」

いけ好かない仲間の筆頭だった……だけど、懐かしい。

ネールは私から続きが聞きたいのか、興味深そうに耳を傾ける。

そうか……アルネは元黒翼の戦斧団の一員だ。ネールにとって一応大先輩にあたる……

私は少し嬉しくなって、アルネについてあることないこと交えながら、話すのであった。

しばらく話していて確信したことだが、このネールは純粋にルディス様に興味を持っているようだ。

もちろん彼女の主は魔王。とても油断は出来ない。だからこそ、私は今までネールの一挙一動に目を光らせ、口酸っぱく近寄らないよう言ってきた。

でも思い返せば、ルディス様と魔王は和平を結んで以来、戦ってはいない。その和平協定を魔王が転生したルディス様に対しても守るかは分からないが……

しかし、アルネとネールは似ている。私が思うに、魔王も魔王軍もあまり変わってないのかもしれない。

それに千年という時間は人間にとって長くても、魔王にとってはあっという間。ルディス様は以前のような力を取り戻しつつあるし、魔王もすぐに何かをしてくる可能性は低い。

だから、私もネールを何かと敵視するのはやめるべきかもしれない……

それにルディス様についてあれこれ聞かれるのは、私も嬉しい。私にとってルディス様が好きな者は、人間であろうと魔物であろうと味方と見ている。

私の話を興味深く聞くネールに、私も少し心を開くことにした。

「……ネール。あなたの立場は理解しています。その上で、一つ訊ねます。ルディス様と魔王が争うことになった場合、あなたはどうします？」

「い、いきなり、なんですか？　……そ、そうですね」

ネールは私が真剣な顔をしたのを見て、うーんと頭を悩ませた。

「ごめんなさい。答えになってないかもですけど、魔王様はルディス様と戦うことはないと思います」

「その可能性は、私も高いと思います。ですが、万が一……そうなったら？」

「……意地でも止めますよ。私にとって魔王様は大事ですし、ルディス様は一番好きな男ですもん」

ネールの回答に、私は懐かしく思うと共に、安心した。

今の質問は、私がかつてアルネに投げかけたものだ。

この問いに、アルネはネールと全く同じ回答を口にしたのだ。

大事な存在が二つ……というのは、私はあまりよく分からないが、アルネは少なくともルディス様を裏切らなかった。

「そうですか……それなら、ルディス様のお側に仕えるのを許可しましょう。あなたを信用します」

「それってつまり、ルディス様に近づいてももう怒らないってことですか？」

「まあ、そういうことです。でも、ちゃんと時と場所は弁えてください。それとルディス様は、私達の主人ですから……独占は許しません」

「それはまあ、そうですよね……分かりました。じゃあ、先輩……一緒にルディス様を共有するってのはどうです？」

その提案に、私はニヤリと頷いた。

「よろしいでしょう。それにルディス様を誰よりも知っているのは私です。私の力があれば、ルディス様も振り向いてくれるかもしれませんよ？」

「ルーン先輩……今日から、本気で先輩って呼ばせてもらいます！」

私とネールは互いに握手した。

ルディス様と魔王がそうであったように、ずっと争っていても仕方がない。一種の協定のようなものを私達も結んだのである。

この後、マリナも巻き込み、私はルディス様がどんな女性が好きなのかを熱く語るのであった。


次の日も、快晴の下馬車は街道を進んでいた。

見渡す限りの平原に点在する集落。まだまだ王都は見えない。

代わりに放牧される羊、開墾のための牛が見える。

なんとものどかなものだ。

俺は少し気になったことを、隣を行くネールに訊ねることにする。

周りにルーンとマリナはいるが、ノールはユリアの話し相手として先行しているので、聞かれちゃまずいことも話せる。

「なあ、ネール、一つ訊ねても良いか？」

「はい、ルディス様のためなら、何でも！」

ネールは元気いっぱいに俺に応じた。

一応魔王軍の配下なのだから、何でも、はまずい気がするが……

「単刀直入に聞こう。ここヴェストブルク王国には、ネール達以外にも魔王軍は来ているのか？」

「うーん……まあ、いっぱいいると思いますよ。でも魔物の集団なら、〝軍団《レギオン》〟の方が多いかも」

「〝軍団〟？」

それは、帝国の言葉であった。

軍団は、かつての帝国の軍隊の一単位をあらわす。

「あれれ。知らないんですね。でも、人間からすれば私達魔王軍も軍団も同じ魔物だから仕方ないか」

ネールは、でもと続けた。

「私があんま他の魔王軍がどこにいるか分からないように、魔王軍って結構いいかげんというか、緩いんです。でも軍団は違くて、色んなアンデッドで構成されてるのに、まるで人間の軍隊みたいにしっかりしてるんですよー」

「しっかり……それは、整列したりとかか？」

「それです、それ。なんて言うんでしたっけ、そういうの」

「統率が取れている、か？」

「そうそう、その統率です。魔王様もそう言ってましたよ。まるで、帝国の軍団みたいだって。軍団って呼び名は、魔王様がつけたんです」

「そうか……」

魔王がそう評したということは、相当に組織化された集団であることは間違いない。

〝軍団〟と名付けたのも、帝国軍を想起させる集団だったからか。

しかし、意思を持たないアンデッドを、どうやって統率している？

「色んなアンデッドと言ったな？　人間も魔物も問わずということか？」

「はい！　どちらかと言えば、大陸の東に多いんだけど、最近は西の方でも良く出てきて」

ネールはさらに続けた。

「だいたいは人間を襲うので、私達はそれに便乗して……というのが、最近の戦い方なんです」

「なるほど……誰がそのアンデッドを操っているかは分からないか？」

「はい、魔王様も分からないらしくて。というか、あいつら私達もよく襲うんですよ、この前も、あっ……」

ネールは思わず口を押さえた。

〝軍団〟が魔王軍を襲うというのは、口外してはいけないことだったらしい。

この前、魔王軍が南に追い出されている要因の一つか。

一口に魔物と言っても、種族間の関係は複雑怪奇だ。

大陸西部の魔物の勢力について、少し整理するか……

まず、魔王軍。

これは俺の時代からも存在する、魔王を頂点とした複数の種族からなる魔物の集団だ。〝軍団〟の襲撃が一因で、南方に進出しなければいけなくなっているらしい。

そして種族ごとの勢力。

この前のベイツが率いるゴブリンの集団だったり、吸血鬼の集団。これも、魔王軍が南に来る過程で、南に更に押し出された勢力が多いようだ。

最後に〝軍団〟と名付けられた、アンデッドの軍隊。

これが、魔王軍を含む魔物の南への大移動を引き起こしている大きな要因なのだろう。

魔王軍は魔王軍かそうでないかだけが敵味方の判別方法のはずだ。

一方の種族ごとの勢力は、それこそそれぞれの外交関係を有しているため、一概には言えない。種族間で同盟を組んでいる可能性もある。

しかし、とてもじゃないが魔王軍に太刀打ち出来る勢力ではないということだ。だからこそ、南に押し出されていると言える。

一番のイレギュラーは、〝軍団〟。

人間も殺し、魔王軍も魔物も見境なく襲うという。

アンデッドは放っておいても、個々に人間を襲う。元魔物、元人間どちらも、人間の生者を襲うのだ。

しかし、生きた魔物は滅多に襲わない。

というのは、基本アンデッドは生きた人間を求め、徘徊するのだ。

成り行きで魔物と敵対し襲うことはあっても、魔物の住処を襲ったりしない。

つまり、誰かが魔王軍を襲撃する指示を出しているということ。

その指示を出している者は、恐らく、帝国にゆかりのある者に違いない。

〝軍団〟と魔王が揶揄するのも、帝国軍に近しいものを感じてのことだろう。

アンデッドを作り出し、操る者……俺の知る者では覚えはない。

しかし、指示が聞けるアンデッドを作るには、膨大な魔力が必要になる。

それを軍隊と言われるまでの規模で作製しているのだ、並大抵のやつじゃない。

はっきりと言えるのは、普通の人間の魔力では不可能ということだ。

出来るのは俺のように魔物を従える帝印を持つ人間か、魔王ぐらいのもの。もしくは俺の従魔なら
あるいは……

だが、従魔にそんな魔力を持つ者はいただろうか？

俺が知る限りはいないが、魔力と素養だけを見れば、この千年の間で使えるようになっていてもおかしくはない……

考えたくないが、従魔でないとも言えないのが現状。

むしろ、その可能性を考えてしまうのは、従魔の勤勉さならそれも可能にしてしまうと思うからだ。

そして人間への恨みを抱えている従魔がいるだろうということが、その不安を更に煽る。

いずれにせよ、魔王と会う機会があれば色々聞き出す必要がある。

王都でも、東部での〝軍団〟についての情報を聞きたいところだ。

「あ、あのー……ルディス様？」

「ああ、ネール。助かったよ」

「そ、それは光栄です……でも、私が言ってたということは、出来れば」

「分かっている。どこかで聞いたということにするよ」

「あ、ありがとうございます！　ルディス様、本当やさしい！」

俺の腕に頬を摺り寄せるネール。

ルーンが何かを言うと思った。

しかし、ルーンは口を出さない。

俺は思わず先を歩くルーンに目を向けた。

ある意味で助け舟となっていたんだが、どうしたというんだ？

ルーンは能天気に、マリナにこう言った。

「今日もいい天気ですねー、マリナ」

「え？　ええ、そうですが……」

マリナも困惑しているようだ。

俺を助けなくていいのかと。

そればかりか、ルーンは俺に振り返って、こう言ってみせた。

「あれ？　ルディス君、そんなに私を見つめてどうしたの？」

ルーンはいたずらっぽく、俺に言ってきた。

「もしかして……私のこと好きなんですか？　……どうしよう、マリナ。ルディス君、やっぱり私のこと好きみたい」

急にきゃっきゃとしだすルーンに、マリナも何故か同じような調子で返した。

こいつ……俺がネールと組ませようと思ったのを見抜いたのか。

「そうなんですかぁ、ルディス様？　でも、私が一番だよね？」

いや、ネールの様子もおかしい。

いつもはルーンに噛みつくのに。まさかこいつら……手を組んだのか？

昨日、妙に意気投合していたと思っていたが。

複雑怪奇なのは、従魔同士の関係でもそうであったようだ。

俺はマリナに視線を向けて必死に助けを求める。

マリナ、お前ならこの状態を何とか……

マリナは水色の長い髪を揺らして、俺の隣に来る。

よし、マリナ。お前はやっぱ……

「……ルディス様、私が一番って言ってください。そうしたら、私が何とかしますから」

俺の耳をくすぐるように、マリナは小声でささやいた。

その顔は、今まで見せたことのない、いたずらっぽい顔だ。

ま、マリナ……お前もか。

三人はふふっと示し合わせたように笑った。

やはり繋がっていたか……まさか、マリナまでもとは思わなかったぞ。

でも、三人とも何だか楽しそうだ。

よく言えば、仲が深まったと考えるべきか。

だが、このままでは分が悪い……

「お前達、よってたかってとは……ああ、もういい！　俺は馬車の中を見てくる！」

くすくすという笑い声からするに、三人とも俺が恥ずかしがるのを見て喜んでいるようだ。

俺はそこから逃げるように、馬車へと向かうのであった。


エルペンを出て三日目。

俺達は、王都まで三分の二という距離の場所まで来た。

今まで特に襲撃もなく、俺は従魔達のおふざけに付き合いつつ、傷病人の治療を行う。

そのおかげか、傷病人の一部は寝たきりでなくなり、馬車に余裕が出来たのだ。

ユリアはそのスペースを使うことを許可してくれて、俺達は王都で売るために道端の薬草なんかを集めたりもした。

とにかく、平和そのもの。これからもそうだろう、俺も含め皆そう思っていた。

ネールがルーンの言葉に驚く。

「ええ!?　じゃあ、ルディス様は女性と付き合ったことないのっ？　人間って確か、生まれて十年二十年で付き合うんじゃなかったの？　意外」

余計なお世話だ、と後ろで話すネールとルーン、マリナに反論したくなった。

俺だって、好きでずっと独り身だったわけじゃないのに……

はあとため息を吐くと、俺は何やら遠くから足音が聞こえてきた。

聞く限りでは馬に近い。

しかし、馬よりも地を蹴る速度が速いのも感じる。

俺が目を凝らすと、白い馬が一体、平野を走っていることに気が付いた。

その体には槍や矢が突き刺さり、血を垂れ流している。時々体が揺れるのを見るに、相当に弱っているようだ。

だが、この速度……こいつはただの馬じゃない。

それを証明するかのように、馬の額には一本の角が生えていた。

こいつは……

「ユニコーン!?」

最初にその正体を口にしたのは、王女ユリアであった。

驚き様からするに、知識としては存在を知ってはいたが、今まで見たことはないのだろう。

ユリア以外も、突如現れたユニコーンに気が付く。

本当は神々しい聖獣だ。

普通であれば拝みたくもなるだろうが、痛ましい姿に人々は心配するような目を向けた。

ネールが俺の隣に来て、耳元でささやく。

「ルディス様、これ色々やばくないですか？」

「……お前を見て、攻撃してくるかもしれないな」

それだけじゃない。

俺やユリアの持つ帝印……魔物を従える帝印を見て、攻撃してくるかもしれない。

ユニコーンをはじめとする聖獣は、魔物を絶滅させることを使命としている。

現に俺も、以前バイコーンのフィストと会った時、彼らに襲われた。バイコーンが魔物であること以上に、俺の魔物を従える帝印を危険と認識したからだ。

俺は新たな敵をつくりたくなかったこともあり、ユニコーン達に目くらましを食らわせ逃げきった。

しかしその後ユニコーン達の長、オルガルドが俺に会いに来て、とりあえずの和解を果たす。

とはいえ、俺にはユニコーン達の区別がつかない。今こちらに向かってきているユニコーンがオルガルドでないのは確かだ。オルガルドだけは魔力が大きいので判別できる。

だがオルガルドの仲間なのかも分からないし、仲間だとしても、オルガルドの意向を無視して俺達を襲ってくる可能性もあるのだ。

そうすれば、ルーンとマリナ、ネールが魔物とばれてしまうかもしれない。

だが、ユニコーンはもはや前も見えてないようであった。

人間を避ける彼らが、こちらにまっすぐ走ってくるのだ。

恐らくは【探知】すら使えない程、ぼろぼろなのだろう。よく見ると体中に深い傷もあり、何者かに襲われたようだ。

ユニコーンはすでにふらふらであった。こちらの馬車までもう少しと言うところで、倒れてしまう。

それを見て真っ先に飛び出したのはユリアだ。

近くで馬を止めると、降りて回復魔法を掛ける。

やはり、駆け付けるか……

しかし、ユニコーンがその帝印を目にしたら危険だ。

「ルーン、周辺を警戒してくれ！」

「はい！　お任せを！」

俺はルーンにそう言い残して、ユリアの後を追った。

ユニコーンがここまで深手を負うとは……一体誰の仕業だ？

聖獣に敵対的なのは魔物だけなので、魔物の仕業なのは間違いないだろう。

具体的にそれが魔王軍なのか、また別の勢力は分からないが、相当に強力な魔物であることは間違いない。

ルーンには周囲を警戒してもらい、俺は治療に専念しよう。

俺と同時に護衛の何名かと、ノールも近寄る。

俺が近くに来たときは、すでにユリアは回復魔法をユニコーンに掛けていた。

「殿下、手伝います！」

「ええ、お願いします！」

早速ユニコーンの近くで腰を下ろす。

【状態診断】で診るに、このままの出血ではもう数分も持たないだろう。

毒も多少回っているようなので、それも取り除かなければいけない。

「殿下！」

「我等も何かお手伝いを！」

ノールとロストンも来てくれた。

「助かるわ、でも……」

ユリアはどういった指示を与えるかを考え付かなかったようだ。

俺は緊急事態でもあったので、代わりに答える。

「俺と殿下で回復魔法を使い、傷口を塞ぎます。ロストンさんと護衛の方は、刺さった槍と矢を抜いていただけますか？　ノールさんはその傷口をすぐに火炎魔法で焼いて出血を止めてください」

俺の声に、皆うんと頷いてくれた。

ロストン達は以前俺がユリアを助けたのを見ていたからか、信用してくれているのだろう。

ノールは若干不安に思いながらも、止血は重要ということは分かっているのか頷いてくれた。

皆、早速行動に移る。

槍や矢は迅速にユニコーンから抜かれた。

流石に軍人はこういったことも慣れているか。

ノールも彼らが抜いた場所の傷口を焼いてくれる。

「殿下は【浄化】をお願いします。俺は【治癒】を使います」

「分かったわ、任せて」

俺達はユニコーンの回復を始める。

傷は深いので、それなりの魔力を要する。

ユリアの前ではあまり俺の魔法の実力は見せたくなかった。

だが、ユニコーンがここまで傷を負う事態だ。今はゆっくり治療してられない。

俺が【治癒】をかけると、ユニコーンの傷はみるみるうちに塞がっていった。

毒の方はユリアがしっかりと【浄化】で処置してくれたようで、ユニコーンの荒い呼吸が少し落ち着いてきた。

「よし、これで……」

早速ユニコーンは息を吹き返し、瞼をうっすらと開ける。

俺は一応、魔法で俺とユリアの帝印を隠そうとした。

帝印は意識しなければ光らないので大丈夫とは思うが、保険のつもりだ。

しかし、ユニコーンはそんなことを気にすることもなく、ただ一言、はっきりとしない口調で告げた。

「に、人間……逃げるのだ……」

ユニコーンは帝国語でそう呟くと、すぐに気を失った。

それを見た護衛のロストンは落胆する。

「ああ！　また倒れてしまったぞ」

「ロストンさん、どうやら気を失っているだけです。少し休ませれば……」

俺は答えつつ、周囲を見渡す。

このユニコーンの体調は心配ない。それよりも、今の逃げろという言葉は一体どういうことだ？

ユニコーンをここまで傷だらけにする何かがいるということだろうか……

しかも、ユニコーンは普通群れて行動するはず。それを離散させる程の相手となると相当な手練れだ。

体の傷を見るに武器を扱う者の仕業……人間という可能性が全くないわけではないが、人間がユニコーンと対等に戦えるとは思えない。聖獣が敵対してるのは魔物だし、武器を使える魔物……例えばゴブリンや吸血鬼にやられたのかもしれない。

……とにかくここには、何かが起きた時に抵抗はおろか自分で逃げることすら出来ない傷病人が多い。魔物と戦いになれば、俺でも守り切れるか。

いや、全力を出せばそれは可能だ。しかし、それでは俺の力がユリア達にばれてしまうかもしれない。

だが、その心配はなかった。

ユリアが確認するように呟く。

「……人間……逃げる。古代の帝国の単語を音にすると、こうなるはず。この聖獣は、きっと私達に逃げろと告げているんだわ」

　ノールも頷く。

「後半の逃げるという言葉は、大陸西部南方で今も使われている、逃げろという言葉とほぼ同じ発音でした」

「つ、つまり、ユニコーンは我等に逃げろと告げていると？」

　ロストンの問いに、ユリアは頷いた。

「聖獣がここまで傷だらけになるのです……とんでもない魔物がいるはずです。ロストン、今すぐにここから去りましょう」

「は、はい、それは。しかし、この聖獣はどうしましょう……」

　人と聖獣は本来関わってはいけない。

　そして聖獣は人間を守る一方、人間は聖獣を敬うよう教えられる。

　ここでそのままにするのがいいのか、それとも連れていくのが良いのか。

　神殿の神官でも迷う状況だ。

「殿下」

　俺はユリアの前で跪く。

「殿下、聖獣の看病は私に続けさせてください」

「ですが、この聖獣の言葉によれば、ここは危険だと」

「危険であれば、誰かが敵を引きつけなければいけません」

「ならば、私も！」

俺は首を横に振った。

普通、庶民が王族に逆らうなんて有り得ない。

だが、このユリアはそんなことを気にするような人間じゃない。

ユリアは尚も俺に言葉を掛けようとするが、ロストンがその肩を掴んだ。

「……殿下、ここはルディスに任せましょう。ユニコーンの治療なら、彼に任せておけば大丈夫。それにルディスよ。何かしら、敵から逃げる自信があるのだろう？」

お前なら、と言わんばかりにロストンは訊ねてきた。

俺は、うんと頷く。

「はい……実は、脚には自信があります。もし魔物が来たら、俺はエルペンの方に引きつけます」

「……分かった。では、誰が残る？　自慢じゃないが、俺も足は……」

「お気遣いなく、俺だけ……いや、そこのネールと俺で防ぎます」

俺の声に、ルーンはぷくっと頬を膨らませた。

しかし、ルーンも理解しているはずだ。

俺が車列を離れた場合、もし有事があれば、一番頼りになるのは自分であると。

本当は俺一人だけが都合がいい。

だが、何かあった時の連絡係としてネールは残したい。

また、ネールのことを信用してないわけじゃないが、万が一を考え目の届く範囲にいさせたかった。

それを聞いて心配そうに訊ねたのは、ノールだ。

「ルディス、私が残るわ」

「いえ、ノールさん。もし、万が一魔法が使える魔物に馬車を襲われれば、あなたしか対抗出来ません」

現状、ユリアやロストン達が最高戦力と考えているのはノールだ。

ノールは冒険者ギルドが定める冒険者ランクでは、最上位にあたるオリハルコン級冒険者。

魔法大学も出ており、俺も今まで何度か戦いを共にしてきたが、魔法の腕も悪くない。

ギルドからは新人冒険者の適性診断の試験官を任されたりと、誰もが認める実力者だ。

そのノールを抜くというのは、戦力的に難しい。

「……でも」

「ノールさん、大丈夫です。俺には賢帝の加護がありますから」

不安そうにするノールに、俺は笑って返した。

「……分かったわ。でも、明らかに敵いそうもなければ、ユニコーンを置いてすぐに逃げて。聖獣は人を守るのが使命。自分のため人間が死んだとなれば、その魂がどうなるか……」

「分かっています、俺だって死ぬ気はありません」

ノールは無言で頷いた。

「さあ皆さん、急いで」

俺に皆、了解の声を送る。

そして車列の方に戻り、再出発の準備を整えた。

皆が出発する中、ユリアが馬上から声を掛ける。

「ルディス、またもあなたに無理を……」

「無理？」

「この剣のことよ」

ユリアは以前俺が渡した、魔力を多く扱えるようになる剣を指さした。

あの時、近くに賢帝の剣があるから見つけてほしいというユリアの頼みで、俺はあの剣のもととなるかつての自分の剣を探しにいった。地図も手掛かりもない、普通の冒険者には無理難題のような依頼だった。

「気になさらないでください。それにしても、無理を言っている自覚はあったのですね」

俺は少し意地悪っぽくユリアに返した。

魔法を教えろはともかく、あれだけの情報で剣を探して来いと言ったのはさすがに無理がある。

ユリアはそうねと笑うが、その表情はやはり暗い。

今回は命が関わっているから、俺が心配なのか。

俺はユリアに続ける。

「……でも、それも全ては殿下の力になりたいからです。俺は、殿下のやろうとしていることのお手伝いをしたい」

俺を呼び出したあの日、ユリアは志を語った。

この国を助けたい。だから、人々を苦しめる毒を除く魔法を教えてくれと。

ユリアはその時と変わらず、今も人々の役に立とうとしている。

俺も最初から変わらない。

俺は出来る範囲で、ユリアの力になるつもりだ。

「ルディス……ありがとう」

「礼は、後で少し相談させて頂ければ……」

ユリアは俺の声に、ふっと笑う。

「……生きて帰ってきたら、何でも聞いてあげるわ」

「今、言いましたね、何でもと」

「もちろんよ。だから、ちゃんと帰ってきなさい。あなたにはまだ……色々聞きたいことがいっぱいあるんだから！」

「はい！　さあ、殿下も」

ユリアは頷き、馬を走らせていった。

俺は車列と共に行くルーンに【思念】で会話する。

（ルーン、くれぐれも頼んだぞ。一応、マリナとお前に魔力を今から送る）

（かしこまりました。こちらは、私達にお任せください。しかし、ルディス様、ネールだけで大丈夫でしょうか？）

（問題ない。ネールはあくまで連絡役と考えている）

(かしこまりました……)

(心配するな。ユニコーンの回復が早ければ戦うこともなく、すぐに追いつくだろう)

(はい……しかし、くれぐれもお気を付けを)

俺は分かったと、交信を切る。

同様にノールも心配そうな顔をするが、俺は力強く頷いて見せる。

すると、ノールも頷き返してくれた。

車列は急ぎ、その場を去っていく。

「……へえ。やっぱり随分と慕われているんですね。さすが賢帝と言われるだけあって、人徳があるんですね」

ネールは感心したように呟いた。

「慕われてるわけじゃない。まあ信用はしてくれているみたいだが」

今までの俺の行動が、俺の言葉を聞いてくれるよう働きかけてくれたに過ぎない。

それに皇帝時代の俺に、人徳はなかったと思う。

一番の原因は、俺が皇帝という立場にあったことだ。父や兄弟の圧政もあり、人々は皇帝を信じられなかった。しかも魔物を従える帝印を持っているということで、俺は魔王の落胤と呼ばれていたのだ。

だから俺に会う人は皆、そもそも俺を人としては見てくれなかったのだと思う。

「ま、とにかくこれで、私とルディス様は二人きりですね!」

「随分と余裕だな。このユニコーンはお前と同等の魔力を有している……敵は、遥かに強いはずだぞ」

「それはそうかもですけど、ルディス様が負けるなんてありえないじゃないですか」

「そうとも限らないぞ……とりあえず、俺はユニコーンの治療を続ける。といっても、すぐ終わるはずだがな」

俺は回復魔法をユニコーンに掛けようとした。

だが、同時に発動していた【探知】が膨大な魔力の反応を報せる。

俺がその方向に顔を向けると、そこには砂煙が巻き上がっていた。

「……な、何か、ちょっと多い、かも？」

次第に近づく魔力の反応に、ネールも事の重大さを知ったようだ。

数十……いや、百以上の何かが俺達に近づいてきている。

魔力の形は、馬の四肢のようなものに、人型の何かが跨っているような形だ。

下は馬か？

だが、乗っているのは、ゴブリンにしては大きい。かといって、オークにしては小さく細すぎる。

人間にしては魔力が大きいし……さてはこいつらはスケルトンか。

「ネール。魔王軍にあれだけのスケルトンの部隊はいるか？」

「あれ、スケルトンなんですか？　いいえ……ってことは軍団？」

「……そのようだな」

しかもただのスケルトンじゃない。

速さからして、馬型のスケルトンに騎乗している。

「ネール。前衛を任せられるか？」

「も、もちろん!!　私がルディス様を守ります！」

震え声のネールは、【透明化】していた背のハルバートを手に取ると、隠していた翼と角を露にした。

ネールは本気のようだ。

しかし、ネールは魔王軍の大事な客人でもある。

傷つけるわけにはいかないから、戦わせるつもりはない。

それに一体でもあのスケルトンを残せば、近くの町や村にどんな被害が出るかも分からない。

もう、被害に遭った人々もいるかもしれないが、とにかくここで終わらせる。

「太陽は……良く出ているな」

白昼堂々、アンデッドが闊歩する……妙な話だ。

それも、裏で操っている軍団の主のせいなのだろうか。

どの魔法で倒すか迷ったが、彼らも元は人間だ。なるべく苦しませないよう、聖魔法が良いだろう。

次第に目でも、白骨の騎馬軍団が向かってくるのが分かるようになってきた。

「このネール様が相手よ！　掛かってきなさい!!」

ネールは勇ましく吼え、ハルバードを構えた。

しかしその時、スケルトン達へ向かう馬蹄の音が響いた。

感じたことのある魔力の大きさ、聞き覚えのある馬蹄の調子。こいつらは……

仲間を守るため、あるいは遠くに見える人間であろう俺達を守るためか、ユニコーンが十数体、スケルトンへ向かっていく。

「ユニコーンか」

だが、如何に強力なユニコーンと言えど、さすがにこの数相手では厳しいだろう。

しかも、すでに戦った後なのか、皆傷だらけだ。

スケルトン達は突如現れたこのユニコーン達に、進路を変える。

……ユニコーンの群れの中で、一際大きな魔力の反応があるな。あれはもしかすると、オルガルドか。

ここは共同戦線を張れないだろうか……

オルガルドは以前、俺に魔物は信用するなと警告をしにきた。

そのことからも分かるように、彼自身は、魔物と俺の魔物従える帝印を好いてはいない。

しかし、誰かを救いたいという気持ちは、俺とオルガルドも共通している。

ましてや、俺達は後ろで倒れているユニコーンを治療した。敵意がないということは分かるだろう。

俺は思い切って、ユニコーンの長オルガルドに【思念】を送った。

(オルガルドだな？　話がある。このまま突っ込んでも無謀だ)

(この声は……)

オルガルドは、いやと続けた。

（確かにお前の言う通り、無謀だ。このままでは我らは突撃し、死ぬであろう。しかし、それがどうした？）

（俺と一緒に戦ってくれ。それならば、あの不死の者達を倒せる）

（なぜ、人間……いや、呪われた帝印を持つ者と共に戦わなければいけない？）

やはり、オルガルドは俺が以前会った人間だと気づいたようだ。

【思念】などという魔法が使えるのは、俺ぐらいしかいないと思ったのだろう。

（それはお前達の考え次第だ。奴らを倒したくば、俺に従え。でなければ勝手に倒れればいい。だが、お前達が倒れた場合、彼らはまた人間を襲うことになるぞ？）

オルガルドは足を遅めて、しばし沈黙した。

自分達では敵わない……オルガルドはそれを理解していた。

（……我らにどうしてほしい？）

（お前達の速度には、あのスケルトンの騎兵も追いつけない。彼らの周囲をぐるぐると周り、敵を円形にまとめてくれ。その後は、俺がやる）

（分かった……）

オルガルドは俺に応えると、早速他のユニコーンに指示を出した。

スケルトンの少し手前で急に方向転換するユニコーン。

それを追うように、スケルトン達も向きを変えた。

ユニコーン達は攻撃を避けたり聖魔法で防ぎながら、敵の外側を迂回していく。

上から見れば、まるで竜巻のように渦巻いて見えるだろう。

「あれ？　あのユニコーン達、何か動きが」

「俺が指示したんだ。ネール、今から三十秒ほど、俺は無防備になる。スケルトンが俺達に気付いてやってくる可能性もある。周りの警戒を任せたぞ」

「は、はい！」

ネールに「頼む」と頷くと、俺は早速手に宙に浮く聖属性の魔力を結集し始めた。

太陽が出ていることもあって、聖属性の魔力は豊富。自前の魔力はそこまで消費しない。

つまり、無防備と言うのは嘘だ。ちゃんと、【魔法壁】も張っている。

では何故そんな嘘を吐いたかといえば、ネールを試す最後の機会にしようと思ったのだ。

俺を殺す気であれば、今は絶好の機会。

しかし、ネールは必死に周囲を警戒してくれた。

やはり、俺を殺そうとは思っていないようだ。

ユニコーン達が決死の覚悟でスケルトン達を集め、俺も聖属性の魔力を圧縮出来た。

俺はそのまま圧縮した魔力を、スケルトンのいる上空に放つ。

スケルトン達が虚空の目を上に向けると、そこに優しく眩しい光が降り注いだ。

ただの【聖光】ではなく、聖属性の魔力を操って雨のように降らせている。名付けるなら【聖雨】とでも呼ぼうか。

「き、綺麗……」

サキュバスであるネールすらも、そう呟いた。

光がゆっくりと収まると、そこに立つスケルトンは一体もいなかった。

光を浴びた骨が、地面に崩れていく。

散乱した骨はやがて、光が弱まると共に消えていくのであった。

ネールは半分顔を引きつらせながら、俺に振り向く。

「す、すご……ルディス様、やっぱすごすぎます！　いや、おかしいって！　あの規模の軍団を一瞬で灰に！」

「ネールが周囲を見てくれてたから、魔力を集中出来たんだよ。ネール、ありがとう。それに……」

一発で葬れたのは、ユニコーン達のおかげでもある。

そしてこれから厄介なのは、あのユニコーン達だ。

……さあ、どう切り抜けるか。

額から一本の角を伸ばしたユニコーンの集団がこちらに向かってくるのを、俺はじっと見つめる。

その内の一際大きなユニコーン……オルガルドは俺の前で立ち止まった。

「何こいつ？　ルディス様がせっかく仲間を助けてやったのに偉そうに！」

ネールはオルガルドに向かって、頬を膨らませる。

しかし、オルガルドはネールに目もくれず、先程助けたユニコーンを見るだけだ。

サキュバスといえば高位の魔物である。

それは聖獣のオルガルドにも分かるはず。つまり、ネールは彼にとって即座に排除しなければならない対象のはずなのだ。

だが、それをしないのはオルガルドの興味は俺にあるからだろう。

オルガルドは俺にまっすぐ顔を向けると、こう問うてきた。

「……何故、助けた？」

「……お前はどんな行動にも意味が必要なのか？」

「そうだ」

オルガルドは深く頷く。

正直、意味があるなしで行動したわけじゃない。敵対者であろうが、救えるのなら救いたいのが俺の信念だ。

「簡単なことだ。俺にとっては人間も魔物も聖獣も、等しく同じ命を持つ存在……人を助けるように、聖獣も助けるだけだ」

「詭弁だな。聖獣と魔物の命が平等なはずがない」

「そうか。だが、俺はお前のその道理に従う義理はない」

不服そうな顔をするオルガルドだが、無駄な討論をする気はない。

「そこのユニコーンはしばらく休めば治るだろう。俺達はもう行かせてもらうぞ」

俺はネールに行くぞと言って、オルガルドに背を向けた。

「待て。また我らを〝見逃す〟つもりか？」

俺との力の差を、オルガルドは分かっている。

俺はユニコーン達から逃げる時、彼らに体を傷付けない最低限の魔法を放った。オルガルドはそれを受けて俺が手加減したと解釈し、わざわざイプス村にいる俺にそれを伝えに来た。

「何とでも取ればいい。俺はただ、時間が惜しいだけだ」

そう言い残して去ろうとした時、遠くから帝国語が響いた。

振り向くと、そこには一体のユニコーンが。

彼らの表情と感情に明るいわけじゃない、だが焦っていることは感じ取れた。

「オルガルド様！　アイシャが！」

「落ち着け、どうした？」

「アイシャが起き上がらないのです！」

「何？　……敵の毒か？」

オルガルドはすぐに俺達とは反対の方向に振り返り、駆けていった。

その先では、一体の倒れたユニコーンを他の者達が囲んでいる。

白い光を見るに回復魔法を掛けているようだが、効いてないらしい。

すぐにオルガルドも回復魔法を掛ける。

他のユニコーン達よりもまばゆい光……【治癒】の上位にあたる、高位魔法【快癒】。

しかし、アイシャが息を吹き返すことはない。

ならばと、今度は【浄化】も使うが、それも意味がなかった。

ユニコーン達が見守る中、オルガルドは様々な聖魔法を試す。

だが、ついにアイシャが目を覚ますことはなかった。

オルガルドは沈痛な面持ちで、首を横に振る。

その瞬間、ユニコーン達の目に涙が浮かんだ。

「ルディス様ぁ、あんな失礼な奴ら放っておいて、行こ？」

ネールが俺の手をぐいぐいと引っ張る。

俺はそれを優しく解き、オルガルドの近くに向かった。

「ルディス様？」

ネールは不思議なのだろう。自分に敵対的な態度の者を助けに行くのが。

だが、俺と従魔には真の敵など存在しない。いつだって友好的な関係が築けないか模索してきた。

ユニコーンの一体が俺に気が付き、その角を向けてきた。

オルガルドも俺に気が付いたようで、こちらに振り向く。

「何の用だ？」

「聖魔法が効かない理由があるはずだ……恐らくは、聖属性を纏わせた闇魔法の呪いだろう」

俺はアイシャに【状態診断】を掛けて、より詳しい情報を得る。

【闇蝕】……闇属性の高位魔法で、体の組織を闇属性のものに変えていくものだ……このままでは、アイシャはやがてアンデッドと化してしまうだろう」

俺の言葉にユニコーン達が一様にざわつく。

無理もない、誇り高い聖獣がアンデッドになるなど、考えたくもないことだ。

ユニコーンの一体が、たまらずオルガルドへ提案した。

「オルガルド様！　アイシャを一刻も早く楽にしてやりましょう！」

「待て！　まだ、アイシャは助かる」

俺の言葉にユニコーン達は、「人間は黙っていろ！」と声を浴びせる。

このような者の言葉を聞いては駄目だと、オルガルドを諫めた。

しかし、オルガルドは「静まれ」と低く一喝し、俺に訊ねる。

「……では、どうすれば助かる？」

「通常であれば、高位魔法の【浄化】で十分【闇蝕】は止められる。しかし、それが効かないのは【闇蝕】に、聖属性が加わっているからだ」

聖と闇……本来では打ち消し合うはずの二つの属性が、【闇蝕】の効果を損なわない程度に調和している。そんな芸当、誰が出来るというのだろうか……いや、俺なら出来るだろう。

しかし、俺以外だとすれば誰が？

今戦った〝軍団〟のアンデッドの中に、それほどの魔法の使い手がいたというのだろうか？

疑問は残るが、今はまずアイシャを救わなければならない。

「まずは聖属性を除去する。俺が全身に【闇属性付与】を掛ければ、それは難しくないだろう」

「ふむ……では、我らは？」

「アイシャに【浄化】を掛けてほしい。【闇蝕】の侵食を食い止めるんだ。使えるのは、オルガルドだけか？」

「ああ、そうだ」

「そうか。なら、俺も【浄化】を掛けよう。予想以上に体の深くまで侵されているから、二人の方が良い。さあ、始めるぞ」

頷くオルガルドに、俺は一言付け加えた。

「それとだが……【闇蝕】で一旦闇属性を帯びた体の部分は治せない。つまり、これ以上の【闇蝕】の侵食を止めるだけだ。【聖別】を使えば治せるが、今の俺の魔力では行使出来ない」

【聖別】……闇属性を含んだ物体を消す【聖光】と違って、闇の属性だけを切り離すことが出来る。

俺が皇帝であった時代では、神殿の最高聖職者、預言官だけが扱えた聖魔法。俺も使おうと思えば使えるが、必要とされる聖属性の魔力が尋常ではない。帝国の神官を総結集させ、聖属性の魔力を供給させなければ、預言官も使えないのだ。

とにかく【聖別】を使わずとも、アイシャの命は助かる。

しかし、それは【闇蝕】の進行を止められるだけというだけで、元の状態には戻せないのだ。

それを聞いていたユニコーンの一体が声を荒げた。

「つ、つまり、アイシャは闇属性を帯びたまま生き返るということか!?」

「そういうことになる。裏を返せば、闇属性の魔法を使えるように……」

「ふ、ふざけるな！　そんなの死んだも同然だ！　オルガルド様、やめましょう！　きっと他の聖獣が許しません！」

ユニコーンの声に、オルガルドは沈黙する。

俺はこのオルガルドという聖獣のことが、少し分かった気がした。

正義感に溢れ、曲がったことは許せない。その根底にあるのは、誰かを救いたいという思い。

それがあるからこそ、無謀とも思える相手にも挑もうとするのだ。

イプス村の俺を訊ねてきた時、オルガルドは聖獣と魔物とは相いれない存在であると語っていた。

しかし、魔物を従える帝印を持つ俺が敵対的でないことに、オルガルドは困惑していたのだ。

俺と従魔を見て、必ずしも魔物は敵対的な者ばかりでないと認識したのだ。

アイシャも魔物になったからといって、自分達の敵にはならない……オルガルドはそれを分かっている。

だが、親や一族から受け継いだであろう聖獣の道理……魔物は絶対的な悪という教えが彼の足枷となっているのだろう。

オルガルドは今、アイシャを救うため、その頑なな道理にあう大義名分を頭の中でこねくり回しているのだ。

「……どういう道を選ぶかは、アイシャ次第だ。俺らが決めていいことじゃない」

俺は迷うオルガルドを他所に、アイシャに【闇属性付与】をかけ始める。

「貴様！　何を勝手に！」

「待て!!」

飛び出そうとしたユニコーンを、オルガルドは止めた。

「お、オルガルド様……」

「闇を扱うは人間も同じ……それだけを理由に、アイシャを殺してはならん」

「で、でも、それではアイシャは聖獣では！」

「どうするかは、このアイシャが決めることだ……」

オルガルドは決心したように、俺の隣に並んだ。

「オルガルド、今だ。【浄化】を掛けるぞ」

「うむ」

俺とオルガルドは、アイシャに【浄化】を掛けた。

白い光が全身を包むと、苦しそうにしていたアイシャの顔は穏やかになるのであった。

「……な、治ったのか？」

ユニコーンの一体が誰に問うでもなく、呟いた。

「しばらくすれば、やがて目を覚ますだろう」

俺も誰に言うでもなく、ユニコーン達へそう告げた。

すると、先程喋ったユニコーンが俺に訊ねる。

「……目を覚ました後は、どうなる？」

「どうもしないさ。普通に生きていけるだろう。だが、魔法を扱う時は違和感があるだろうな。聖属性の魔法は、思うようには使えないはずだ」

「……それは体が闇属性に蝕まれたからか？」

「ああ、今までの聖魔法が使えなかったり、使えても効果が弱まるだろうな」

「何ということだ……」

ユニコーンの顔は真っ青になる。

もはや聖獣でないとでも言いたいのだろうか。

悪いが、こんなところで口論するつもりもない。

「……オルガルド。俺は行くぞ」

オルガルドは、礼はもちろん待てとも口にしない。

ただ、アイシャを見て、沈黙するだけだ。

今後、このアイシャについてどうすればいいか、途方に暮れているのだろう。

聖獣の社会に詳しいわけではない。人間が知る彼らの情報はあまりにも少ないのだ。

だが、彼らの絶望したような顔を見るに、聖獣が闇属性を纏うことなど、きっとあってはならないことなのだろう。

俺はこのまま去ろうとユニコーン達に背を向ける。

あとは、アイシャ本人と彼らユニコーンが決めることで、口を挟むことではない。

そう、俺の決めることではないのだ。だが……

「……もし自分達でどうにもならなければ、俺を頼れ。俺と従魔なら、何か力になれるかもしれない」

オルガルドがどんな顔をしたのか分からない。

しかし、他のユニコーン達は去り行く俺に、「魔王の落胤の力など借りない！」と言葉を浴びせてきた。

俺が向かう先では、ネールが舌をべえっと出してユニコーン達を煽っている。

「ネール行くぞ」

「ルディス様、良いんですか!?　もう二〝匹〟も助けてやったのに！」

「人間と魔物の考えが異なるように、人間と聖獣も考え方は違う。俺達が恩義を重んじるからといって、彼らにもそれを強制するのは間違ってる」

聖獣達は人間のために魔物と戦っているという大義を掲げている。その命も、人間のために捧げていると思っているのだ。加えて、聖獣が人間の力を借りることはない。感謝されることはあっても、自分達が何かに感謝することは滅多にないだろう。

ネールは俺の言葉に、難しい顔をして首を傾げる。

そんな者達を助けることに、何の利益がある？　人間の多くが思うように、魔物も他者への行動には見返りがあるべきと考えているのだろう。

つまるところは、俺の行動の理由を理解出来ないでいるのだ。

俺はそんなネールの肩を叩いて、「とにかく、行くぞ」と声を掛けた。

ネールは魔王軍に対する人質。一時的に一緒にいるだけだが、人間のことも良く知ってもらいたいのだ。人間は時に、損得だけでは説明出来ない行動をすることを。

俺達はそのまま、ユリアの馬車隊を目指すのであった。

そして三時間後には無事、ユリア達に合流する。

特に襲われることもなく、誰か怪我をすることもなかったらしい。

ユリア達には、倒れていたユニコーンの仲間が颯爽と現れ助けに来てくれたと伝えた。

誰も、神話の生き物である聖獣の強さを疑問視する人間はいなかった。

傷病人達は、神が聖獣を遣わしてくださったと感謝の祈りを捧げるのであった。

だが、ネールは相変わらず不満そうな顔だ。

俺がここまでやっているのに、人間にも聖獣にも見返りを求めないことが、釈然としないのだろう。

この後、俺達は王都への旅を再開した。

道中は平和過ぎるほど平和で、俺達はエルペンと王都の中継地点であるファリアという街の近くまで到着するのであった。

二章
掟

丘を越えると、眼下に赤い屋根の街が広がっていた。

「おお、これは久々にふかふかのベッドで寝れそうですね！」

隣を歩くマリナは、城壁に囲まれた町を見て声を上げた。

城壁といっても、エルペンのものとは遥かに見劣りする。高さは人の背丈ほどしかなく、所々崩れていた。

それに囲まれている家もだいたい百棟程だろうか。大きな建物は数えるほどで、だいたいは一階建てのものばかりだ。

ここはファリア。エルペンと王都の間では、もっとも人口が多く、唯一城壁に囲まれた街だ。

エルペンから十日、王都からは五日という地点にあり、旅人や行商の中継地点になっているらしい。

ネールも嬉しそうに口を開く。

「ベッドもだけど、お風呂もありそう！」

「宿がどれぐらいの大きさかにもよりそうですね。まあ、あまり期待はしないほうがいいでしょう」

ルーンだけは冷静にそう言った。街の規模的にそこまで大きな宿もないと思ったのだろう。

また、事前に調べた情報だと、ギルドはないらしい。

だが、ちょっとした店ぐらいならあるようだ。王国の兵隊も少数だが駐屯しているという。

なんていうことはない、小さめの街……そう思ったのだが、隣を歩くノールが不思議そうにファリアの街を見ていた。

どうしたのだろうか？　特に変わった様子はないようだが……

「ノールさん。どうかしましたか？」

「ううん。前は城壁に穴なんてなかったから、ちょっと気になっただけよ」

「なるほど。自然に崩れたのでしょうか……」

いや、穴の周囲の壁は砕かれたように四散しており、自然に崩れた感じではない。何者かに壊されたかのように見える。

様子が変と思ったのは、先頭を行くユリアとロストンも同じだったようだ。

ユリア達はエルペンと王都の間の街や村を、治療で回っていた。

当然このファリアも最近見たばかりなのだろう。

だが、ユリアは望遠鏡で一通り確認すると、そのまま馬を進めた。

俺も【探知】で街を探るが、特におかしな点は見られない。人間が普通に暮らしているのが分かる。

こうして俺達は、小さな城門をくぐりファリアの街へと入った。

道の大通りはかろうじて石で舗装されており、人の往来もそれなりだ。

時折、ユリアに手を振る住民もいた。この街でもユリアの名前は知られているのかもしれない。

俺達は街では珍しい二階建ての建物の前で止まる。

どうやら宿のようで、ロストンが皆に言った。

「今日から三日ほどここで宿を取っている。皆、ゆっくり休むといい！」

車列の中の者達だけではなく、護衛の兵達も待ってましたと喜ぶ。

ユリアは傷病人の体調も気遣って、事前に宿を取っていたのだろう。

すでに傷病人の殆どの体調が良くなってるので、三日も休息する必要はないかもしれないが。

まあ、気分的にくつろぐのも必要だ。

特に護衛は昼夜交代で見張りをしたりと、野宿でも気が休まらなかっただろう。

ここには城壁もあり軍隊もいる。十分に休めるはずだ。

皆、馬車から降りたり、荷下ろしを始める。

宿の主人も部屋の割り当てをなどを皆に伝えているようだ。

そんな中、ルーンも宿の主人から部屋を聞けたようで、

「私達の部屋もあるそうですよ！　二階の大通り側の部屋のようです！」

「そうか。それじゃあ俺達も荷物を、置きに行くか」

「はい！　その後は軽く街をぶらぶらしましょう！」

「ああ。せっかくの休みだ。ゆっくりするとしよう」

ルーン達は皆「はい！」と嬉しそうに宿に向かう。

俺もその後を追うが、ユリアとノール、ロストンが身なりの良い老人と話しているのに気が付いた。

老人の隣にはロストン同様、重厚な鎧に身を包んだ立派な髭の中年男性がいる。

知り合い？　いや、この街の有力者かなにかだろうか？

老人と中年男性は困ったような顔をして、何かをユリアに訴えている。

ユリアは一旦待ってと手を出すと、ノールと目を合わせた。

そして周囲に目をやり、俺に視線を向ける。

じっと見つめ何か言いたげな表情……言うまでもなく、来てという仕草だろう。

俺は面倒ごとに巻き込まれそうと思いつつも、行くしかなかった。

「殿下、お呼びでしょうか？」

「ええ。魔物の問題となれば、やはり冒険者のあなたにも聞いてほしくてね」

「魔物の問題？」

俺が訊ねると、ユリアは中年男性と老人に言う。

「司令官、それに町長。今度は詳細に最初から聞かせてくださる？」

すると、司令官と呼ばれた中年男性は「はっ！」と応じた。

「だいたい、今から一か月前のことです。オークがこのファリア周辺に現れ、村々の家畜をさらい始めたのです。数日前には、ここファリアの城壁も壊され食料を奪われる始末……」

オークか……彼らはゴブリン同様、人間のような社会を形成する。豚や猪のような鼻を持つ人型の魔物だ。

しかし体の小さなゴブリンと違い、その体格は人間よりも屈強だ。そして人間、魔物問わず、だいたいの動くものを食料とする。

「奴ら、とにかく逃げ足が速いのです。ここファリアに入った時も、村に押し寄せる時も、食糧や家畜だけを奪い逃げ去っていきます。我等は周辺の村の目撃情報から、討伐に向かいましたが、ことごとく逃げられてしまいまして……いまだ、一体も倒せておりません」

「とすると、オークの数は少数だと？」

ノールの声に、司令官は首を横に振る。

「いえ、少なくとも五十体はいるかと。大々的に襲いにくるのです。手口も巧妙で、いくつかの村に同時に押し寄せてきます」

「なんと……では、もう結構な方が」

ユリアは悲痛な面持ちで呟いた。

オークは好戦的で、容赦がない。大量の犠牲者がでてるはずだ。

しかし、司令官が言いづらそうに、町長と呼ばれた隣の老人と顔を合わせる。

「そ、それが……怪我をさせられる者は多数いたのですが、殺された者はいなくて」

「しかも、怪我といっても軽傷ばかりでしてのう……斧等で切られたわけでもないのです」

村長の声に、ロストンは訳が分からないというような顔をしていた。

「俺の知るオークは残忍で、人を見ればすぐ襲い掛かるような者達ばかりだと思ったが……」

「食糧や物資を定期的に得るために、わざと生かしている可能性も……それでも珍しいですが」

ノールは自分で言って、そんなことあるだろうかと首を傾げている。

可能性としてノールの言うことはあり得そうだが……

「そもそも、この周辺にオークがでるとは。オークの住処はエルペンのもっと西だと思ってましたが」

ユリアの問いに町長は頷いた。

「ここで生まれてからもう七十年近く住んでおりますが、ワシも近場でオークを見るのは今回が初めてでした。しかも、彼らが現れたのは北の方です」

「とすると、西のオーク達とは違う一派の可能性もありそうですね。この前、ゴブリンの大群がエルペンに押し寄せたのと、何か繋がりが？」

ユリアはうーんと首を傾げた。

恐らくはユリアの言うように、そのオーク達も魔王軍や軍団に北から押し出された者達なのだろう。そして人を襲わないということ。これはノールの言うように、次の略奪のために加減をしてる可能性がある。

だが、人を襲わない……この一点にどうしても引っかかるものを感じた。

少しすると、ユリアは司令官にこう訊ねた。

「それで、王都への連絡は？」

「今から三週間前に増派を要請したのですが……死者がいない以上、自分達で何とかしろとのことで。東部との戦争もあって、伝令は冷たくあしらわれたと……」

「父上達の興味は、戦争で東側に向かってる……ああ、国内がこんなに滅茶苦茶なのに」

ユリアは呆れたような表情で、ため息を吐いた。

町長と司令官はユリアに頭を下げる。

「どうか、我等をお助けくださいませんでしょうか、殿下！」

「私はもちろん構いません。ですが……ノール、ルディス、その……」

ユリアは俺とユリアに顔を向けるも、言葉に詰まる。

恐らくは俺達冒険者に、そのオークの調査と討伐を命じたいのだろう。

だが、本来であれば俺達は休息を取るはずだった。報酬もそんなに出してないのにと、申し訳なく思ってるのかもしれない。

当然、これ以上何か払えるわけでもないのだろう。

しかし、俺もノールも答えは一緒だ。

「俺、行きますよ！」

「私ももちろん」

「二人とも……ごめんなさい」

ユリアは深々と頭を下げる。

「おやめください、殿下。魔物から人々を守るのは、私達冒険者の使命です」

俺はノールのその声に続く。

「そうです。そもそも、そのオークを何とかしなければ、馬車も怖くてここから出せません」

何となく空気を察したのか、町長が言う。

「おお、お二人は冒険者さんでしたか。それでしたらちょうど、ギルドに依頼を出そうと思っていたところです。お助けくだされば、報酬はもちろんお支払いしますし、ギルドには冒険者さん達の働きをお話ししておきましょう！」

つまりは、ギルドの依頼という体でお願いしたいということ。成功すれば報酬と、ギルドからの評価も上がるということだ。

「感謝いたします、町長。では、早速宿の中で対策を……」

「お待ちくだされ、殿下。実はもう一つ、この村の近くでは異変が起きておりましてな……」

町長は更に深刻な顔で口を開いた。

「もう一つ？」

「はい。この北にあるファリア森林をご存知ですか？」

「たしか……トレントと呼ばれる木の魔物が住む、深い森でしたね。そこがどうしたのですか？」

「このオークの襲撃と前後して、ファリア森林の範囲が急速に広くなりましてな……村や農地が急速に森に飲まれていっておるのです」

「森林が急速に？　トレントは植物の成長を早める魔法を使えると聞いたことはありますが……」

「ええ。誰かがファリア森林に足を踏み入れ、その怒りに触れたのかと思ったのですが……誰も入ったという者はいなくて」

町長は声を震わせ続ける。

「もともとここらへんは家畜も麦も育ちにくい地です。そこに家畜も取られ、農地も失い……すでに、このファリアの街は家のない者でいっぱいです。しかも、行方不明になった村民もおります。殿下、どうかワシらをお助けくだされ」

ユリアはうんと頷くが、難しそうな表情だ。

オークは自分達で何とか出来る。しかし、トレントとなるとお手上げというのが、実際のところなのだろう。

トレント……巨大な木の姿をした魔物だ。

だが帝国では、魔物と呼ぶかは議論があった。

というのは、彼らトレントは自分達の森を侵されない限り、人間には無害なのだ。

故に神聖な森を守護する聖獣であると主張する者もいた。

しかし、森を侵した人間に容赦のない姿は、聖獣の定義とは絶対的に外れている。結果、トレントは魔物と見るのが帝国人の大半の考えであった。

俺の帝印でも従えられていたことから、帝印もトレントを魔物と捉えている。

そしてユリアの口調からするに、この時代でもトレントは魔物として扱われているようだ。

ともかく、トレントは他の魔物ほど人間を敵視していない。

彼らにとっては自分達の森を侵すのであれば、魔物も敵なのである。

つまり、今回トレントが森を広げているのは、人間だけではなくオークのせいであることも考えられるのだ。

「いずれにせよ、作戦会議が必要ね……ノール、ルディス。荷下ろしが済んだらでいいわ。私の部屋に来てちょうだい」

「はい！」

こうして俺達は、ファリア周辺の異変を調査することになるのであった。

俺は部屋に戻り、ルーン達に先程町長から依頼された話を伝える。

「ヴァンダルの子孫や、エライアかと思ってな」

ヴァンダルとエライアはかつての俺の従魔だ。

従魔の中のオーク達をまとめていたのがヴァンダル、トレントの方はエライアがまとめていた。

ヴァンダルについては、アヴェルがその葬儀に参加したのを聞いていた。エライアの方は、トレントが基本的に不死と言われる以上、生きている可能性はある。

ルーンは少し考えてから口を開いた。

「ヴァンダルの方は有り得ますが……エライアは少し考えづらいですね」

「それはどうしてだ?」

「エライアは東部に来てから、非常に弱ってました。私達が東部に入った時、もっと荒れた土地だったのです。なので、従魔が解散した後、いずれ緑が多く暖かい南部に向かうと言っていたので」

「なるほど……そういえばここら辺は元々やせた土地だったな」

ここは王都……その下にある大火山ザール山に近い。

ノールによればもともと王都の下は岩肌がむき出しの山で、付近もやせた土地という話であった。

ザール山が噴火しなくなる前は、トレントにとっては好ましくない環境だったのだろう。

「俺が死んだ千年前から王都が築かれる五百年前まで、それなりの時間がある。それまで耐えるのは厳しかっただろうな」

俺が言うと、ルーンの横にいるネールが言った。

「まあ確かにトレントって火に弱いですすもんねえ。それに皆、気難しいし」

「ネールはこの近辺のトレントで、知ってる奴はいるか？」

「いえ。トレントの森に私達が行くことは滅多にないので。用事もないですし」

「そりゃそうだろうな……」

「でも、オークの方なら心当たりがありますよ！　ここからずっと北……歩きだと二か月はかかる場所に、五十年前ぐらいはヴィン族とかいうオークの一族がいたんです」

「ほう、ヴィン族か……ルーン、知っているか？」

俺の問いにルーンは首を横に振る。

「ヴァンダルの出身はトラクス族という部族名でした。ヴィン族という名は知りません。ですが、ヴィン、ですか……」

ルーンと俺は同じことに気が付く。

「俺の名前、ルディス・ヴィン・アルクス・トート・リック……」

「ウエスト・サコッシュ・クラッチ様のお名前の一部と合致しますね」

ルーンが言うと、ネールが「うわ、やっぱ長い」と口を挟む。

さすがにこれにはルーンも、ネールに注意する。

いや、俺も長いと思うが……

マリナは復習も兼ねてか、俺のフルネームを復唱しているようだ。

とにかく、ヴィン族……俺の名前の一部と部族名は合致している。これは偶然だろうか？

ヴィンだけでは短すぎて、帝国語以外からの由来でもありそうだが……そうだ。

「ネール。それでそのヴィン族は人間と争っていたか？」

ルーンの説教を片耳で聞くネールは、俺の問いに応じる。

「ごめんなさい、そこまでは。でも、ヴィン族の暮らしていた森は、人間の住むここらへんとは隔絶された場所にあったんですよねー。山と深い森で分断されていたんで、そんなに戦ってはなかったんじゃないかって思いますよ」

「また、不明瞭ですね。それでそのヴィン族が南下した心当たりは？」

ルーンの質問に、ネールは迷うことなく答える。

「それはずばり、私達魔王軍のせいです！」

「あなたは少しは……まあ、正直でいいでしょう」

「あ、でもでも、もちろん軍団や他の魔物のせいでもありますよ。私達も森は滅多なことがないと、焼き払いませんから」

ネールに俺はさらに訊ねる。

「つまり、魔王軍や軍団、その他魔物に追われ、ヴィン族は南下せざるをえなくなったということか」

「恐らく、その片割れじゃないかなって思いましてね！　しかも、彼らは帝国語を使っていたんで」

「なるほど。十分考えられるな」

代々の後継者がヴァンダルの言いつけで、人間と争わないような北の地に暮らしていた可能性もある。

「話が通じる可能性があるとみて良さそうだな。とりあえず、ユリアとの作戦会議に向かうか」

「はい！」

俺達はこの後、宿にある一等室、ユリアの部屋に向かうのであった。

一等室と言っても、この街の規模だ。普通の部屋の倍ぐらいの広さしかない。

そこに置かれた円卓を、俺とルーン達、ユリア、ノール、ロストン、護衛、街の司令官が囲んだ。

作戦としては、ユリアを中心とした本隊がこのファリアの街で待機し、各村に少数の兵を待機させるというもの。そして俺とルーン達の部隊が北方を偵察するというものだ。

偵察役はもちろん俺が買ってでた。俺が先に対処することで、兵達には被害を出させないためだ。

それに俺の従魔と何らかの関わりがあるのなら、平和裏に事を収めたい。そうでなくとも、力づくは最終手段にするつもりだが。

ノールも俺に同行してくれると言ってくれた。だが、この前のユニコーンの時と同様、ノールにはユリアを守ってほしいと俺が頼むと、渋々承知してくれた。

こうして作戦は出来たのだが、さすがに兵達の休息も必要ということで、作戦開始は明後日と決まる。

しかし、俺達偵察部隊だけは明日先行することにした。

俺達が先に対処するため、ユリアに許可を取ったのだ。

その後、俺は食事を取り風呂に入ってから、部屋に戻るとすぐにベッドの上に横になった。

すると、俺と同じベッドにネールが腰を下ろす。

「いいんですか、ルディス様？　あのお姫様も明日は休んでいいって言ったのに」

「俺はたいして疲れてないよ。ネールも皆も疲れてるようだったら別に俺一人でも」

「まさか。私は全く疲れてませんって」

ネールの声に、ルーンもマリナもうんと頷く。

「私もマリナも当然ですが、疲れなんて感じません。でも、ルディス様は……」

「人間だからか？　別に俺も全然疲れてないよ。むしろ、早くオークとトレントの正体を知りたくて、今からでも行きたいぐらいだ」

「そう仰ると思いました。でも、今出てはユリア様達も怒るでしょう」

「ああ、だからとりあえず寝て、明日は夜明け前に出るよ」

「かしこまりました。我らもそれまで準備を整えておきます！　マリナ、すぐ使わない物は置いておきましょう」

マリナはルーンに「はい！」と元気よく応じる。

「じゃあ、私はルディス様のマッサージを！　あっ！」

俺は周囲に魔法壁を張り、そのまま布団をかぶる。

「ネールも寝ておけ。人数分あるんだ、両手を広げて寝れるぞ」

「もう、ルディス様！　やせ我慢しちゃって」

ネールが騒ぐのを、ルーンがやんわり諫める。

「明日は早いのです。ネール、今日は遠慮しなさい」

「はーい。と、その前に風呂入ってこよ」

「人間を襲って、問題を起こさないようにしてくださいよ」

ルーンとネールの声を聞きながら、俺は眠りにつくのであった。


その朝、案の定俺にのしかかっていたルーンとネールの重みを感じながら、俺は目を覚ます。

まだ、外は薄暗い。これから朝焼けといったところか。

そんな二人から華麗に逃れ、マリナの淹れてくれたお茶と食事を取る。

すると、支度を整えるルーンが訊ねてきた。

「それでルディス様、オークとトレント、どちらから探すつもりなのですか？」

「トレントの森はすぐに分かるはずだ。だからトレントのほうから行くが……その道中でオークと接触出来ればいいんだがな」

「向こうから来てくれればいいですが……そうだ。では、囮作戦といきましょう！」

「囮？」

俺が問うと、ルーンは鎧を着ようとするマリナに目を移す。

マリナはそんなルーンに不思議そうに首を傾げるのであった。


ファリアを出る頃には、すでに空が青くなっていた。

快晴の中、俺達は北へ進む。

そしてファリアから十分離れた場所で……

「ママ……本当に、こんなんでいいんでしょうか！」

マリナの声でそう言ったのは、俺達の先頭を進む可愛らしい子ブタ。

ルーンは、そんな子ブタを叱る。

「マリナ、喋ってはいけません！　豚は人間の言葉は喋らないのです！　さ、教えた通りに！」

「は、はい！　ぶぅ！」

豚の姿に【擬態】したマリナを見て、ネールが呟く。

「マリナ可哀そう……」

ルーンがすぐにそれに応える。

「何を言うのです、ネール！　オークは豚に目がないのです！」

「そりゃそうかもしれないですけど……」

普段は人間の姿に【擬態】しているマリナが豚の姿になっているのを、ネールは哀れに思ったようだ。

「ネールさん、心配しないでください！　私、ルディス様のためなら何でも！」

「マリナ……あんた本当に純粋ね……」

ネールだけでなく、マリナの健気さに俺も心を揺さぶられる。

確かに豚はオークの好物だ。

オークはゴブリンと比べ牧畜が苦手で、あまり家畜を持たない。

しかし、豚だけは不器用ながらも、なんとか育てるようだ。

俺の従魔のオークも例に漏れず、豚肉が大好物であった。

何か功を立てた時、オーク達に欲しいものはないか訊ねると必ず豚を要求してきたほどだ。

オークと豚は鼻の形が似ているから共食いだと罵倒する従魔もいたが、彼らはそれを侮辱とは受け止めなかった。

豚はオークにとって神聖な動物でもあり、儀式の生贄にもなるので、ただの食糧以上の存在でもあるのだろう。

だから、豚を見れば必ずやってくる……ということなのだろうが、俺の【探知】で視界外の魔力は察知出来るから、たいした意味はなさそうだ。

豚の匂いを嗅ぎつけることも考えられるが、さすがに【擬態】で匂いまで真似るのは難しいだろう。

どこかの山とか高い場所から見下ろされていたら、もしかしたら誘い出されるかもしれないな……

「マリナ、おいで」

「は、はい！」

俺はマリナを抱きかかえる。

「い、良いんですか？　ルディス様？」

豚のまま顔を赤く染めるマリナを見て、ルーンが言った。

「ルディス様、マリナは別に疲れたりは……」

「いや、この方がオークの目に付きやすいと思ってな」

というのもあるし、確かにマリナを少し労わってやりたいという気持ちもある。

俺がよしよしと頭を撫でてやると、マリナが上機嫌に言った。

「ルディス様の言う通り、このほうがきっとオークも私に気付きやすくなるはずです！」

「マリナ……」

ルーンは羨ましそうな視線を向け、「私が囮になれば良かった……」と小声で呟いた。

そんなこんなで、振り返るとファリアがもう見えないぐらいに北へやってきた。

周囲を見渡すと、集落が点在している。小さな畑や家畜を育てるための囲いもあって、なんとものどかな場所だ。

だが、王都に近づいていることもあってか、エルペンの周辺よりも集落の数と人口は多いようだ。

王都の食糧などは、この地方から供給されているのだろう。魔物の被害が深刻になれば、王都の民が飢えるは自明の理だが……

戦争のことで頭が一杯なのか、この国の王や貴族はこの問題に対処するつもりはさらさらないらしい。

ユリアを見習ってほしい、いやユリアにこそこの国を統治してもらえば……

いや、そういったことに関わるのは、もう俺はやめたんだ。

今の俺には冒険者として世界中を旅するという目的があるし、その過程で従魔達の足跡も辿りたい。

「ここらへんの集落はまだトレントには侵されてないようですね」

俺はルーンに頷く。

「ああ。家畜も囲いの中にいるから、オークもまだ来てないのだろう」

「とすると、ここからもっと北に行かなきゃですかねー……」

ネールがそう言った時、俺は西の方に異変を感じた。

そこに目を向けると、家が数軒ほどの集落が地平線ギリギリに見える。

肉眼では確認出来ないが、いくらかの魔力の反応があった。大きく分けて、家で丸まるようにじっとしているのと、家の外で暴れまわっているようなのがいるようだ。

ただ家に籠っているのは恐らく人間だろう。そして人間よりも大柄な魔力の形は……オークか。

オークであると思ったのは、彼らの肩には微弱な魔力が見えたからだ。形も魔力の量から鑑みて、豚や牛であることは疑いない。

魔力としては人間もオークも平均は変わらないので、気が付くのが遅れたな……

西を向く俺にルーンが訊ねてきた。

「ルディス様？　オークを見つけられたのですか？」

「十中八九、そうだと思う……」

「では、すぐにそちらへ！」

「いや、今から村に行っても間に合わないだろう……それに、住民が無抵抗で戦闘にはなってない。

ここは……」

村に急行するのではなく、彼らの進路である北側に先回りするべきか。

「北西に向かうぞ！」

こうして俺達は北西に向かって走り始めた。

案の定、この中では俺が一番走るのが遅い。スライムは疲れないし、サキュバスもちょっとやそっとじゃ息は上げない。

ネールが俺に言った。

「ルディス様、私が先に行ってちゃちゃっと済ませてきましょうか？」

ネールなら翼があるので、俺達よりも素早くオークの元へ行けるだろう。

だが、ネールに任せるのは……

「殺さないって約束してくれるならいいが」

「うーん……それはちょっと保証出来そうもないですね」

ゴブリンと違って、オークは【隷従】にいくらか耐性がある。ならば力づくで従わせるわけだが、ネールの場合まだうまく手加減が出来ないのだろう。

「ここの近くには人間はいないが、行く先で誰が見てるかも分からない。一緒に行こう」

俺がそう言うと、先を行く子豚……マリナが振り返る。

「それなら、ルディス様。私にお任せを！」

マリナは体を溶かし、その形を変えていく。【擬態】をするようだ。

【擬態】したのは、白い馬のようだ。普通の馬より大きいのを見るに、角のないユニコーンをイメージしたのだろう。

「皆様、私に乗ってください！」

「助かる、マリナ！」

俺とルーン、ネールはマリナに飛び乗る。

ルーンが感心したようにマリナに言葉を掛けた。

「マリナもこの大きさの姿に【擬態】出来るようになりましたか」

「はい！　一人で結構練習したので！」

「結構なことです。私もルディス様と会って間もない頃は、それは毎日毎晩……」

ルーンが思い出話を語り始めると、ネールが小声で「また始まった……」と呟く。

そうこうしている内に、オークの集団を目でもくっきりと捉えられるようになった。

「よし、ここからは慎重にいこう」

俺は皆に【透明化】、更にマリナの足元に【隠密】を掛けて、姿と音を消す。

オーク達のあの魔力では、【探知】を使うのは難しい。これで気付かれずに近づくことが出来るはずだ。

オーク達は足早に家畜を連れて、村を出ていく。

そうして観察していると、オーク達は深い森に入っていった。

「森に逃げるか……うん？」

向かう先はそこまで大きな森ではない。トレントの森はもっと草木が高く生い茂っているはず。それにトレントらしき魔力の反応もない。

ここはトレントの森ではなさそうだな。

その代わりに、微弱な魔力の反応が二十ほどあった。

魔力の大きさと形からして、こちらも同じオークのようだ。

なるほど、森で仲間と合流するつもりだったか。

だが、一つ気になることがある。

待っているオークの中で一体だけ、他の者達より魔力の多い者がいるのだ。少し多い、という話ではなく、倍以上はありそうだ。

察するに、オーク達のリーダーかもしれないな。

「皆、聞いてくれ。森の中にもオークがいる。だいたい、二十体ほどだ」

俺が言うと、ルーンが答える。

「仲間がいましたか。どう仕掛けましょうか？」

「【放電】で体を麻痺させるのが手っ取り早い。でも、リーダーのような者もいるようだし、話がわかる奴なら、交渉出来るかもしれない……合流したところで、話しかけてみよう」

「かしこまりました。あ、もう少しで到着するみたいですね」

ルーンのいう通り、オーク達が合流する。そう思った時であった。

待ち構えるオーク達の目前で、家畜を奪ったオーク達が急に下へと落ちた。

何か穴のようなところに落ちたらしいが、ここらへんの住民や王国の兵が罠を仕掛けたのだろうか？

当然、待ち構えていたオーク達はその落ちた仲間を助けるものと思った。

しかし、彼らは穴を囲むように立つだけだ。

何が起きている？　助けられないのか？

俺が首を傾げていると、大きな声が響いた。

「武器を捨てて、さっさと家畜を離せ！　この馬鹿もんが！」

低い怒声の主は、方向からするにあのオークの中で最も高い魔力を有している者だ。

きっと、あの中のリーダーなのだろう。

そしてもう一つ気になったのは……

「今のは帝国語？」

ルーンが言うように、今のオークの言葉は流暢な帝国語であった。

「そのようだな……」

とすると、ヴァンダルをはじめとする俺の従魔だったオークの末裔である可能性もあるな。

「ルディス様、一旦近くで止まります！」

「ああ、そうしてくれ」

木の間から肉眼でもオーク達の様子が分かるような場所で、マリナは足を止めた。

俺達はマリナから降りて、またマリナはいつもの人の姿になり、茂みに身を潜める。

ネールが目の前の光景に、不思議そうに呟く。

「仲間割れですかね？」

地上から見下ろすオーク達は弓や槍を構え、穴に落ちたオーク達を威嚇しているようだ。

ルーンはうんと首を縦に振る。

「オークも部族間で対立することがあるようですからね……家畜を横取りするため待ち伏せていたのかもしれません」

それを裏付けるように、地上のオーク達が穴から引き揚げる縄に、家畜が縛り付けてあった。

だが、次に先程の魔力の高いオークが、意外なことを口にする。

「よし、この家畜はさっさと村の方に追い返してこい」

……村に返す？　横取りするために穴に落としたんじゃないのか？

引き揚げた家畜を囲むオークの一体がその命令に応じる。

「お頭……しかし、本当にいいんですかい……せっかくの豚と牛なのに」

「これは命令だ！　何度言ったら分かる？」

「へ、へい！　ただちに！」

お頭と呼ばれたオークの怒鳴り声に、家畜を囲むオーク達は一様に深く頭を下げる。

そしてさっさと家畜を、元居た村の方角へと追いやっていくのであった。

「さあ、お前達の処分を決めなきゃいけねえな……どうして、掟を破った？」

お頭が、穴に向かってそう叫ぶ。

すると、穴からその答えが返ってきた。

「そもそもなんで人間を襲っちゃいけねえんだ？　あれだけ人間は悪い奴らだって、親父達は言ってたじゃねえか？」

「掟は掟だ！　文句なんてつけるんじゃねえ！」

会話から察するに、ここにいるオーク達は皆同じ部族の者だそうだ。

しかし、家畜を奪った者達は、その部族の掟を破った……それで揉めているのだろう。

「あんたはまたそれか！　説明出来ねえ掟なんて、何の役に立つんだ！　このまま慎ましくやってたら、俺達は滅ぶだけだ！」

「そうはさせねえ！　俺が何とかする！」

「もう聞き飽きたんだ、その言葉は！　何とかする……そういって、ずっと南に逃げてきただけじゃねえか！　ええ？　ちげえか？」

その言葉に、有利な立場にいるはずのお頭は、黙り込んでしまう。

穴からは更に畳みかけるように怒声が上がった。

「すでに族の半分はあんたを見限った！　それなのに、あんたはまだ掟、掟と唱えている！　掟なんて破って人間を襲って力をつけりゃいい……それだけで俺達は魔王軍にも対抗出来る！　なんで分からねえんだ！」

ただ拳を強く握りしめ、お頭は小声で「……黙れ」と呟く。

「もういい！　俺達は掟を破ったんだ！　殺すならさっさと殺せよ！」

その言葉をさすがに看過出来ないと、お頭の周りのオークが弓を引き絞る。

だが、お頭は「待て！」と叫ぶ。

「はっ！　この期に及んで、まだ仲間は殺せねえってか！　この腰抜け！」

それに続くように、穴の中から他のオークの声が上がった。

皆、お頭を罵倒するような言葉を投げかける。

穴を囲み彼らを見下ろすオーク達も、何も言い返せないお頭に半ば呆れたような顔をしていた。

なるほど……なにやら複雑な事情がありそうだな。

話から鑑みるに、お頭は人間を襲うなという掟を忠実に守っているようだ。

しかし、そのせいで族の者達からの信望を失っている……

人間である俺からすれば複雑な思いだが、掟のせいでひもじい思いをしているオークの気持ちもよく分かる。

そしてお頭はその気持ちと掟の間で板挟みになっているのだろう。

掟を破った者達を殺せときっぱり命じられないことも、彼の性格を表している気がした。

どういう決断を下すのか……固唾を呑んで俺はお頭を見守る。

だが、お頭は何も言わず穴に背を向けた。

肩を落とす周りのオーク達。

穴からは、嘲笑にも近い声が響いた。

「何と情けない……その背中の斧は飾りか？　お前こそ、オークの恥さらしだ！」

「斧を捨てて先祖に詫びろ！」

ただそれを背中で受けるしかないお頭。背中の大斧には、全く手を触れない。

隣のネールも、思わずこんなことを呟いた。

「あちゃあ……怖いのは声と見た目だけでしたか……」

「甲斐性なし、っていうのはああいう方を指すんですかね」

マリナも悪気はないのだろうが、酷い評価を下す。

しかし、俺はただお頭の背中の大斧を確認するように、じっと見ることしか出来なかった。

ルーンも何も言わないということは、俺と同じくあの大斧に目を奪われているのだろう。

「ルーン、あの斧……」

「ええ、ルディス様。あの斧は確かに、ヴァンダルの……」

かつての俺の従魔である、オークのヴァンダル。

彼の背には、俺が授けた大斧が提げられていた。

その大斧と全く同じものが、あのお頭の背中にはあったのだ。

意匠や様式を真似たもの……その可能性もある。だが、それでもヴァンダルとの何かしらの繋がりがある可能性は高い。

それにあの大斧は、周囲の魔力を集められるように出来ている。俺が鍛冶の達者な従魔に鍛えさせ、そういう効果を付与したのだ。

「あの者はヴァンダルの子孫……そういえば、見た目も声もどこか面影があります」

ルーンの声に俺は頷く。

すぐに頭に血が上るヴァンダルとは、性格は似ても似つかないかもしれない。

俺が前世で従魔達に最後の挨拶をした際も、ヴァンダルは最後まで戦うと声高に主張していた。

だが、そのヴァンダルが人間との争いを避けるように子孫に伝えていたとしたら……

「ルーン……俺はあのオークと接触してみようと思う」

「ヴァンダルのことが聞けるかもしれませんしね。それに上手くいけば、この付近の問題を解決出来るかと」

「ああ。だが、俺が賢帝であることは伏せてくれ。では、どうやって……うん？」

俺がそう思った時であった。

突如、周囲に突風が吹く。

と同時に、穴から悲鳴が響いた。

「う、うわあ！　な、なんだ！　何かが絡んで？」

お頭はその声に振り返り、穴を覗く。

「どうした、お前ら？　これは!?」

穴の中で何かが起きているようだ。だが、魔力の動きは感じられない。いや、正確には微弱な魔力がうねってはいた。

「またこれか……待ってろ、今助ける！」

お頭はすぐに腰に提げていた小さな斧を取り出す。

しかし、悲鳴は地上のオーク達からも響いた。

「な、なんだ、木が？」

オーク達を襲っているのは木の根や草花であった。

腕や足に絡み、その体をぐるぐる巻きにしようとしている。

それを武器で切り払うオーク達。

だが、無数に伸びる植物には成す術もない。

「え？　一体何が!?」

ネールが驚くように言った。

俺も反応が遅れた。魔法であれば魔力が大きく動くが、これはそこにいる植物がただ動いているだけ。

植物が一人でに動くというのはありえない、これは明らかに何者かが命じていることだ。

そしてそんなことを植物にさせられるのは……

「……トレントか。ルーン！　二人を頼む！」

「はっ、お任せを！」

俺はそう言い残し、【透明化】を解きつつ茂みから飛び出る。

すぐに後ろの方でマリナとネールがきゃあと騒ぐ声が聞こえた。

植物は俺達も捕らえようとしているのだ。

だが、ルーンは【魔法壁】でそれを防いでいる。

当然、俺にも蔓《つる》や木の根が伸びてきた。

とはいえ、俺の【魔法壁】は破れない。

問題はオークをどう解放するかだ。

オークを避けて木々を燃やすのは容易い……が、それはトレントの怒りを買うだろう。

とはいえ、そんな配慮はもう遅いかもしれない。

次々と捕まるオーク達の中、一人お頭と呼ばれたオークだけは腰に下げていた斧を振るい、植物を切り払っていく。

驚いたのは、お頭は魔法も使えるようで、斧に魔法で火を纏わせ植物を近づかせていないようだ。

俺のかつての従魔ヴァンダルも苦手ではあったが、魔法は使えた。

こうして斧に魔法を纏わせる戦術も好んでいたのを覚えている。

ヴァンダルの面影を感じつつ、俺はオークに絡まる植物に対処する。

使う魔法は、以前吸血鬼を拘束する際作り出した【自然操作】。

植物を意のままに操る魔法だ。

なるべく植物を傷つけないため……それだけではなく、トレントにそんな魔法を使う者がいるということを、報せるためでもある。

俺は地面に向け、【自然操作】を放った。

そして頭の中で、オーク達の拘束を解くように念じ、さらにもう動かないように念じた。

しかし、俺の魔法はいまいち効かなかった。

トレントがやっているのは、植物への命令。植物は命じられてはいるが、自分の意思で動いているのでこれは魔法ではない。

対して、俺がやっているのは魔力で植物を一本一本操作すること。

とても、この周囲にある数百数千の木や草花の操作は追いつかない。

仕方がない……ここは少し強引にいかせてもらうか。

今度は、地上に向け【吹雪】を放つ。

すると、暖かかった森に突如として雪が降りかかる。

植物を操作出来ない……ならば、植物が動けない環境を作るだけだ。

急に寒くなったことに、植物はオークや俺達を襲うのをやめる。

「今度は何だ？」

突然雪が降ってきたことに、オーク達はうろたえる。

だが、お頭は俺を見つけ、じっと睨んできた。

他のオークも俺に気が付き、とっさに武器を向けてくる。

「人間？　追ってきたのか？」

じりじりと距離を詰めようとするオーク達に、お頭が口を開く。

「お前ら、やめろ……そいつは俺達が敵うような相手じゃねえ」

「な、何言ってんだお頭？　こいつ丸腰じゃねえか？　弱腰にも程がありますぜ？」

お頭に対し、周りのオーク達はついに不平を漏らした。

しかし、お頭は瞬き一つせず、ずっと俺から目を離さない。

「……この雪を降らしたのは、お前だな？」

「ああ。そうだ」

そう答えると、お頭はずっと手にしなかった背中の大斧を取り出した。

俺の魔力を【探知】していたか？　やはり魔法の腕も相当なもののようだ。

お頭は額に汗を浮かべ、俺に訊ねる。

「俺達をどうするつもりだ？」

「どうもしないさ。ただ、話がしたくてな」

「……家畜の件なら謝る。俺達は人間と争うつもりはねえ」

「だろうな。だが、お前はそのつもりでも、従わない部下がいる。そうだろ？」

「それは……」

言葉に詰まるお頭。

一方の周りのオーク達は、お頭が大斧を手にしたことに驚きを隠せないのか、ただ口を閉じ俺とお頭を見ている。

「それを責めるつもりはない。指導者の苦しみは俺も良く知っている。俺はただ、お前と協力したいだけだ」

「……協力？」

「俺達人間はこれ以上家畜を奪われたくない。対して、お前は掟を守って生活していきたい。互いに手を取り合えば解決出来ると思わないか？」

黙り込むお頭。

他のオーク達は、人間の言葉など信用してはいけないとお頭に言う。

しかし、お頭はゆっくりと口を開く。

「言うだけなら簡単だ。だが、具体的に何をどうすりゃいいんだ？」

「まず、問題点の確認をしたい。お前達の北からは好戦的な魔物、南からは人間がその勢力を増している。争いを好まないお前達はその双方に押され、結果として住める場所が狭まっていった。間違ってないか？」

「だいたい、そうだな……」

「とすれば、話は単純だ。お前達が安心して住める場所を一緒に探すだけだ」

「簡単に言いやがる……そもそも家畜を守りたいなら、お前にはもっと簡単な方法があるんじゃねぇか？」

お頭は俺の目をじっと睨む。

全く信用していない様子だ。

それもそうか……お頭は俺の魔力の大きさを知ってるからこそ、何故俺がそんな申し出をするのか理解出来ないのだろう。ただ家畜を守るだけなら、自分達を皆殺しにすべきなのにと。

この場合、俺がオークの住処を探し出すために、協力すると嘘を吐いてると思われてもおかしくないのだ。

ならばこちらは、更に腹を割って話すだけだ。

「お前の言う通りだ……嘘を吐いた覚えはないが、本音を隠してしまったのは詫びよう」

お頭は俺の言葉に少しも気を緩めない。斧を構えつつ、俺の一挙一動を見張っている。

「……お前は、ヴァンダルという名前に聞き覚えがあるか？」

お頭は一瞬、眉をぴくりと動かした。

が、冷静に聞き返した。

「ヴァンダル？　そうだな、オークの中じゃそんな珍しくない名前だ。どのヴァンダルだ？」

「かつて帝国の皇帝……人間に仕えたヴァンダルだ」

俺が言うと、お頭は斧を握る手を強めた。

「ああ、そのヴァンダルか」

「知っているか」

「もちろん……オークの中で最も大きな矛盾を抱えた男だからな。そしてその男の血を引いているのが、この俺だ……」

やはり、そうだったか……

とすれば、彼らを縛る掟はヴァンダルが遺したもの。

言い換えれば、人と争うなという俺の言いつけをヴァンダルが守った証だ。

お頭は自嘲するように言うと、再び訊ねてきた。

「それで、そのヴァンダルを知っているからどうしたっていうんだ？」

「……そこまで言えば、俺がここらへんの人間でないことは分かるだろう？」

俺の言葉に、ヴァンダルは思わず笑う。

「そりゃそうだ！　お前は確かに、俺の知る人間じゃない。俺らの先祖を知っていて、その魔力……

しかも、後ろにもやべえのが控えている」

お頭が言うと、茂みの方から音が聞こえる。

どうやらルーン達が、お頭の声に応じるように出てきたようだ。

この寒さで我慢していたのか、ネールの大きなくしゃみが響いた。

「ここらへんの人間の言葉じゃなく、俺達と同じ言葉を喋る……極めつけは、その右手の印……お前は何者だ？」

お頭は俺の手に浮かぶ、五芒星の帝印を見て呟いた。

「俺か。俺は……ヴァンダルに借りがある者とでも、言えば良いか？」

俺の言葉に、お頭ははっとした顔になった。

「借りか。それは、返さなきゃだな。借りたものは絶対に返さなきゃなんねえ」

「ああ。だが困ったことに、ヴァンダルはもうこの世にいない。俺は一体どうしたらいいだろうか？」

「そうだな。それじゃあ、ヴァンダルの尻拭いをするってのはどうだ？」

「尻拭いか……良いだろう」

俺が応えると、お頭は斧を握る手を緩め、こちらにずしずしと詰め寄ってくる。

近づいてくると、想像以上に大きいのが分かる。その威容に、俺はかつてヴァンダルと対峙したことを思い出す。

お頭は俺の前で、立ち止まる。

「……俺はヴィン族の長《おさ》、ベルナーだ」

「ベルナーか。俺はルディスだ」

俺はそう答え、手を差し出す。

「ルディス……それまた、どこかで聞いた名だな。きっと俺の血が聞いていたんだろう」

ベルナーはにっと笑い、俺の手をがしっと掴むのであった。

「る、ルディス様……とりあえず、ここ寒いんで場所移しません？」

俺が振り返ると、そこには息を白くし体を丸くするネールが。

それにベルナーが頷く。

「うちの奴らも皆、ブルブル震えてやがる。ここはどうだ、俺達の住処に来ねえか？」

だが、すぐにオークの一体が言った。

「お、お頭？　本気でこんな人間を連れていくつもりですかい？」

「ああ、そうだ」

「し、しかし、そんなことしたらお頭はついに狂ったって……」

「俺は狂ってなんてねえ！」

ベルナーが怒鳴ると、オークはびくっとする。だけど決して手は出さない。

部下に口答えされたら、ヴァンダルは手を出して黙らせようとしたものだ。

俺がそれをやめさせたのも覚えている。

その教えが、ずっと受け継がれてるのかもしれないな……

とはいえ、一族でのベルナーの立場はかなり危ういものだろう。

そこに俺達人間が何食わぬ顔でいけば、確かにベルナーの悪評はより際立つ。

「それなら心配するな……俺以外は、人間じゃないからな」

俺が言うと、ネールはサキュバスの翼と尻尾を現し、ルーンとマリナはスライムの姿になった。

オーク達は言葉を失ったようで、鎧や荷物が落ちる音だけが響いた。

「なるほど、人間じゃなかったか……」

「ああ。人間は俺だけだ。だが、安心しろ。必要があれば、俺はこうやって姿を消せる」

俺は【透明化】を一瞬掛けてみる。

ベルナーはそれを見て、苦笑いした。

「……こりゃ、いよいよ夢でも見てるんじゃねえかと思えてきたな。おい、お前ら。魔物と一緒に行動している人間を見たことがあるか？　その逆は？」

オーク達は皆、首を横に振る。

彼らからすれば、俺達は得体の知れない一団には変わらない。人間もオーク以外の魔物も気を許せないのだ。

しかし、ベルナーの言うように、人間と魔物が行動を共にする一団など有り得ない……それは彼らも知っているはずなのだ。

「ともかく、行くぞ。雪が降れば、場も白ける……そうだろ？」

ベルナーは突然自慢げに俺に言った。

俺の反応や回答を待っているようにも思うが……諺かなんかだったか？

「え？　あ、ああ、そうだな」

俺がそう答えると、ベルナーは少し首を傾げた。

だが、すぐに俺に付いてこいと背中を向ける。

穴に落とされたオーク達は、ベルナーの部下に引き揚げられていた。

が、地上に戻るや否や、人間の助けを借りるなんて正気じゃないと、ベルナーを罵倒しどこかへ去っていった。

ベルナーの部下は「いいんですかい？」と訊ねるが、ベルナーは「捨て置け」と言って取り合わなかった。

そうして、俺達は足早に森を出る。

さて、俺としても聞きたいことは山ほどあるが……まず、一つ気になったことを聞くか。

「先ほどの、植物による攻撃。トレントのものだと思うが、お前は、またと言ったな？　珍しくもないのか？」

「ああ……今の住処を探すまで、いくらか周囲の森を回ったんでな。あれで何人か持ってかれたのを見てる……」

「そうか。しかし、妙だな……」

「妙？　そりゃどうしてだ？」

「いや、トレントの森はもっと深いし、木々が高いはずなんだ。それにお前達が脱走者を待ち構えてから、それなりの時間があったはず……」

「言われてみれば……もっと早く襲ってきてもおかしくねえな」

「それが気になってな。いつも森に入ったからといって、すぐに襲われるわけじゃないのか？」

「ああ、そうだ。もちろん、即襲われることもあるが……俺達の住処はそれが怖いから、小高い岩場にあるんだ」

「なるほど……とにかく、森は避けた方が良さそうだな」

考えられるとすれば、俺の従魔であったエライアやそれに準ずるほど長生きしたトレントが、年と共に巨大化したか……トレントの森の外にも、根を張り巡らせているのかもしれない。

だが、トレントの根には魔力の反応があるはず……いや、微弱すぎたか、そもそも末端には魔力が供給されてないのかもしれないが、あそこには小さな動物や虫ぐらいの魔力しかなかった。

ともあれ、周囲の森には、何かしらトレント本体に侵入者なりを伝える報せがあるのだろう。

「それは分かってる……だが、一族から離れて他の森に逃げ込む奴が絶えねえ。もちろん、まとめきれねえ俺のせいなんだがな……」

ベルナーは唇を噛みしめる。

厳しい状況であればあるほど、指導者は苦悩するものだ。

その気持ちは、俺も少しは分かるつもりだ。

「ベルナー。お前はさっき、俺にもっと簡単な方法があるといったな。お前にも、簡単な道があったんじゃないのか？」

「掟なんて破ればいい、か。そうだな……掟なんて破って、本能のまま動けたらどんなに楽だったか」

ベルナーは空を見上げ、答えた。

「それでも破らないのは、どうしてだ？」

「俺はな、ルディスが好きなんだよ……」

その言葉に、後ろから「ええ!?」という二つの声が上がる。

振り返ればマリナとネールが顔を合わせて、驚いている。

いや、そっちの好きじゃないとルーンがちゃんと説明してくれてるが……

俺は咳払いをして、ベルナーに訊ねた。

「それはつまり、ルディスを尊敬してるってことか？」

「そういうことだな……ほら」

ベルナは腰嚢に隠していた、一冊の本を見せる。

「『ルディス名言録』……」

かつての俺の名言をまとめたってところか。

いや、そもそも自分の言っていたことに名言なんてあっただろうか。

歴史書等の記録から後世の人間がまとめたのだろうが、何だか体がむず痒い。

「ああ。一字一句余すことなく暗記している……お前もそうなんだろ？」

「え？」

「さっきの〝雪降れば、場が白ける〟……いつか雪が降った時に使ってみたかったんだよなあ」

いや、そんなこと一言も言った覚えはない……ないよな？

いちいち雪が降った時に何を言ったかなんて覚えてはいないので、確証はないが……

そもそも、何も上手くもないし、深くもない。どうしてそんな言葉が名言に？

「雪が降るような季節は自然と心も寒くなってくる……季節を謳った名言だな。さすが、ルディスだ」

何がさすがなのか……勝手に変なことを言ったことにして。

「そ、そうだな……」

適当に相槌を打つ俺の後ろで、ネールが「え？　どこらへんがさすがなんですか？」と呟く。

ベルナーはそんなことも気にせず、興奮したように俺に続ける。

「それに、さっきの借りがあるって言葉……これで俺はお前がルディス好きってピンと来たんだぜ」

「それは……確かによく言ってたかもしれないな」

手を貸す便利な口実として、よく使っていたのは覚えている。

俺が思い出すように呟くと、ベルナーは笑う。

「まるで、本当のルディスかのような口ぶりだな」

「……ま、まあそんなことを書いてる本があったなって思って」

「へえ、なんて本だ？『ルディス戦記』とかか？」

「あ、ああ。きっとそれだ」

「やっぱりそうか！　俺、あれ好きなんだ！　特に東征の章！」

ベルナーは聞いてもいないことをぺちゃくちゃと喋り始める。

そんな中で、人間は嫌いだが、ルディス好きに悪い奴はいない、とも言っていた。

俺を信用してくれたのも、そんな理由からか。

随分不用心にも思えたが、ルディスが好きである以上、魔物もそこまで敵視してないと思うのが普通か。

だが、俺はルディス好きというわけではない。自分を好きだというのも変な話だ。

一方のベルナーのルディス好きは本当なのだろう。でなきゃ、ここまで饒舌にはなれない。

なんか、昨日までの移動中でもノールやユリアから同じような言葉を聞いたような……

かつての俺のあることないことを聞きながら、俺達の目の前に小さな森が見えてきた。

賢帝ルディスを語るのをやめ、ベルナーは小さな岩山の前で立ち止まる。

「……っと。ここだ」

「そうか。それじゃあ、皆は魔物の姿に。俺は【透明化】で身を隠すとしよう」

「いや、ルディス。考えてみたが、その必要はない。いずれは誰かが人間が来たと漏らすだろうからな……」

ベルナーは、部下達の口ですら完全に閉ざさせることは出来ないようだ。

「遅かれ早かれということか。いいだろう」

俺はそのまま、堂々とベルナーの後ろをついていく。

掘られた岩山は、ところどころ洞窟のようになっていた。

周囲にはいくらか木があるが、森はない。これなら、トレントからも安全に身を守れるのだろう。

やがて岩山の高い場所に着くと、オークとその居住地が見えてくる。

茅葺《かやぶき》屋根の簡単な小屋を見るに、小規模ながらもヴィン族自体は建築技術を持ってるのだろう。

皆、こちらをちらちらと見る。

人間である俺と、後ろのルーン達を見てるのだろう。

だが、あくまでも物珍しいものを見る目でだ。スライムのルーンとマリナはともかく、サキュバスは恨みを買ってるものだと思ったが。

そして俺に対してもそれは同様であった。

罵声が飛んだり、隠れたりすると思ったが、全くそんなことはなかったのだ。

ルーンも同じことを疑問に思ったのか、ネールに訊ねる。

「あまり敵視されてないようですね」

「まあ、人間もサキュバスも、見慣れてるからじゃないですかねえ」

ネールが答えると、ベルナーが言う。

「いや、むしろ全く見たことはねえはずだ。ここに残ってるのは大人しい奴ばかりだからな……しかも、実際に人間とサキュバスと戦った者はいない」

「まあ、魔王軍の最前線は下級の魔……」

ネールが喋っていると、すぐさまルーンが体でその口を覆った。

「ネール。今、何か言いました？」

「ぶっ……ぶいませんっ！」

ルーンが離れると、ネールは小声で「ごめんなさい」と言った。

ネールが言おうとしたのは、魔王軍の前線にサキュバスが出てくることはないということか。確かにこれは、オークはサキュバスの相手じゃないという侮辱にも取られかねない。

そもそも、魔王軍によってベルナー達は追いやられてきたのだ。そんな仇敵の一員だとバレたら、ネールは追い出されてしまうだろう。

俺はそれを誤魔化すように、口を開く。

「確かに、働き盛りのオークが見えないな……」

俺の目には、子供や老人、体の悪いオークが多いように映った。

それもそうだろう、こんな事態になっても残っているのだ。

当然、掟やベルナーに忠実な者もいるだろうが、体の弱い者もいるはず。

血気盛んな若いオークは、すでに脱走している者が多いのだろう。

「この森で、どれだけのオークがいるんだ？」

「今は全部で四百……たらずだな」

「そうか……」

先程の脱走したオークとのやり取りで、族の半分がすでにベルナーのもとを離れたと聞いた。

ということは、本来今の倍はいたということになるか。

「それにあまり食べてないみたいだな？」

「ここに来てからは、ほとんど魚や木の実しか食べてないからな。狩りで頑張ってはいるが、全然肉も穀物も足らねえ」

「穀物？　農業でもしてたのか？」

「不思議か？　いや、オークでも畑を作るのは俺達ぐらいだったな。ヴァンダルの時代から代々俺達は畑を耕してきたんだ」

「ほう。とすると、牧畜も？」

「ああ……だから、この周囲でも試したんだが、土地が合わないようで、家畜も穀物も前程育たなくてな……」

「なるほど。とすると……あった」

俺は岩肌の隅に咲いていた、つぼみを垂らす草を掴む。

「その草がどうかしたか？」

「これはブロウグラスフィッシュと言ってな。お前は魔力を【探知】出来るんだろう？　そこらへんの草花と比べ、魔力が多いのを感じないか？」

「言われてみれば……」

「この草は毒を持っているんだ」

「なんだって？　それじゃあ、この草は毒草だったってことか……」

「ああ。家畜も作物も上手く育たないのは、恐らくこの植物の毒のせいだ。即死するほどではないが、体に溜まってくことで呪毒に蝕まれていく」

ベルナーは顔を青ざめさせる。

「家畜だけでなく、食べた奴もいるんだな？」

「あ、ああ、あまりに食べるものがなくてな……そうだったのか。うちの族には回復魔法を使える奴も多い。でも、全く治せなくてお手上げ状態だったんだ」

この前イプス村の周辺で駆除したこの草は、微量ながら毒を含んでいる。

イプス村は羊を放牧して生計を立てている村で、長年羊が原因不明の病に冒されているのに悩まされていた。

その原因がこのブロウグラスフィッシュ。イプス村の周辺にも結構生えていて、これ食べた羊が毒で多数死んでしまっていたのだ。

そこで俺は羊を癒すだけでなく、この毒草の見分けかたを村の人々に教え、一緒に駆除していった。

その時、とても駆除出来る範囲ではなかったことを覚えているが……

ここでも繁殖しているようだ。大陸西部の広い範囲で生えているのかもしれない。

「なら。とにかく、そこから治療していくとするか」

「治療？　お前がか？」

「もちろん。【浄化】でやればいいだけだ」

「【浄化】……聞いたことのない魔法だな」

「呪毒を取り除くための魔法だ。その後の回復は、普通に【治癒】していけばいいだろう。あとは食べる物が必要だが……それは次だ」

俺がそう言うと、ベルナーもそうだと頷いてくれた。

「分かった……それじゃあ、あそこまで付いてきてくれ」

ベルナーが指をさす先には、周囲の小屋よりも何倍も大きな館だった。

「一族の集会所に作ったんだが、もうずっと病院にしている。あそこに症状の重い奴は寝かせているんだ」

「そうか、それじゃあ行くとしよう」

俺達はベルナーの後を追って、その病院へと入った。

「おお……何か思ってたより、綺麗かも」

ネールが言うように、森の中の建物としては整然としていた。

もっと悪臭が立ち込め、ごみが散乱してるものと思ったが、しっかりと管理されているらしい。

「俺達はヴィン族だ。帝国の習俗を受け継いでる。病院は綺麗にするもんだろ？」

ベルナーは当然だと言わんばかりにそう訊ねた。

確かに帝国では、病院は清潔に保つものであった。

それと比べても、彼らの衛生に対しての意識は高いようだ。

普通はやらない農業をしていたのも、彼らがヴァンダルや俺の従魔のオークの末裔であることを感じさせる。

オークが寝ているのは、木製のベッド。だいたい、三十体程のオークが寝ているだろうか？

「それじゃあ、一人ずつ始めるか。魔力を分けるから、ルーンも頼めるか？　マリナも【解毒】で治せそうな者は治してやってくれ。ネールは……」

「私はちょっと周囲を偵察してきますよ！　トレントの森も見ておきたいですし」

「そうか、それは助かる。でも、あまり近寄り過ぎるなよ」

俺がそう答えると、ネールは「はい！　お任せを！」と外に出ていった。

ルーンはスライムのまま、何か言いたげに俺の袖を掴んだ。

「一人にするのは危険って言いたいのか？」

「ええ。信用してないわけではありません。ルディス様を慕っているのも事実でしょう。でも……」

ネールが逃げるとか、魔王に不利な情報を流すとか……それは多分ないだろう。

ルーンが心配してるのは、ただ人間の男を襲うのではないかというだけだ……

「ああ……まあ、そこらへんは相手を選んでくれるだろう。賊だとか」

サキュバスには、人間の精力を吸いたいという欲望がある。

いかがわしいことをするような先入観もあるが、だいたいは手をかざされてすぐに骨と皮のようにされるのが普通である。サキュバスにも好みの男のタイプはあるのだ。

「殺すなとも伝えてあるし、気にしなくても大丈夫さ」

「はい……では、私達は始めましょうか」

「ああ」

こうして俺達は、病院で寝込むオーク達の治療を開始した。

ヴィン族のオークは魔法も使えるからか、外傷等の応急処置はしっかりとなされていたようだ。

だから、ここにいるのは皆、高位の回復魔法でなければ治せない者ばかり。それも体の弱い子供や老人が多かった。

医者なのだろうか、それなりの魔力を有しているオーク達が俺の魔法を見に来てもいた。

俺は【状態診断】を掛け、そのオークにとっての最善の治療法を考える。

やはりほとんどのオークが、呪毒の進行で体を悪くしていた。

なので、俺とルーンは【浄化】で彼らの呪毒を取り除いていく。マリナはその後、魔法で体力を回復させていった。

次々と治していくうちに、ベッドで寝ているオークの中から上半身を起こす者も現れた。

「な、治った？」

「嘘みたいに体が痛くないぞ！」

皆、喜んだり、奇跡だとか言って感動している。

後ろで俺の魔法を見ているオーク達も、おおと声を上げていた。

だけでなく、気が付けば窓の外にも観衆が出来ていた。

「……よし、終わったぞ」

ようやく皆を診終えた。ルーンやマリナも自分の役目を終えたようである。

真っ先に、ベルナーが俺に頭を下げた。

「ルディス、礼を言う！　まさか、本当に皆を治しちまうなんて！」

「いや、良かったよ。これで少しは信用もしてもらえるだろうからな」

「信用なんてもんじゃない。もうすっかり、子供達はお前を英雄かなんかのように見てるさ」

ベルナーの言うように、子供を中心に俺を好意的に見ているオークが多くなった。

「いや、これだけの奴らをまた働けるようにしてくれたんだ……一族にとっては、もう英雄そのものだ」

「言い過ぎだ……まあそれはともかく、ざっと見た感じ、まだ元気そうな者でも呪毒にやられている奴がいるな」

「ほぼ全員、あの草を食べてたからな。もちろん俺も……」

「では、一人ずつ治していくとしよう」

「わ、悪いな……」

「いや、気にするな」

こうして、俺達はまだ元気な者からも呪毒を除くため、再び治療をしていくのであった。

途中、俺と同じ魔法を使いたいという奴まで現れてきたので、方法だけは教えていく。

彼らは魔力が足りないため使えないが、十人程から魔力を付与させれば使えるとも教えた。

マリナはスライムを珍しがる子供達の相手をしてくれている。途中戻ってきたネールは、自前のハルバードで丸太を割る手伝いをしたりと、俺達はヴィン族と交流を深めていった。

また、俺の魔法で近くの川から魚を大量に獲ったりもする。

これでオーク達はだいぶ信用してくれるようになった。

その夜、

「いやあ、本当に助かった！　ルディス、ありがとう！」

病院の前にある大きな焚火の前で、ベルナーは丸太に腰を下ろす俺に頭を深く下げた。

「礼はいらない。俺は借りを返してるだけだ。それに、まだまだ問題は解決出来てないからな」

「それも、そうだったな……」

ベルナーははっとした顔になり、俺の横に腰を下ろした。

「整理すると、次の問題としては、食糧事情を解決させること……そしてこれ以上の脱走者を防いで、すでに脱走した者のヴィン族への復帰を促す……こんなところだな」

「ああ。十分な食べ物があるとなれば、皆も戻ってきてくれるだろう……きっと」

ベルナーはその体格には似合わない、自信なさげな表情で言った。

「脱走した奴らも、まったく掟を無視してるわけじゃねえ。家畜は取るが、人間は殺さねえからな。だから、食糧が一番の問題のはずなんだ……だけど、もしかすると俺が一番の問題に思ってる奴も……」

「確かにお前には、見た目に相応しい厳しさが足りないかもな……」

俺が呟くと、ベルナーは更にがくりと肩を落とした。食料の不足もあるけど、当然、不甲斐ない族長を見限って脱走したオークもいるはずなのだ。

「……だが、無理して威厳を出そうとするより、お前の強みを見せつければいい」

「俺の……強み？」

「お前のやり方は、世が世なら優しく思いやりのある族長と評されてただろう。だが、この状況では、弱腰の小心者と思われてしまう。それが強みでもあり、弱みでもあるんだ」

「とても強みには思えねえな……」

「簡単な話だ。強みになるよう、環境を変えれば良いんだ。つまり、食糧を増やして族を豊かにすれば、自然に皆お前のやり方を認めるようになる」

ベルナーはそうかと頷く。

「なるほどな……賢帝ルディスも生前は評価が良くなかった。が、それは彼が死ぬ前帝国が回復していく最中のことで、彼が殺されなければ……」

生きながらにして、名君と呼ばれたかもしれない。

自分にそんな欲はなかった。しかし、もっとうまく立ち回れていたら、俺と共に従魔の評価も上がり、魔物に対する偏見も取り除けていたかもしれないな……

「そういうことだ。評価は後から付いてくる。まずはやれることをやっていこう」

「あ、ああ！」

ベルナーは嬉しそうに頷いた。

どことなく、自信なさげで不遇な指導者ということで、俺もかつての自分と照らし合わせてしまう。

まあベルナーの場合、見限る者がいる一方、深く愛されてもいるようだが。今も彼の後ろには、結構な子供がいる。

ルーン達も子供の相手をしてくれてるようだが、ここは随分な子供がいるな。

族の四分の一は、子供なんじゃないかってぐらいに多い。

「そういえば、ルディス。お前は最初、安心して住める場所を探すって言ったよな。俺達が力を取り戻したとして、ここでずっと安全にはやってけないということか？」

「人間である俺が言うのも変だが、お前達よりも人間の方がよっぽど頑固だ。俺としては、他の場所を勧めたい」

「他の場所……そんな場所があるのか？」

「ここから西……そこに俺の従魔が暮らす里がある。自然豊かな場所で、人里とは隔てられた場所だ」

「従魔？　……ああ、その手の印はやっぱりかのルディスと同じ、魔物を従える帝印ってやつなんだな」

ベルナーは五芒星の紋章が魔物を従えるものだということを知っていたようだ。

「そうだ。畑も作らせているし、食料のめども付いている。お前達が抱えている食料の問題も、解決出来ると思う」

「なるほどな……しかし、他の種の魔物と、か」

「もし一緒に暮らすのが抵抗あれば、近くにお前達だけの土地を設けてやる」

「……そりゃありがたい話だな。安心して畑を耕せる、そんな場所があるならぜひとも行きたいが……」

「まずは、付近のオークを一族に戻させるのが先だな」

「ああ。それさえなんとか出来れば……だが、俺も脱走した奴の居場所を把握してるわけじゃない。なかなか時間がかかりそうだ」

「俺は一応、魔力の反応を探る魔法を使えるが……確かに骨が折れそうだな」

しかも、北からはトレントの森が範囲を広げてきているのだ。

そこに立ち入ったオーク達が、森に飲まれている可能性もあるだろう。それに、これから飲み込まれていく脱走者もいるかもしれない。

「ふむ……ここはまず、トレントを味方に付けるか」

人間を守るにも、脱走したオーク達を助けるにも、トレントにはこれ以上の拡大を止めてもらう必要がある。

だが、会ってどう首を縦に振らせるか……拒否された場合は、力づくで従わせるしかないだろう。

「味方にする？　こりゃまた随分と簡単に言うな。それにお前の魔力なら、焼き払った方が簡単だと思うが……まさか、トレントにも借りがあるってやつか？」

「そんなところだ……」

「はっ……ルディスになりきるにしたって、随分とお人好しがいたもんだ。なるべく戦わない方法を模索する……お前のルディス愛は、本物のようだな」

ベルナーは感心するようにうんうんと頷くと、こう続けた。

「だが、どうするつもりだ？　お前ならトレントの森にも入れるだろうが、どこに親玉がいるかは分かるのか？」

「それは、そこにいるネールに調べてきてもらった」

俺はそう言って子供と遊ぶネールに視線を送る。

すると、ネールは「はいはーい！」とこちらにやってきた。

ルーンやマリナも子供の相手を終えて、俺のもとに来る。

「それでトレントの森は見つかったか？」

「はい！　しっかり北にありました！　鬱蒼としてたので中は見えませんでしたが……あの樹の高さは完全にトレントの森です。東西に広がる山脈に沿って、地平線が見えなくなるぐらいまで生い茂っていましたね。あれは、樹海とか呼ぶべきですよ」

「北の山脈沿いに？　俺達があの山脈を三年前に越えた時は、そこまで大きな森じゃなかったが……」

「何かしら急拡大する理由があったんでしょうかね……まあ、魔王軍なり軍団なり、最近は北に来過ぎですしね」

どれぐらいの時間でつくられた森かは不明だ。

しかし、トレントが本気になれば、数か月でやったとしてもおかしくない。

そしてそれは東西だけでなく、こうして南にも広がってきたということか……

ネールは続ける。

「それでどれが親玉か探そうとしたんですが、結構な数のトレントがいるみたいで……上空に入った瞬間、聖魔法や蔦やら葉っぱが迫ってきて、引き返してきました」

「トレントも複数いるのか……」

その中から親玉を探すのは骨が折れそうだな……森の大きさにもよるが、【探知】で一番大きな個体を探せば良さそうだが。

俺は自分のひざの上に戻ってきたルーンに訊ねる。

「ここは外のヘルハウンド達の力も借りた方が良さそうだな」

エルペンを発った時から、ずっと俺達の後ろにはヘルハウンド三体が姿を隠しつつ付いてきてる。

ルーンはぴょんと跳ねた。

「それが良いかと！　彼らに乗せてもらい、周囲を探索しましょう。早速伝えてきます！」

「ああ、頼む。と、一体にはアヴェルへの連絡を頼みたいんだが」

「何でしょう？」

「食糧をここまで運んでもらうよう、頼んでもらいたいんだ。だいぶ余裕があるだろうからな」

「なるほど！　馬車も作らせましたし、ゴブリン達に持ってこさせましょう！」

俺とルーンのやり取りを聞いて、ベルナーは頭を下げた。

「何から何まですまねえ……俺達も返せるものがあれば用意しておく」

「ああ。だが、お前達の事情が安定してからで大丈夫だ」

「その言葉に甘えさせてもらうぜ……しかし、ゴブリンにヘルハウンドか。ゴブリンは俺も知ってるが、ヘルハウンドとは……また珍しい奴らを従魔にしてるな」

「皆、良い奴だよ。外にいるヘルハウンドは三体だが、里にはもっといる。ゴブリンもどんどん増えてきてるしな」

「ほう、そんなにいるのか……賢帝の真似もここまでくると、本物じゃねえかと思えてくるな」

怪しむように俺を見るベルナー。

別に隠してるわけじゃないが、信用させるのも難しいし、ここは特に真実を明かす必要もないだろう。

しかし、ベルナーはこんな威厳のなさそうな奴が本物なわけないと笑った。

まあ、そりゃそう思うか。何より、人間が千年も生き延びるなんてありえない。

「まあ、ともかくだ。明日からは、そのヘルハウンド達にも捜索してもらうことにする。お前達は引き続き、他のオークが人間の村に行かないよう監視を頼む。出ていったオークを連れ戻すために、見つけたら教えてくれ」

「それは任せておけ。お前達がだいぶ治療してくれたこともあって、人手も増えた。もっと広い範囲を見れるはずだ」

「そうか。それじゃあ、今日の所は帰るよ」

「うん？　泊ってかないのか？」

「良いのか？」

「もちろんだ！　小屋ならいくらでも余ってるし、魚だってお前がさっき取ってくれたのがまだ一杯ある、食事も寝泊まりもここを拠点にしてくれて構わねえ」

「そうか。それは助かるな。だが……」

俺が偵察をし終え報告をするまでユリア達本隊は動かないことになっている。

一応、何も発見がなかった場合は近くの農村で寝泊まりすると伝えてはあるが、あまり連絡がないと心配するだろう。

本体の作戦開始は明日。本人も情報を早く情報が欲しいだろうし、明後日の朝までには一度戻るか。

「じゃあ、今日はここで寝泊まりさせてもらおう」

「それがいい。ほら、焼けたばっかりだ。食べろ」

この日、俺達はヴィン族の里で寝泊まりするのであった。

三章
ファリア森林の戦い

次の朝、再び俺達は北を目指す。

ベルナーによれば、ここから北は人間の村もなく、狩人もいないという。

最近はトレントのこともあって、皆村からあまり離れることはないようだ。

裏を返せば、人間の村も食糧の入手手段が限られるということ。早急に解決する必要がある。

途中、ヘルハウンド二体が俺らを乗せてくれた。

俺とルーン、ネールとマリナがそれぞれ一体ずつ乗る感じだ。

一応どっちにも【透明化】を掛けているので、万が一人間がいたとしても大丈夫だ。

ヘルハウンドに乗るのは初めてなのか、ワイワイ喜ぶマリナとネール。

一方で、俺とルーンは今後について話し合う。

「ベルナーは話が出来る相手で良かったですね。あのヴァンダルの末裔ともなれば、もっと聞き分けの悪い奴だと思ってましたが」

「ああ。しかし、随分とつらい思いをさせてしまったようだがな……」

俺がヴァンダルに伝えたことが、掟というかたちで彼らにも伝わっていた。

俺としては嬉しい話なのだが、ヴィン族の内紛の原因にもなってることは喜べない。

ルーンは人間の姿で、後ろから続ける。

「いえ、ルディス様は悪くありません。こうなったのは、魔王やら軍団とやらの主のせいなのですから」

「それもあるが……いや、今は一つずつ解決していくしかないな」

「はい！　悩んでいても仕方ありません！　それより、トレントもベルナー同様に話の分かる奴だといいのですがね」

「そうだな……トレントが森を拡大する理由も気になる。それを何とかしてやれば良いのかもしれないが」

そもそもトレントは非常に保守的な連中だ。普段は近場の森を守るだけで、短期間に森を拡大するのは聞いたことがない。

だから、森を広げるのには、何かしらの理由があるのだろう。

「最悪、力で従わせることも考えている。だから、トレントはどうにか出来るだろう……」

むしろトレントが敵対的であった方が、俺としては楽だ。有無を言わさず、魔法で従わせればいいのだ。

だが、悪意がない奴を無理やり従わせるつもりはない。

どちらにしろ、時間を掛ければ解決出来る問題なのだ。

そう、時間があれば……

ルーンは俺の意図を汲むように答える。

「……それ以上に、厄介なのがいるということですね」

「ああ。人間が一番問題だな……」

トレントの脅威がなくなれば、人間は再び北へと勢力を広げていくだろう。

そうなれば、ベルナー達オークの居場所も圧迫される。

一刻も早くベルナー達を隠れ里へ移住させる必要があるだろう。

「とはいえ、王国も戦争中。すぐにベルナー達を攻撃するとは思えません」

「そうだな。余裕があるとはいえないが、時間はある。しかも俺達がオークを発見するまで、ユリア達は動かないことになってる。俺達のペースで事は動かせるな」

「仰る通りです。っと、そろそろ見えてきましたよ」

ルーンの言うように地平線に、高い木々が生い茂る森が現れた。

「ネール！　あの森ですか！」

「もふもふしてて気持ちいい……あ、はい、そうです！」

ネールはヘルハウンドへの頬ずりを止めて、そう答えた。

マリナも同様にヘルハウンドの上で浮ついている。

「全く、緊張感のない……まあ、気持ちが良いのは同意ですが」

ルーンもわさわさとヘルハウンドの毛を撫でた。

まあ、そうなるよな……

アヴェル程大きくはないが、ヘルハウンドの体は大きく、肌触りが良い。何もしてなければ、眠ってしまいそうな気持ちよさだ。

そうこうしているうちに、トレントの森に着いたようだ。

左右を見ると、やはり地平線に見えなくなるまで、東西に森林は広がっていた。

これは見つけるまで、相当時間が掛かりそうだな。

「ここからは慎重に行くべきだな……」

俺は【透明化】に加え、【隠密】を皆に掛けた。

これで姿だけでなく音と気配を消せる。

しかし、魔力を【探知】出来る相手だと、さすがに隠し切れない。

なので、【魔法壁】をもっと強力に、かつ広く展開する。

これなら植物に襲われても大丈夫だ。

だが、周囲を植物で覆われたりと、拘束されると面倒だ。

焼き払えば、それこそ会話にならないだろう。

「よし。ヘルハウンド達よ、とりあえず北を目指せ。俺が【探知】で見つける。見つけた後は、【思念】による指示を待て」

ヘルハウンドは頷き、森の中へと入っていく。

さて、トレントを探すとするか……うん、これは？

周囲にはいくつもの魔力の反応があった。大小問わず木の形をしている。

なるほど、ネールの言うようにトレントは大量にいるようだ。

その中で、最も大きい、ないしは魔力を蓄えているものが、トレントの長と見ていいだろう。

が、ここまで多いと、遠近感が狂う。まだ動いたりしないからいいが……

北に進むヘルハウンドだが、とてもあたりが付けられそうもない。

もしかすると、【探知】で追えないほど、東西のどちらかにいるか。

しかし、ファリアの住民の話だと、本来のトレントの森は北にあるという話であった。

この樹海拡大の中心となったトレントは、元々あったその森にいる可能性が高い。

なので、方角的にはこの方向で合ってるはずだが……

「ん？　なんだ？」

このトレントの森の中で、動く魔力の反応が見える。

しかも、一体じゃない。数百はいそうだ。

動物の群れか？　いや……二本足で立っている。まさか！

俺はヘルハウンドにその方角の近くへと、歩かせる。

すると、遠くに開けた場所が見えた。

そしてそこには……

「人間？　しかも、オークまで？」

ネールは思わず声を上げた。

ルーンがしぃーと指を立てるが、【隠密】を掛けているので、ばれる心配はない。

俺も声を上げることはなかったが、驚いていた。

森の開けた場所で、人間とオークが複数いるのだ。

数は数百以上はいるだろうか。仲良くとまではいかないが、一緒に木を伐ったり、火を熾したりしている。

後方には丸太で造られた家もあり、今も新しい家を造っているようだ。

まるで、ちょっとした村のようだ。

「どういうことでしょう？　……人間とオークが共に暮らしているとは」

ルーンも中々見ない光景に、目を丸くしている。

「ああ、普通じゃ有り得ないな……」

俺が言うと、マリナがぽつりとつぶやいた。

「でも、一緒にお仕事している割には、お互いに嫌そうな顔をしていますね」

「言われてみれば……あ、人間が今少し、オークを睨みましたよ」

ネールもそう言って、丸太を持つ人間とオークを指さした。

なるほど。人間もオークも好きで一緒にいるわけではなさそうだ……

とすると、ここにいることを強要されている？

もしかしたら、トレントの森に呑み込まれたオークや人間は、ここに集められていたのかもしれない。

それを裏付けるように、俺の目に見覚えのあるオークが何体か見えた。

「あっ！　あいつ、昨日家畜を盗んでいたオークですよ！」

ネールの言う通り、昨日家畜を村から盗み、ベルナーによって落とし穴に落とされたオーク達がこの村にいた。

俺達と別れた後、呑み込まれてしまったのだろうか？

よく見ると、オークの一体が、森の外へ出ようとしていた。

が、突如現れる植物の壁によって、阻まれてしまう。

そのオーク達はまだ来たばかりなのか、人間に対して帝国語で罵声を浴びせている。

当然、王国語を使う人間には意味は通じないが、身振りと声の調子で、馬鹿にされていると感じているようだ。人間側も王国語でオークを侮辱する。

そんな中、昨日ベルナーと口論していたオークが、ある人間の男の胸襟を掴んだ。

どうやら、喧嘩になってしまったらしい。

人間ではとてもオークの腕力には敵わない。腕で首を絞められるも、そこから逃れることが出来ないようだ。

このままでは人間の男が死んでしまう……

俺は【雷便】でオークの腕を叩こうとした。

そう思った時、突如として長い何かが、森の中から飛び出してきた。

それはオークの腕を掴み、人間を解放する。

何本もの太い蔦が、そのままオークを宙づりにした。

「は、離しやがれ、この化け物！　いてっ！」

オークはぱしぱしと優しくだが、尻を叩かれる。

「ふ、ふざけやがって！　殺すなら、殺しやがれ！」

しかし、オークはちっとも吠えるのを止めない。

すると、蔦はオークの体をくすぐり始める。

これにはオークも耐えられなかったようで、涙を流したり笑いが零れる。

「や、やめっ！　ひゃははは！　や、やめてくれ！」

降参とオークが言うと、突如彼の前に光が現れた。

その光がゆっくりと収まると、小さな女の子が現れる。

緑色の髪を三つ編みにした、人間の子供が現れたのだ。

もちろん、見た目がそうというだけで、実際は人間ではないだろう……魔力の大きさも、尋常ではない。

女の子は両腕を腰に当て、オークに言った。

「じゃあ、もう怖いことしない？」

それは紛れもなく帝国語であった。

だからオークも理解出来るのだろう。すぐにこう答えた。

「な、なんなんだよ、てめえは！　俺達を解放しろ！」

相手が小さな女の子と知ってか、オークは再び高圧的な態度を取った。

「ううん、駄目。皆、ここにいるのが安全なんだから。じゃないと、皆食べられちゃうよ？」

「何わけ分からないこと言ってやがる！　俺をここから出せ！」

「まだ、言うこと聞けないの？　悪いお兄さんだなあ……じゃあ、こうしちゃう」

女の子は小さな手をオークに向ける。

すると、次の瞬間白い光を放った。

【聖夢《サンクトゥム》】……聖属性の高位魔法か。

対象に一種の夢のようなものを見させ、嗜好を誘導する。催眠で使う【操心】と違うのは、この魔法を受けた者はあらゆる快楽を感じるということだ。

魔法によっては止めようと思ったが、殺そうという意思がないのなら手は出さない。

「お兄さん、あたしの言うこと聞ける？」

「分かった……」

オークは蕩けた顔でそう答えた。

すると、蔦はオークを下ろし、解放する。

「うんうん、分かってくれてよかった！」

なるほど……どうやらあの女の子がトレントの長のようだな。

トレントは四肢を持った木の巨人。

だが、普通は滅多に動かない。そんな中で、魔力の多いトレントはああして自分の分身を作成し、周囲を動くのだ。

俺の従魔だったエライアもそうして付いてきてくれた。

ルーンが俺に言う。

「あの者がトレントの長でしょう。分身で高位魔法を使う魔力を持っているのです」

「そうだな……だが、色々と解せない」

「ええ。どうしてオークや人間を殺さず、ここに集めているのか？　先程のここにいれば安全という言葉も引っ掛かります……どうしますか、ルディス様？」

「手法を見るに、平和的だとは思う。俺達を見ても殺そうとするわけじゃなさそうだ」

「では、接触しましょうか？」

「ああ。【思念】で話をしてみる」

オークが素直に働き始めるのを見る女の子に、俺は【思念】で声を掛けた。

（君……聞こえるか？）

「わっ！　な、なになに？　誰？」

女の子は突然のことに、周囲をきょろきょろと見回す。

（急に話しかけてすまん……君の目では俺は見えない。俺は【思念】という魔法で、君に話しかけてるんだ）

俺の声を確認するように、女の子は耳に手を当てた。

すると、それが声で話しかけられたものでないと理解したようだ。

（えっと……頭で思い浮かべれば、お話し出来るの？）

（そうだ。だが、出来れば君と直接会って話がしたい。ここから少し北で、話せないか？）

（いいよ！　お客さんはいつでも歓迎！　ちょっと、待って！）

リアは光に包まれると、その場から姿を消した。

そして北の方に、女の子の魔力の反応が現れる。

（お待たせ。ここでいいかな？）

（ああ、ありがとう。今から行くよ）

俺はヘルハウンドに、その方角へと走らせる。

そして目を輝かせながら辺りを見渡す女の子の前で、【透明化】を解いた。

「わっ！　こんなに一杯お友達がいるの？　全然、気が付かなかったよ」

「魔法で気配を消してたんだ。勝手に入ってきたことは謝るよ」

「ううん。気にしないで。でも、どうしてこの森に？　お兄さん達も、怖いのから逃げてきたの？」

怖いの？　……オーク達のことだろうか？

いや、ここまでの魔力を持つトレントが、ベルナー達を怖がるとは思えない。

正直に森を広げるのを止めてほしいと言えば気を損ねるかもしれないし、ここは怖いのとやらの正体を聞いてみるか。

とその前に名前を聞くのが先だな。

「いや、ちょっと気になって入っただけなんだ。俺はルディスって言うんだけど」

「え？　あなたがルディス？」

この反応……賢帝ルディスを知っているのか。

「ああ。ほら、皆も」

俺の後に、ルーン達も自己紹介をする。

皆、本当の子供を相手するように、元気よく自己紹介してくれた。

女の子はルーンという名前にも覚えがあったようで、「あなたがスライムのルーン？」と訊ねてもいた。

女の子も元気よく皆に自己紹介する。

「私はリア！　リアロンドロスっていう名前なんだ！」

リアロンドロスというのも、帝国風の名前だ。

語源は、リアロンド大森林から。大陸南方にあった、原生林だ。

あったというからには、今はもうない。俺の生きていた時代、滅んだのだ。

そして俺と死にかけのエライアが会ったのは、そんな枯れ果てつつあった森だった。

「リアだな、よろしく！」

「うん！　よろしくね、ルディス！」

「ところで、リア。君のお母さんとかお父さんとか、この森にいる？」

「ううん……リアの小さい時、お母さんは友達に会いに行くって一人でどっか行っちゃったの。だから、お母さんは知らないんだ」

となると、この森にはエライアはいないということか……従魔だった他のトレントも、リーダーのエライアと一緒のはずだ。

「そうだったか……名前は覚えてる？」

「多分……偉いやだと思う！　お母さんの残した植物が教えてくれたんだ！　言葉も植物が教えてくれたんだよ！」

語感的に俺の従魔エライアと名前が似ているし、きっと何か勘違いして覚えたのだろう。

リアが答えると、俺の頭にルーンが【思念】でこう伝える。

（エライアはルディス様の育てていた温室の植物を、この地に持ち込んでいました。その植物の可能性もあるかと）

（そうか。ならば、記憶を伝える植物……思念草の可能性が高いな。確かにあれは、俺の温室ぐらいでしか栽培されてなかった）

そして俺とルーンの名前も知っていた。ほぼ確定と言って良いだろう。

リアはエライアの子供で間違いない。

リアは俺に訊ねる。

「お兄さん達はお母さんに用があってきたの？」

リアに対しては、自分が賢帝ルディスであることを隠す理由は特にない。それに、母親であるエライアを知っていると伝えたほうが、リアも信用してくれるかもしれない。

「そうだね。俺はリアのお母さんと知り合いなんだけど、会ってみたかったんだ。だけど、それはまたの機会にするよ。それよりも、怖いのっては何なんだ？」

逆に訊ねると、リアはこう答えた。

「少し前に現れた、黒くて大きな鳥さんのこと！　いっぱいいたんだ！　それで人間さんを皆殺すって言ってた！」

「何だって？　人間を殺す？」

「うん！　人間は悪いから、全員殺さなきゃいけないって！　だけど、私はそんなの嫌だから断ったの！　そしたら、急に火を噴いてきて……追い払ったけど、大変だったんだ」

「それは確かに怖い奴らだな」

「うん！　だから、いっぱい森を広げて、仲間を増やしてるの！　私達や人間さん、オークさんを守るために！」

「そういうことか……」

山脈に沿って広がっていたのは、そういう理由だからか。

「人間さんもオークさんも森で守ってあげる！　お母さんが怖い人いたら、そうして守りなさいって、植物に言い残してたから！」

南の村や農地を森で覆いつくすのも、そういった理由だからだろう。

これでファリア周辺が荒れた原因は判明したな……大元はその黒くて大きな鳥のせいだ。

「なるほどな……でも、リア。実は人間もオークも、皆自分の故郷に帰りたがってるんだ」

「え？　そうなの？　ここはとっても安全なのに！」

「ああ、安全なんだが。だからさ、俺達が黒い鳥を何とかするから、そしたら皆を家に帰してやってくれないか？　森で覆った人間の住処は、元に戻してほしいんだ」

「怖いのがいなくなったら、別に良いけど……ううん、ルディスの言うことは何でも聞け、ってお母様も言ってた！　もちろんいいよ！」

それもエライアの言いつけか……別人のルディスが現れたら、色々まずかったかもしれないな。

まあ、俺も本物のルディスかと言われれば、体は違うのでなんとも言えないが。

しかし、これはこれで俺にとっては助かる。リアの前では賢帝ルディスと振る舞えば良いのだから。

ともかく、リアは相当に純粋な子だ。

人間の村を呑み込んだのも、親の言いつけを守ろうとしてたからか。

それが人間にとって迷惑かどうかは、まだ区別がつかないのだろう。

ともかくその怖いのを何とかすれば、万事解決のはずだ。

脱走したオークもここに連れてこられているようだし、彼らが帰ればベルナーも隠れ里に向かえる。

思いがけず解決の道が見えてきた。

「ありがとう、リア。それで、その黒い鳥はどこにいるか分かるか？」

「多分、こっち……北の方向じゃないかな？」

リアが指をさしたのは北の方向……つまり、山脈のほうだ。

「でも、とっても大きくて強いんだよ！　いくらルディスでも倒せないんじゃないかな！」

「そんなになのか……それは確かに怖いな……」

リアの魔力は相当なものだ。ここにいるルーンに匹敵するかどうか。

さっきオークに【聖夢】を使ったように、戦いにおいても相当な強さを誇るはず。

つまり、その相手の黒い鳥はそんなリアの手を焼かせるほどのものということ。

黒い鳥がいっぱいという言い方を考えれば、複数いるのだろうから、一体一体の力は低いのだろうが。

しかし、大きな黒い鳥か……心当たりがあるとすれば、コカトリス。

「リアは鶏を知ってるか？」

「うん！　白くてかわいい鳥さんだよね！」

「ああ。それで、黒くて大きい鳥って鶏の形に似てるか？　口とか、頭の飾りとか？」

リアはううんと首を横に振った。

「もっと、ギラギラしているというか……硬そうな形をしていたよ！」

すると、鱗を持つようなモンスターだろうか。

そんな生物は、俺の知る限りドラゴンぐらい……確かに空は飛んでいる。

リアはそれと、と続ける。

「でも、いっぱい傷があって……かわいそうなの」

「傷がある？」

「うん！　翼もぼろぼろで治してあげようとしたんだけど、魔法を撃ったらとても痛がっちゃって……」

「治療のための魔法でか……」

治療のための魔法……つまり聖属性の魔法か。

それを撃たれて痛がるということは、魔物の類。

しかし、ただの聖魔法では、魔物はそこまで痛がらない。

考えられるのは、アンデッド……ドラゴンのアンデッドか。

ドラゴンは種によって、魔物と聖獣に区別される。

リアが見たのがどちらかは分からないが、アンデッドは等しく聖魔法が弱点。

だが、ドラゴンのアンデッドが多数とは……そもそも、ドラゴン自体がこの大陸では珍しい。

そしてほぼ間違いなく、誰かがドラゴンをアンデット化させたというわけだ。

俺が戦ったあのスケルトンの軍団を作った者達とも関係あるのだろうか？

あれだけ大量のスケルトンを作成し、一糸乱れぬ動きをさせているのだ。十分に考えられる。

俺は軍団に詳しいネールに顔を向ける。

「ネール。軍団のドラゴンだと思うか？」

「たしかに軍団にもドラゴンはいるようですけど……実際に見てみないとなんとも言えませんね。ただ、アンデッドの類なのは確実かと」

ネールに頷き、俺はリアに続けた。

「リア……多分なんだが、その鳥達はもう死んでいる。だけど、無理やり動かされているというか……」

リアがいくつかは分からない。が、五百歳以上なのは確かだろう。

だが、関わってきた者が少ないのか、人間社会の知識は子供並みのはず。

アンデット云々と言っても、いまいち通じないだろう。

「それを止めさせて、お墓をつくってやらないといけないんだ」

「死んでる？　……そういえば、体が……それは確かに早くなんとかしないといけないね」

リアも死んだ動物は見たことがあるのだろう。

腐っていく死体ほど見るに堪えないものはないはずだ。

「それじゃあ、リアも一緒に手伝う！」

「リアも？　……それは、助かるな」

リア自体は結構な魔力を持っている。それに聖魔法を使えることを考えれば、アンデッドと戦うのに心強い味方となるだろう。

親睦を深めるにもいい機会だ。俺やルーンから、エライアの話を聞かせてやってもいい。

「よし！　それじゃあ、色々準備しないと！　お腹もすいてるでしょ？　ルディス達も庭園に来る？」

「庭園？　ああ、せっかくなら見せてもらおうか」

恐らく、エライアの残した植物が残っているはずだ。

エライアの足跡を辿ることが出来るかもしれない。

「決まり！　それじゃあ、付いてきて！」

「ああ、行こう」

リアはステップを踏みながら、歩き出した。

俺達もそれを追うように、付いていく。

途中、体を大きく動かす木があった。

木に空いた穴はまるで口や目のように動かしてることから、トレント達なのだろう。

見慣れない者が来たと、俺達を見てるようだ。

やがて、庭園と思しき花が生い茂る場所に着く。

なるほど……思念草に、金鳥華。俺の育てていた希少な草花だ。

エライアが残した植物と見て、間違いないだろう。

俺が立ち止まると、声が響いた。

「その人達はどうしたの、お母さん？」

「お姉ちゃんのお友達？」

どこからか分からないが、トレント達がリアに訊ねたようだ。

ここにいるトレントは、リアの子供も多いのだろう。エライアの残した子供、リアの兄弟も多いはずだ。

「お客さんだよ！　そこのはルディス……」

リアがそう答えると、「ルディス？」と驚く声が響いた。本物かと疑う声もある。

だが、

「その魔力……そして手の印……思念草の情報と一緒……」

トレントの一体が確かめるように言うと、途端にざわざわと周囲が騒がしくなる。

【探知】を使って、俺の魔力を確認したようだ。

「ど、どうしたの、皆？」

リアは周囲のただならぬ様子に、きょとんとした顔をする。

「お姉ちゃん、ルディス様だよ？　お母さまが言ってた、あのルディス様！」

「うん、知ってるけど。それがどうしたの？」

「お母さまが思念草で残してたじゃない！　いつか、ルディィス様が来られるって！」

「うん！　だから？　来たじゃん？」

リアは純粋なだけじゃなく、相当に天然らしい。

だが、エライアが俺が来るのを知ってただって？

俺はルーンと目を合わせる。

「私は何も……ですが、従魔の中で、エライアだけはルディィス様が復活されると言ってました……皆が根拠を問いただしても、魂はそういうものなんだと言うばかりで、誰も信用しませんでしたが……」

「死んでも魂だけは帰ってくる……神官はそんなことを言ってはいたが」

記憶までも受け継ぐとは思えない。前世を知る者など、聞いたこともない。

しかし、俺の脳裏に浮かぶのは、エライアの表情だ。

俺が前世の最後に皆と別れた時、あの時エライアだけは寂しそうな顔をしながらも、取り乱していなかった。

それは、別れが一時的なものだと知っていたからか……

俺の周囲に、次々と光が現れ始める。

そして光が収まると、そこには人間の子供を姿をしたトレント達がいた。

皆、一様に俺の前で跪く。

「え？　え？　皆、どうしたの？」

「ルディス様、お待ちしておりました！」

トレント達は声を揃え、俺に頭を下げるのであった。

俺はすぐさま、皆に声を掛ける。

「皆、初めまして。俺がそのルディスだ。ともかく、頭を上げてくれ」

俺が言うと、トレント達は頭を上げた。

皆、目を輝かして俺を見ている。

中には、きゃあきゃあと喜ぶ者も。ルディスが来たと喜ぶ者もいた。

リアは特に驚きもないようだが、周りに合わせ「ルディスは来た！」と声を上げた。

「確認だが、ここにいる皆は、エライアと繋がりがある者というわけか？」

「はい。皆、エライアの子と孫になります。そこにいるリアは、エライアの長女。我らの長です！」

「そうだったか……エライアはどこに？　……いや、何か聞いてるか？」

「いえ、我々はルディス様をお迎えし、その言葉を良く聞くようにとしか。そして、本当のルディス様かどうか、こちらを読めるかどうかで分かると」

トレントの一体は、そう言って庭園の植物を差し出した。

金色の花、金鳥華……思念草はその情報を伝えるだけだが、これはそれよりも更に多くの情報を残せる。

だが、これを読み解くには【解錠】という魔法が必要だ。

エライアは相当な時間、大量の魔力を込めて、この金鳥華に【施錠】を掛けたようだ。

これを解けるのは、それを上回る魔力を持つ者だけ。

俺やその近しい者、または魔王ぐらいでなければ解けないだろう。

しかも、最後に合言葉を求められた。俺とエライアが会った場所の名前。

リアロンド大森林……そう答えると、金鳥華はその場でまばゆい光を放ち始めた。

すると、そこには長い緑の髪の女性……女神のような白い長衣をまとった、かつてのエライアがいた。

「エライア……」

俺が呟くとトレント達は、「え？」と声を漏らす。

エライアはゆっくりと跪いた。

「ルディス様……」

その声は、どことなく寂しそうであった。だが、すぐにエライアは頭を下げ、かつて俺に見せていた気丈な口調で答える。

「ルディス様、お久しぶりです。今、私の声を聞かれているということは、私が予知していたように、魂が巡ってきたのでしょう。あまり長くお話出来ないので、手短に済ませます」

金鳥華自体は、結構長い時間話が出来たはずだが……何か喫緊の問題でもあるのだろうか？

「あなたが亡くなってもう少しで五百年が経とうとしています。ですが、今になって我ら従魔の内、何者かが従魔を招集しております。マスティマ騎士団は北方に集まるようにと」

マスティマ騎士団……従魔の集まりだ。

しかし、何のために？

「何故集まるのか、理由は分かりません。ですが……とても嫌な予感がするのです。ですから、私も行きます。そこでもう一度、ルディス様の復活を待ち、騎士団の決まりを守るよう、皆に言い聞かせてきます」

エライアがこの森を去ったのは、その従魔の集まりに向かったからか。

「そして今私の声を聞いているということは、私はまだここに帰っていないのでしょう。ルディス様、その時は我が子達をどうか導いてくださるようお願いいたします」

エライアはそしてと続ける。

「もし……もしで良いのです。気が向いたら、私を捜してはくださらないでしょうか？　従魔の身でありながら、わがままであることは承知しています。ですが、私はルディス様ともう一度……」

声を震わすエライアは、首を横に振った。

「取り乱してしまい申し訳ありません。私はもう行きます。それでは、ルディス様……」

そこでエライアの姿は消えてしまった。

「……エライア」

俺の復活を予知してはいたが、寂しさは他の従魔と変わらなかったのだろう。

だが、復活を知ってたからこそ、エライアは今一度従魔達に忠告をしに行ったのだ。

リアや他のトレントは、今のがお母さん、おばあちゃんとざわついている。

そして、ルーンは……

「何で、私には声が掛かってないのですか？　ルディス様の第一の従魔である私を差し置いて、会議をしようだなんて！」

……怒り心頭だった。

しかし、ルーンもそうだが、アヴェルにも声はかかってないようだ。

ゴブリンのベイツ、オークのヴァンダルは五百年前にはもう死んでいたので、声はかかってないのかもしれないが……

「まあまあ。ルーンやアヴェルにも声はかけようとしたが、見つけられなかったんじゃないか？」

「そうだとしても、この私抜きでやろうだなんて！　そんな会議は無効です！　全く、どこのどいつでしょう！」

ぷんぷんと怒るルーン。

確かに誰が召集したのかは、気になる。

そして何のために？　……エライアが帰ってこないのは何故だ。

それを解き明かすためには、北に行く必要がありそうだな……

とはいえ、人里の少ない北へ向かうには、それなりの準備がいるだろう。

とにかく今は、やることを済ませなければならない。

俺はリア達に向かって言う。

「君達のお母さんは、遠く北にいるみたいだな。しかも、五百年近く戻ってこない……」

俺が言うと、トレントの一体が口を開いた。

「私達は、お母様の言う通りルディス様のお言葉に従います！」

「ありがとう……だが、君達は好きにしてくれて構わない。俺の希望があるとすれば、俺の他の従魔とも仲良くしてやって欲しいというのと、人間や他の魔物との争いはなるべく避けて欲しいぐらいかな」

リアが頷く。

「皆で仲良く、争わない……どっちもお母さんが言ってたことだよ！」

「そうだったか……じゃあ、今まで通りで大丈夫だ」

「でも、お母さん……」

「それは、俺も捜してみるよ。すぐにとはいかないが、北に向かうつもりだ」

「本当？　それじゃあ、リアも！」

「準備が出来たら、一緒に行こう。いくらか俺もしなきゃいけないことがあるからな。だが、その前に大きな鳥を何とかしないと……」

「分かった！　それじゃあ、まずご飯を用意するね！　あっ……」

リアは突然、はっとした顔になる。

「どうした、リア？」

「……大きな鳥さんが、山から来るみたい」

「何？」

俺も【探知】で探ると、確かに北方から強力な魔力の反応が迫ってきている。

形はやはりドラゴンだな……

「一体か……」

「うん、ひとりだけみたいだね……皆、通しちゃだめだよ！」

リアが言うと、トレント達は頷いて、その場から姿を消した。

どうやら、皆、大きな鳥……アンデッドドラゴンを迎え撃つらしい。

「リア、俺も手伝いたい。高い場所に俺を連れて行ってくれないか？」

「分かった！　おーい！」

リアは一体のトレントに手を振る。

すると、巨大な木の枝が俺の前にやってきた。

「乗って！」

「ああ！」

俺はルーン達と一緒に枝に乗る。

すると、枝は見る見るうちに高くなり、森の上へと出た。

「あれか……」

山の方から一体、飛んでくる黒い物体……

体が腐ったアンデッドドラゴン……青い鱗を見るに、元は氷属性のブレスを吐くブルードラゴンだったのだろう。

しかし、ただ腐っているだけではない。体の傷からは黒い瘴気のようなものが漏れ出ていた。

しかも、【思念】のような魔法で、人間は殺すと周囲に伝えている。

「ただのアンデッドじゃないようだが……ネール、あれは軍団のドラゴンか？」

「はい、軍団のドラゴンで間違いありません」

答えるネールに俺はさらに訊ねる。

「軍団……つまり、普通は軍団のスケルトンと連携を取っているってことか」

「その可能性は高そうですね。山の向こうに、他にもアンデッドがいるかもしれません」

「そうか……ドラゴン自体は強いのか？」

「ええ。私一人で、やっと一体倒せるような相手です。魔王様はあれを倒すように私達サキュバスを前線に送り込んだんですよ。だいぶ駆除したと思いましたが、こんな場所にも残ってるなんて」

リア達が上手くこの場で釘付けにしていたということか……

「でも、先輩の言うように、様子がおかしいですね……あんな瘴気見たこともない。いつもあんな感じなの？」

ネールはリアに聞く。

「うん。あの黒い靄だよね。いつもあんな感じだよ」

「どういうことなんだろう？」

首を傾げるネール。

だが、俺にはあの正体が分かる。

「恐らくだが……あのアンデッドドラゴンの中には、魔力を吸収する何かがある」

「え？　それじゃあ、魔法は効かないってことですか？」

「いや、吸収出来ない量の魔力があれば、倒せる。しかし、例えばネールのその斧の方が、倒しやすいだろうな」

「では、私が奴を！」

「いや、まずは俺に試させてくれ。どれぐらいの魔力を吸収出来るのか見てみる」

俺はそう言って、右手をドラゴンに向けた。

トレント達が攻撃する前に、一人で仕掛けさせてもらうか。

俺は【聖光】をドラゴンに放つ。

通常であれば拡散する【聖光】だが、今は一本の太い線のように収束させている。

さて、どう来るか？

ドラゴンは俺の攻撃に気が付くと、大きく口を開き、黒い瘴気を放つ。

闇属性のブレスか……だが、聖属性の魔法には火に油だ。

俺が思った通り黒い瘴気は瞬く間に【聖光】に呑まれた。

【聖光】はそのままの勢いで、ドラゴンを照らす。

悲鳴を上げるドラゴン。だが、光はその体内へと吸収されていった。

そして耐えられないと知ると、すぐに引き返そうとする。

リアやトレントが倒せないのも頷けるな……だが、俺は逃がさない。

俺は更に魔力を強め、【聖光】を放つ。

すると、次第に魔力を受け止めきれなくなったドラゴンは、そこで光に包まれた。

光が収まる頃には、空には何も残っていなかった。

目を丸くしたリアが言った。

「い、いなくなっちゃった」

「そうだな……でもこれで、ゆっくりと寝られるはずだ」

「そうなんだね……前から痛そうだったから、良かった」

リアはうんうんと頷いた。

「おお！　さっすが、ルディス様！　魔法で奴を倒しちゃうなんて」

ネールがぱちぱちと俺を拍手した。

だが、俺はちっとも喜べない。

随分と倒すのに時間が掛かった。三十秒はかかったか？

あれが十体以上押しかけたら、皆を守りきる自信はない。

「リア、あの鳥……ドラゴンは何体いるか分かるか？」

「どうだろう……もっと小さいのなら、十人ぐらいで来たかな」

「小さいのもいるってことか」

それなりの数が、あの山にはいるのだろう。

これはこちらから赴くのは危険か……いや、俺一人で行くという手もある。

俺がそう思った時、ルーンがそれを見透かしたように言った。

「こちらから行くのはやめましょう。ここで迎え撃つ方が安全です」

「ああ……皆の力も借りた方が良さそうだな」

確かに慣れない山の上で戦うのは非常に危険だ。

ここは従魔や皆の力を借りるべきだろう。

「ええ。トレントも戦い方も変えれば、十分に倒せる相手のはずです」

確かに、魔力を集中して一か所を攻撃すれば、リアやトレントも倒せるだろう。

「リアも賛成！　あたしも元の体の方が、攻撃しやすいから」

「そうか。分かった……その線で作戦を考えてみよう」

「うんうん。と、その前に皆でご飯だね！」

「そうだな。そろそろ昼だし、いただくとするか」

「うん！」

こうして俺達は地上に戻り、花の咲き誇る庭園で果物を食べるのであった。


「これは、南部の灼熱草！　こっちは北の大雪花！　久しぶりに見ましたね！」

ルーンは庭園の植物を見ながらはしゃぐ。

それもそのはず。これはかつて俺が育てていた植物なのだから。

「ああ。しかも、よく手入れされているな。まさかここまで完全に残っているとは……」

俺の温室にあった植物が一つとして欠けることなく、ここにはあった。

ルーンの言う通り、俺が死んだあとエライアが大陸西部まで持ってきてくれたのだろう。

大雪花は暑さに弱い、逆に灼熱草は寒いとすぐ枯れてしまう。

それを上手く共存させているのは、トレントだからか。

マリナやネール、ヘルハウンド達もこの庭園を興味深そうに見て回っている。

リアは自慢げに俺に話した。

「すごいでしょ！　お母さんはここの植物は絶対に守れって言うから、特に力を入れて守ってたんだ」

「そうだったか。エライアの奴……いや、リア。よくやってくれたよ」

「えへへ」

リアは恥ずかしそうに頭を掻いた。

「しかし、ルディス様。これらの植物、使い方によっては、大金持ちに……」

ルーンの言う通り、ここの植物は非常に価値あるものばかりだ。

万病に効く薬の材料にもなるし、中には小槌草という金紛を作る草もある。

「まあ、そりゃそうだが……ここのはエライアに任せたんだ。エライアやリアのものだよ」

そう言うと、リアが答える。

「でも、お母さんはルディス様のためにって！」

「それはありがたいが、今の俺には育てられないから……このままリアに任せるよ」

「分かった！　でも、何か欲しくなったら言ってね！」

「ありがとう、リア。と、そういえば、あれは……」

「あれ？」

「伝書花というのがあってね。花びらに短い伝言を頼めるんだが、それをどんな場所の相手にも届けてくれるんだ。鳥のような形の花びらなんだけど」

「ああ、伝書花ね！　こっち！」

リアは伝書花の方へ向かって走る。

なので、俺も追った。

すると、そこには鳥の形をした黒い花びらを持つ伝書花が一輪咲いていた。

これはエライアと俺が会ったリアロンド大森林に、一つだけ残っていたものだ。

俺の前世の晩年、ようやく花開いたものでもある。

「おお、あったあった」

「この子の花びらってそんな効果があったんだね。百年前にこの子の種を周りに埋めたんだけど……まだ、ぜんぜん大きくなってないね」

周囲を見ると、リアが埋めたであろう小さな芽があった。

さらにエライアが埋めたであろうものは、つぼみにまで成長している。

「埋めてから咲くまで、千年かかるなんて言われてるからね」

トレントの力なら、もっと早くは育つだろうが、それでも数百年は発芽を待たなければいけないだろう。

「へえ！　とすると、リアよりも年上ってことなんだ！」

「そうだな。面白いのは、一度咲けば枯れることがないんだ。花びらを取っても、また何年後かに生えてくる」

「ほうほう。それじゃ、とっても大丈夫ってことだね」

「ああ。まあ、逆に言えば何年か生えてこないってことだから、使い方を考えなければならないけどね」

俺は花びらを一枚取った。

伝書花の花びらは四枚……つまり、四人にしか送れない。

まずは当然だが、エライアに伝言を送る。

ただ何かを伝える以上に、この伝書花には有用な使い方が一つあるのだ。

俺はエライアに、自分とルーンやアヴェルなどの安否、またエライアの子供のことを伝書花に念じる。王都に向かっていること、従魔の里があること……落ち着いたら、北にエライアを捜しに行く旨を。

そして念じた後に、伝書花を宙に浮かせた。

俺は祈るように、それを見守る。

というのは、この花びらがすぐに落ちれば……伝言を送る相手がもうこの世にいないということになるのだ。

つまり、エライアの安否が分かる……

ふらふらと浮かぶ伝書花。すると、白い光の鳥に姿を変え、次第に空高く飛んでいった。

俺は思わず、胸を撫で下ろした。

エライアは生きている……これだけでどんなに嬉しいか。

仮に落ちてしまった場合、リアになんて言えばいいか分からなかった。きっと、俺はリアに、エライアのことを隠してしまっただろう。

だが、もうその心配はない。

俺はリアに、一枚花びらを渡す。

「今、君のお母さんに伝言を送った。リアも、お母さんに何か送る？」

リアはにぱっと笑う。

「え？　良いの？」

「ああ。俺からも伝えたが、きっと心配してるだろうからな」

「ありがとう！」

花びらを受け取り、わーいと喜ぶリア。

しかし、少しして頭を悩ませた。

「……何て送れば良いんだろう？」

「元気だってことを伝えるだけでも、良いんじゃないか？　あとは、家族がどれだけ増えたとか」

「なるほど！　じゃあ、そうする！」

リアは目を瞑り、花びらに強く念じているようだ。

三十秒ぐらい願っただろうか、花びらを浮かせた。

そして飛んでいく白い光の鳥を、手を振って見送る。

「行ってらっしゃい！」

リアは中々手を振るのを止めない。見えなくなるまで送るつもりだろう。

これでエライアも安心するはずだ。

そして、残る花弁は二枚……

ここは使い道をよく考えなければならない。

軍団を含め、大陸の情勢を詳しく知ってるのは、まず間違いなく魔王だろう。

だから、俺は魔王と話したい。

会って、南下しなければならない理由を聞き、共に解決したい。

しかし、魔王には、すでに使者としてネールの姉妹であるサキュバス達を送っている。

ネールも何かしらの連絡手段を通じて、魔王には俺が王都に行くことを伝えてくれている。

だから、花びらを使う必要は少なそうだ。

とすると次点で送りたいのは……

「フィオーレ……」

俺の従魔達は、マスティマ騎士団という組織をつくり、厳しい決まりを定めた。

そのマスティマ騎士団の長が、堕天使のフィオーレだ。

従魔の中で、最強……いや、この地上で最強なのは紛れもなくフィオーレだろう。

一対一なら、俺や魔王でも勝てない……そう断言出来る。

俺には数多くの従魔と、この帝印があった。だから、フィオーレと対等に話が出来たのだ。

彼女なら、多くの従魔の情報を知ってるかもしれない……

ルーンは怒るだろうが、従魔の彼女に対する信頼は相当なものだった。

どちらのほうが発言力が強いかと聞かれれば、何とも言えない。

というのは、紛れもなく一番声が大きいのはルーンであったし、皆もその剣幕によく押されていた。

しかし、フィオーレはいつも会議ではそんな従魔を見て、ニコニコ笑ってるだけだった。

従魔だけじゃない、いつも俺を温和な顔で見ていた。

目が合えば、ふふっと優しく微笑む……堕天使なんかではなく、女神ではないかと思うぐらいであった。

堕天使という種族は俺も分からない。堕天使というのは、フィオーレの自称なのだ。

つまり、この世に二人いるかも分からない。

しかし、俺の帝印は彼女を魔物と捉え、従魔とした。

彼女はいつも言っていた。翼をもがれ、地上に一人にされたと。そこに現れたのが、俺だったとも。

彼女との出会いは唐突であった。

何もないごつごつの岩山の頂上。そこに彼女は裸のまま力なく横たわっていた。

俺はただそれを起こそうとした。

だが、その行く手を天からの雷が阻んだ。

従魔は皆、近寄るのは危ないと言った。

しかし、俺は倒れている彼女を放っておけなかった。魔法と従魔の力を借り、彼女のもとにたどり着いた。

それから、魔法、薬……あらゆる手段を用い、彼女の体を癒した。

そうして目を覚ました彼女は、何も言わず俺に抱き着いてきたのだ。

たったそれだけだった。フィオーレはそこで従魔となる。

言葉を教え、名前を与えると、彼女はにこにこと笑い喜んでくれたものだ。

そう。フィオーレはいつも笑っていた。

だが、俺との最後の別れの日……俺への怒りからか、彼女はいなかった。

ルーンによれば、その後大陸の西部に逃れる際、一緒にいたようだ。

決して振り返ることなく皆を先導するように西部に飛んでいき、別れる最後までその表情を見せることなくどこかへと消えていったという。

その後、フィオーレがどうなったかはルーンには分からないようだ。

だが、従魔に彼女を慕う者は多かった。彼女を捜した者は多いだろう。

俺はフィオーレに伝言を送ることにする。

復活したこと。そして里があること。王都に俺が向かうこと。

その伝言を受けた花びらは宙に浮かぶと……しっかりと飛び去って行った。

これで、フィオーレとも接触出来るだろう。

マスティマ騎士団の者に声をかけたのはフィオーレの可能性もある。いずれにせよ召集についても何かしら耳にしているかもしれない。

さて最後だが……これは万が一に備え、取っておこう。

今後連絡したい者が出てくるかもしれない。

リアが俺の顔を覗いてきた。

「誰に送ったの？」

「君のお母さんと俺の友達だよ。他の君のお母さんの友達のことも知ってるかもしれなくてね」

「本当？　それじゃあ、皆で会えるね！」

「ああ。そうだな……」

正直、どんな顔で会えばいいかは不明だ。

それでも、俺の従魔だ。会わないわけにはいかない。

「だけど、ルディス様って本当植物詳しいんだね！」

「ああ。まあ、ここのは皆俺が育てていたからな。例えば、その鼓笛花なんかは面白いぞ」

俺は群生している笛や太鼓のような形をしている花に、【思念】で指示を送った。

すると、鼓笛花は帝国の歌の演奏を始める。

「おぉ！　音を鳴らすのは知ってたけど、こんなの初めて！」

リアは目を輝かせて、その演奏を聞いた。

「口で聞かせてやっても真似してくれるぞ。それと……あったあった、これは花火花だ」

俺はその赤いツボミに【思念】で指示を送る。

すると、ツボミは宙に上がり、そこで小さく爆発した。

色とりどりの光……花火を打てるから、花火花という。

「わあ、すごい！　でも、使ったら終わりじゃない？」

ちょっと心配そうなリアに、俺は言う。

「次の日には新たなツボミが出来るから大丈夫だよ」

「本当？　リアもやりたい！」

「【思念】で念じるだけだよ」

俺の言葉通りリアは目を瞑り、花火花に顔を向けた。

すると花火花は花火を打ち上げる。

「あ……目瞑っていたからよく分からなかった！」

残念そうな顔をするリアだが、次こそはとまた念じ始めるのであった。

一方、ルーン達はというと。

「じゃあ、この実を潰して塗れば、肌が綺麗になるってことですね！」

ネールが目を輝かせているのは、白色の花だ。

「ええ。これは真珠草の実です。肌を輝かせ、すべすべにする効果があります！」

「へえ！　いいものあるじゃないですか！」

ルーンはネールに頷くと、にやりと笑う。

「もっと、良いものもありますよ……ある者を自分に振り向かせる、心奪花。これの花粉を吸った者は、なんでも言うことを聞かせることが出来ます！」

「すると、これがあればルディス様も……」

「思いのままというわけですね……」

「ルーン先輩もなかなか悪いスライムですねぇ！」

「ネールこそ、やはりサキュバスの名に違わぬ、獲物を見る目をしてますよ！」

ふふふと互いを小突き合うルーンとネール。

あの心奪花には【魔法壁】を掛けて、守っておくとしよう。

そういえば、マリナは……何か花を見ているな。

そんなマリナが気になったのか、ルーンとネールが近寄ってくる。

「マリナ、良い花があるのですが……花粉を吸わせれば、ルディス様を自分のものに出来る花で」

にやりと笑うルーンに、マリナは毅然と返す。

「ルディス様にそんなものを吸わせるなどとんでもない！　私は自分を変えることで、ルディス様に振り向いていただきたいのです！」

マリナ……お前は、お前だけは本当に健気だな。

どうかこのままのマリナで……

「ですから、なんか、惚れ薬みたいなものないですかね？」

……え？　マリナ？

「おお、それでしたら、傾国木があります！　これの葉をすり潰して自分に塗れば、どんな者も自分に惚れさせることが出来るでしょう！」

「そんなものが！　ぜひ、私にそれを！」

マリナは興味津々にルーンの手を両手でつかんだ。

「マリナ……それ、結局同じ……」

俺はがくっと肩を落とす。

とまあ、だいぶ休憩も出来た。

トレント達とも交流出来たし、そろそろどうやってドラゴン達を倒すか考えるか。

そもそも、一体で来たのは何故だ？

定期的に偵察として飛ばしているのだろうか？

しかし、その偵察は死んだ……もしかすると、誘い出す云々の前に、こちらにやってくるかもしれない。

だが、それは希望的観測に過ぎない。

こちらとしては、ネールに誘い出してもらう線でいこう。

俺の【魔法壁】があれば、ネールの方は万全だろう。

あとは、こちらに攻め込ませて、トレントに迎撃してもらうわけだが……トレントに戦い方を教え、魔法を一点に集中させるか。

トレントは自立し、歩くことも出来る。

しかし、小回りは利かず遅い。小さなドラゴンなどに近づかれたら危険だ。

とすると……俺はヘルハウンドの一体を呼ぶ。

「オークの里に戻り、戦えそうな者を出来るだけ寄こしてくれるよう言ってくれるか？」

ヘルハウンドはこくっと頷き、走り去っていった。

ベルナーはともかくとして、オーク一体一体をばらばらに戦わせるのは危険だ。

なので、北の前線にいるトレントの周囲を警戒し、補助してもらう。

もっとも、これは保険だ。近づかれる前に、俺を始めとした主戦力で倒す。

ルーン、マリナ、ネールは一つの部隊として連携してもらおう。

基本的にはネールが斧で攻撃、ルーンとマリナが防御という形だ。

リアにはトレントの指揮を執ってもらう。

俺は中央で臨機応変に対応する。

あとは、ドラゴンに指示を出してる軍団の者がどこかに潜んでいないか……これが一番、問題だな。

アンデッドでありながら統制の取れた動き……どこかに指揮官がいてもおかしくない。

それと接触出来れば、軍団の指導者にも会えるかもしれない。

だが、そんな簡単に尻尾は出してくれないだろう……あわよくばと考えておくか。

いずれにせよ、撃退した後も問題はありそうだ。

軍団が新たに押し寄せてくる可能性もある。今後もトレント達が上手く防いでくれればいいのだが。

当然、俺も協力出来ることはする。エライアの子孫達だ、他人ではない。

俺や従魔が助けにいけるような環境を整えたいところだ。

ベルナー達にも協力を要請したいところだが……

俺の頭に、人間の存在が浮かんだ。

南には人間の村や町がある。本来であれば、彼らも協力してもらうのが一番。彼ら自身の安全を守ることにもなるのだから。

もちろん、人間と魔物が手を取り合うことがいかに難しいかは、俺も重々承知している。

しかし……せめて何かのきっかけをつくれないだろうか？

今、オークと人間が同じ場所に閉じ込められている状況を活かして。

とはいえ、人間のほとんどは兵隊でもない非戦闘員。後方で協力してもらうことにするか。

「リア、あとでオーク達がここに来るから、通してやってくれ」

「オークさん？　友達？」

「ああ。俺の友達だ」

「分かった！　皆には言っておくよ！」

「それと……俺がルディスであることは、そのオーク達には内緒にしてくれるか？」

「内緒に？　なんで？」

リアは不思議そうな顔で俺を見た。

「ルディスって名前は伝えてあるんだけど、本物のルディスだってことは伝えてなくてね……自分で打ち明けたいんだ」

「……？　分かった！　とにかく、ルディス様の言う通りにするね！」

「ありがとう、リア。それと、最後に頼みがあるんだけど」

「うん？　何？」

俺はリアにある考えを告げる。

リアはこれまたううんと首を捻った。

「別に良いけど……大丈夫かな？」

「戦わせるんじゃない、そうじゃなくて一緒に行動したという事実が欲しいだけだ」

「分かった！　それじゃあ、そうさせるよ！」

「ああ、頼むよ」

この作戦が、今後の和解のきっかけとなればいいのだが……

俺はトレントに再び、森の上へと上げてもらい、山脈を見張るのであった。

その日はもうドラゴンはやってこなかった。


既に日が暮れた後、俺は再び庭園に戻り休む。

すると、南方に魔力の反応があった。

ベルナー達が来たか……うん？

ベルナー達オークより小柄な者達も一緒のようで、手を縄か何かで拘束されてるらしい。

もしかして……途中で人間を捕まえたのか？　というより、この魔力の反応は……

一人、腰にある剣の魔力が尋常でない者がいる。

これは……ユリアに渡した剣だ。

俺が一日連絡ないのを心配して、北まで来てしまったか。

ユリア達は俺の報告があるまで動かないはずだったのだ。あまりに連絡がなければ心配するのは当然だが、まさか一日で来てしまうとは。

あるいは他の農村から何か連絡を受けて、動いたのかもしれないが。

予想外ではあるが、彼女が来たところで人間への対処は変わらない。十分に対応出来る事態だ。来てくれたなら、ユリア達にも協力してもらうだけだ。

俺はすぐさま、隣で談笑するルーン達にこのことを伝えた。

そしてリアにも、あることを頼む。

「リア、俺やルーン達の両手を蔦で縛ってくれ」

「え？　それまたどうして？」

「とにかく頼む。それとオークと人間達が来たら、一番大きなオークと握手した後、人間の縄を解いてやってくれないか？　その後、俺達も頼む。それで……その後は俺の話に合わせてくれ。ああ、あと人間とは【思念】とかで話しかけないでくれ」

「え、ええっと……分かったよ！　とにかくリア、やってみる！」

リアはあたふたと、すぐに蔦を地面から出し、俺やルーン達の両手を拘束した。

ともかく、トレントもオークも帝国語で話すから、ユリア達には通じない。それを利用して、上手いこと丸く収める。

想定外ではあったが、人間と魔物が手を取り合うきっかけづくり……それにユリアも加わってくれれば、より和解への道が広がる可能性もある。ユリアは俺と出会った時、魔物と協力することに抵抗がないと言っていた。

あとはベルナーに【思念】で連絡だ。

（ベルナー、そこに長い銀髪の人間がいるな？）

（お、ルディスか？　待たせたな。こいつらは途中に出会って、仕方なく拘束したんだよ。もちろん、殺しちゃいねえぜ。しかし、どうした？　そんなに慌てて）

（あまり時間がない。とにかく聞いてくれ。俺とお前達との関係は、人間に秘密にしたい。こっちに来たら、俺はトレントに捕まっているのが見えるはずだ）

（な、何？　それじゃあ、お前は脅されて？）

（いや、違う。捕まっているのは演技だ。ともかく、お前は小さい女の子と仲良く握手してくれればいい。同時に、捕まえた人間達の身柄を引き渡してくれ。その後は俺に話を合わせろ）

（え、えっと……分かった！　その、とにかく、お前の言う通りにすりゃ良いんだな！）

俺の矢継ぎ早なお願いに、ベルナーはやけくそ気味にそう答えた。

あとは俺の演技だな……

次第に松明の明りが森から見えた。

そこにはやはりユリアやノール、ロストン、街の司令官や人間の兵士達がいた。

その数、三十程。

ユリア達は俺と向き合わせられた。

ユリアとノールは俺と目が合うと、はっとした顔になった。

「ルディス！」

俺は捕まった人間のように、答える。

「殿下！　申し訳ございません！　俺達のせいで……」

「いえ、無事で何よりです……むしろ、これは私の失態。私が勝手に動いたばかりに……」

ユリアが顔を落とすと、ノールが言った。

「殿下のせいではありません。私が、不安を煽ってしまったばかりに……」

すると、ロストンも口を開いた。

「いや、俺のせいだ！　ルディス達に頼りっきりの作戦を許可してしまった！　年長の俺が止めなきゃならなかったのに！　姫をこんな目に！」

ロストンは天を仰ぎ、この世の終わりのような顔をした。

そのあまりの声の大きさに、リアやベルナーは困惑する。

皆、俺達を心配してくれたか……少し我慢が足りないようにも思うが、素直に嬉しい。

とはいえ、すぐに捕まってしまうとは。

相手がベルナーでは悪かったのだろう……いや、ベルナーだから無傷で済んだのかもしれない。脱

走したオークと会ったら、争いになってたかもしれない。

　リアとベルナーはぎこちなく、互いに歩み寄る。

「えっと、ルディスのお友達だよね？」

「ああ、昨日会ったばかりだが……俺の友達だ」

「そうなの、あたしも今日会ったばかりだけど、友達なんだ！」

「へえ。それは友達の友達同士、気が合いそうだな」

「そうだね！　あたしはリア、よろしくね！」

「俺はベルナーだ。こちらこそ、よろしくな！」

　二人は笑顔で、固く握手を交わした。

　リアとベルナーの会話は帝国語。だから、ユリア達に通じない。

　次にリアは、思い出すように口を開く。

「えっと、ルディスに言われてるから、皆の拘束を解かせてもらうね」

「ああ。よく分かんねえが、頼む」

　ベルナーが頷くと、リアは蔦を出して、ユリア達の拘束を解いた。

　そして俺やルーン達の両手の蔦も解く。

「拘束が解けた？　今の内に！」

　ロストンは剣をすぐさま抜こうとする。他の兵士達も同様に剣の柄に手をかける。

　しかし、ユリアが「待ちなさい！」と言った。

「敵意がないからこそ、拘束を解いたのでしょう。そもそも、そこのオーク達からして、私達を殺そうとはしませんでした……何か、理由があるのでしょう」

ユリアの声に、ロストン達は剣を鞘に戻す。

さすがユリア……状況を呑み込むのが早い。

彼女が来てくれたことで、より人間達に協力してもらいやすくなったのは間違いないだろう。

（リア、俺達を捕まえた人間やオークがいる村まで連れて行ってくれ）

（了解！）

リアはすぐに皆に手招きした。

だが、人間達は皆警戒して、それに付いていこうとはしない。

いきなり信用は出来ないよな……だが、ユリアがいるなら。

俺は皆に【思念】を送った。

（……その少女についていくがよい。お主達の仲間を預かっておる）

皆、頭の中に直接響く俺の言葉にざわついた。

しかし、ユリアだけははっとした顔になる。以前、エルペンの領主の館が吸血鬼に襲われた時、俺は今回と同じように【思念】でユリアに話しかけた。

だから、ユリアは声の主が誰か気が付いたのだろう。

「……行きましょう」

ユリアはそう言って、リアの後をついていった。

ロストン達も不安な顔をしつつも、その後を追う。

リアはそんな彼らを、今朝見た人間とオークが共に入れられている村まで案内した。

すると、ユリアがいることに、人間達は驚く。

「ゆ、ユリア様？」

「我らを助けに来てくださったのか？　……いや、どうしてオークとあの女の子と一緒なんだ？」

オーク達もベルナーがいることに反応する。

「お、お頭？」

「どういうことだ？」

皆状況を読み込めないような顔をする。

ロストン達も、ここに人間とオークがいることに驚きを隠せないようであった。

「ゆ、ユリア様、これは一体？」

「……飲み込まれた村の人達でしょう。でも、どうしてこんな場所に家を……しかも、オークと一緒に作業をしていたなんて」

ユリアがそう疑問を口にした。

いつもは冷静なノールも、この状況には目を丸くしているようだ。

そんな中、俺は周囲に【思念】を放った。

（皆、静まれ!!）

俺が一喝すると、皆、周囲を見渡す。

（余はルディス……かの帝国の最後の皇帝、ルディスである）

「る、ルディス様？」

ユリアが真っ先に声を上げた。

他の人間やオークも、あのルディスかと信じられないような顔をする。

（久しいな、ユリアよ）

「ルディス様！」

「この声が、殿下が仰せになってた、あの？」

ノールの問いかけに、ユリアは額に汗をかいて頷く。

「え、ええ……やはり、あの時と同じ声……」

やはりユリアは、俺の声をエルペンの領主の館で聞いた賢帝ルディスのものと確信していたようだ。

よく覚えているなと言いたいところだが、ユリアは賢帝を尊敬しているから、記憶に強烈に残っているのだろう。それに直接頭に語り掛けられるなんて、なかなかある出来事ではないはずだ。

（恐れることはない、ユリアよ。貴様のあれからの行いは、余もよく見ておる。貴様の行いは、弱き人々を助ける立派なものだ）

その言葉に、ノールやロストン、兵士達もうんうんと首を縦に振った。

俺も芝居のため、自分の言葉に深く感慨深そうに頷く。

「ルディス様……ありがたいお言葉です」

ユリアはうれし涙を流しながら、頭を下げた。

（そしてそのユリア達に付き従い、手を貸す者達……ノール、ロストン……）

俺はユリアの部下や兵士達、この場にいる者の全ての名前を呼ぶ。皆の名前を知ってるわけじゃない。だが、【思念】でお前と言うと勝手に、名前を呼んでるように変換してくれるのだ。

（そなた達もまこと立派である。今後ともユリアを助け、人々のために尽くすよう余からもお願いしたい）

「る、ルディス様……まさか、お声を聞かせてくださるとは……それにとどまらず、私なんかのことを……」

崩れるノール。

ルディスが救ってくれるという言葉を信じる彼女にとって、俺の声は何よりも重く感じたかもしれない。

演技にはあまり自信はなかったが、皆、俺のことを少なくとも人ならざる存在として思ってはくれたようだ。

誰も不自然に思う者はいそうもない。ロストンや他の兵士達も、死んだ皇帝が声を掛けてきたということに、感極まってるようだ。

（さて、この状況、この場にいる誰もがさぞかし奇妙に思っていることであろう）

一番奇妙に思っているのは俺だと思う……どうしてこうなったのか。

（そなたらをここに集めたのは、他でもない余である。この大陸に危機が迫っており、お主達の力を借りたいのだ）

ユリアは俺に聞き返す。

「大陸の危機？」

（うむ。この北より、哀れな不死のドラゴン共が迫っておる。彼らは人や魔物を見境なく、全てを焼き尽くすことを至上としており、そなた達の故郷も狙っているのだ）

「ドラゴン？」

ロストンが驚くように言った。

兵士たちもざわつき始める。

あらかじめヘルハウンドに呼んできてもらった時に聞いていたからだろう、ベルナーとオークは驚きはしなかった。しかし、その顔は深刻であった。

（本来、余は俗世のことには介入にしないのだが……このような時にまで、そなたらは人間と魔物というつまらない理由で、いがみ合っている。今、ドラゴンから皆を守っているのは、トレントだけ……だが、このままではトレントもいずれは倒れる。故に見るに見かねて、手を出すことにした）

皆、誰もが俺の話に聞き入っていた。俺は更に続ける。

（……人間、オーク、トレント達よ。そなたらの力を、余に貸してもらいのだ）

皆、ドラゴンという言葉に慌てていたが、俺の呼びかけに耳を傾ける。

（もちろん、ここにいる誰も死なせはせぬ。余の言う通り力を貸してくれれば、皆を帰してやろう）

俺がそう言うと、ユリアは迷わず頷いた。

「私はやらせていただきます。王国の民を守るのは、私の役目です」

「私も。もう誰の故郷も焼けるのは見たくありません」

ノールは胸元の五芒星のネックレスを強く握った。

「我らも当然、戦います！」

ロストンがそう言うと、街の司令官、兵士達も「おお！」と拳を天に突き出す。

捕まっていた人間やオークもその声に触発されたのか、同調するように声を上げた。

（今宵はこの場にて、来る戦いの前祝いを命じる。トレントよ。ある限りの果物や蜜を皆に振るまうのだ。人とオークは共に魚を焼き、それを食し饗宴《きょうえん》せよ。溢れんばかりの歓声と煙を、天にいる我に届けることを命じる）

俺の声に皆、「おお！」と応じてくれた。

そしてリアの案内で皆、宴会が始まった。

ふう……疲れた。でも、これで皆ドラゴンを倒すのに協力してくれるだろう。

しかし、誰がこんな光景を予想出来ただろうか……

俺の前では、人間、オーク、トレントが共に作業をしている。

賢帝ルディス……その存在が、人間と魔物をこうして結集させた。

前世でもなかなか見なかった光景だ。

皇帝である俺には、人間の部下もいた。だが、彼らは最初魔物を従える俺を快く思わなかったし、俺を受け入れてくれた後も俺の従魔と宴会をするなどありえなかった。

こんな光景が前世で見られればな……でも、これは俺が半ば強制させているに過ぎない。

やはり人間は人間、オークはオークと群れて、互いの間に距離がある。

トレント達もその微妙な空気の中、互いに声を掛けられないでいた。

これが限界か……俺がそう思った時、ユリアが人間から離れ、リアの前にやってきた。

「あなたがトレントの長ですね……今まで私達王国人をドラゴンから守ってくださったこと、感謝申し上げます」

リアは困ったように、俺に顔を向ける。

【思念】で、俺が伝える。言葉以外でなんか返事してやってくれ)

(うん！)

リアは頭を下げるユリアに、手を差し出した。

(ユリアよ。そのトレントの名は、リア。彼女は人間達と仲良くやりたいようだ)

「私達と？　……ありがとう！」

ユリアはそう言って、リアの手を握った。

そこに、オークのベルナーがやってくる。

「俺達も全然知らなかった。礼を言わせてくれ。それと、あんた」

ベルナーはリアに頭を下げた後、ユリアに顔を向ける。

「部下が家畜を奪って悪かった。俺達は、人間と争うつもりはないんだ」

その言葉を【思念】でユリアに翻訳する。

すると、

「私も出来れば戦いを避けたい……でも、どうすればいいのか」

ベルナーはヴィン族の代表でも、ユリアは王国の代表と言えるかは微妙だ。

多くの王国人が、オークを敵視することをやめないだろう。

俺は包み隠さず、それをベルナーに伝える。

すると、ベルナーは一言言った。

「難しいのは俺達も一緒だ……だからこそ、今回の出会いが何か変わるきっかけになればと思ってる」

ユリアにそれを伝える。

するとユリアはベルナーに力強く頷いた。

「よし、それじゃあ二人ともここに座って！　今、あたしがジュースを作るから！」

リアは二人を近場に座らせ、そこでジュースを振る舞い始めるのであった。

木の杯に入っているのは、魔法で果物を混ぜたようなジュースらしい。

これを見てか、他のトレントも同じように俺達や人間、オークに飲み物を振る舞うのであった。

「おお、これ美味しそう！」

「いい匂いですね……何の果物でしょう？」

ネールとマリナはジュースを飲んで、「美味しい」と持ってきたトレントを褒める。

「では私もいただきましょう……うん、これは美味しいですね！」

ルーンもなかなか気に入ったようだ。

このジュースでなかなか賑やかになってきた時、ある男が立ち上がる。

「よし、美味しい飲み物に、食事とくればあとは音楽！　天にいる賢帝ルディスに音楽を捧げよう！」

ロストンはそう言って、背中にあった弦楽器を取り出し、一人歌い始めた。

他の護衛も笛や小太鼓を鳴らして、その演奏に参加する。

楽器のない者は合いの手で、場を盛り上げた。

この曲は確か……俺の前世でも大陸全土で歌われていた民謡だ。

各国で歌詞は違えど、子供から大人まで誰もが知っているような曲だった。

故に、帝国の風習を受け継ぐヴィン族も、この曲は知っていたようだ。

角笛や太鼓を鳴らし、その演奏に参加する。

すると、人間とオークの演奏者達の距離はどんどんと近くなっていった。

あのロストンという男……前も思ったが、多才だな。

彼は場の空気を和ませることが出来るようだ。

あちこちで、人間とオークの間で腕相撲が始まったりもした。

互いの料理を教えている者もいるようだ。

いつしか、他種族と距離を取る者はいなくなっていた。

元々、殺し合うような仲でなかったのも、このような状況を生んだのだろう。

オークは家畜を奪っていたが、人は殺してなかった。

トレントも人間やオークをここに捕まえただけ。

隣のノールは、この光景を見て呟いた。

「……まるで、さっきから夢を見てるみたいね」

俺はうんと頷く。

「ええ。まさか、賢帝が俺達を呼んで、しかも魔物と祝宴させるなんて」

「信じられないことね……でも、私が信じていたルディスは、こうするって信じてたわ」

ノールは嬉しそうに呟いた。

「にわかには信じがたいことですけどね……」

俺が冗談っぽく言うと、ノールはちょっと怖い顔をする。

「こら。ここは賢帝ルディスが設けた祝宴の場なのよ。そんなことを言っては駄目」

「ご、ごめんなさい……」

「分かれば良いの……でも、不思議ね。あなたが偵察に行って、私達が追わなければ、こうはならなかった……いや、ルディスが導いたのかもしれないけど」

「どうなのでしょうかね」

確かに不思議だ。

まさかこうなるとは、俺も思わなかった。

俺が考えていたのは、まずトレントとオークが戦うところを人間達に見せること。人間を守るために戦っているところを見れば、魔物も悪い奴ばかりじゃないと人間も考え直してくれるかもしれない。

その過程で、簡単な意思疎通が出来ればとは思っていたが……最後はリアに俺を縛らせ、ユリアに差し出させる……そこで人間とトレントの不戦協定みたいなのが結ばれればと考えていた。

少しは人間もオークも、互いのことを知ればいい……それぐらいにしか思ってなかったのだ。

だが、リアは人間と魔物の間を思った以上に上手く取り持ってくれた。

しかも、ユリアやロストンが来てくれたおかげで、より交流が深まった。

ことが済めば、行方不明になった人も帰れるし、呑み込んだ村も元通りになる。ユリアはまず不戦協定を前向きに考えてくれるだろう。

ベルナー達も捕まったオークが解放されるし、隠れ里へといける。色々と問題が解決しそうだ。

俺は嬉しく思いながら、その日は眠りにつくのであった。


翌日。

俺達はドラゴンに対して迎撃の準備を整えることにした。

ユリアを始めとする人間、ベルナーを始めとするオーク達は北方へと向かう。

そして俺はトレントに森の上へと上げてもらった。

そこで、俺はいつもと違って、鎧兜に身を包んだネールに言う。

「悪いなネール……お前に一番危険な役目を負わせて」

「いえいえ！　ルディス様のお役に立てるなら！　それにルディス様の【魔法壁】もありますし、

ルーン先輩とマリナも後ろから防御してくれます。怖いものなしです」

「ありがとう、ネール。だが、魔王に知れたら、怒られそうだ」

「だったら知られなければ良いんですよ。私と一夜寝床を共にしてくれたら、黙っておいてあげますよ？」

「それは……悩むな」

「悩むんですか？　……まあ、これが終わったら少しは私のわがままも聞いてくださいね！　それでは！」

ネールはそう言って、翼を広げ去っていった。

ユリア達に顔がばれているネールだが、鎧兜のおかげで正体は分からない。

ネールのその鎧兜は、ルーンとマリナが【擬態】したものだ。

万が一俺の【魔法壁】が破れても、二人の【魔法壁】がネールを守る。

まず、どんな相手でもこの鉄壁の構えは破れないだろう。

「よし、あとは待つだけだ……リア、トレントの方は準備出来てるか？」

「うん！　人間さんやオークさんを守るためのバリケードも作ったよ！」

「そうか……あとは、倒すだけだな」

バリケードを作ったが、兵士以外の人間は後方に配置させて、すぐに逃がすよう伝えている。なので、ほぼ戦力としては見てない。ただ、オークやトレントと共に体験をしてもらうだけだ。

俺は山脈の方を見つめる。

徐々に山へと近づくネール達。

ついに山頂付近へと着くと、そこで反転した。

戻ってくるネールの後ろには、大小合わせて十五体程のアンデッドドラゴン……

これぐらいであれば、俺とトレントで十分対処出来る。

安心したその時、山頂に突如無数の影が現れた。

「あれは……スケルトン？」

山頂には鎧兜を身に着けたスケルトンがいたのだ。

あの装備は、以前戦った軍団のもの。ネールの話通り、軍団の手勢で間違いない。

「わあ、またなんかいっぱい現れたね」

「ああ……あれもドラゴンと同じ、死んだ者達。リア、全力で行くぞ」

「うん！」

やることは変わらない。

ドラゴンを全力で叩き、その後スケルトンを攻撃するだけだ。

(皆、不死の者が増えたが、臆するな。我はそなたらとある)

俺は【聖光】を一発、雪崩のように下りてくるスケルトンの集団に打ち込んだ。

一度に数百体のスケルトンが、その場で崩れる。

(さあ！　次はそなたらの力を見せてみよ！)

いや、まるで力を持て余してるかのような言い草だが、結構ぎりぎりだ……

心の中では、皆頼むと祈るしかなかった。

ともかく、俺の声に森の各所から歓声が上がる。

ネールは森までドラゴンを誘導すると、そこで急降下し、森に入った。

その瞬間、トレント達が一斉に聖属性の魔法で攻撃を始める。

俺が指示したように、皆ばらばらではなく、同時に一か所を攻撃していった。

と同時に、俺も【聖光】を放つ。

それは一体の黒いドラゴンを包みこんだ。

一体倒すのに少なくとも二十秒はかかる。昨日は様子見もあって三十秒かかっていたが、今回は全力で魔法を放っているので少しは短く出来た。

だが、その間にも山からはスケルトンの大群が下りてきている。

トレントやネール達も攻撃してくれているが、なるべく早く……うん？

スケルトン達に向かって、まっすぐに進んでいく集団があった。

ベルナーを始めとするオーク、そしてロストン達人間の兵士だ。

計三十名程が隊列を組んで、山の中腹に陣取る。

彼らは戦線の中央に配した者達だ。予想外のスケルトン達の出現に、引き寄せ役を買って出たのだろう。

彼らには【魔法壁】が展開されている。トレント達が彼らを守ってくれてるようだ。スケルトンではとても破れない強さだ。

そのおかげもあってかベルナーやロストンは次々とスケルトンを倒していった。

また、スケルトン達にも聖魔法が放たれる。

ユリアとノール……それに魔法を使えるオークが、ベルナー達を援護してるようだ。

皆、臨機応変にやってくれてる。

ネール達も、ベルナー達の護衛にまわり始めた。

「よし！　リア、俺達も頑張るぞ！」

「うん！」

俺もリアも、休まず聖魔法をドラゴンに浴びせる。

地上に放たれる黒い瘴気は優先的に撃ち落とし、皆を守ることも忘れない。

一体、また一体と黒いドラゴンは倒れていった。

次第に、ドラゴンを攻撃していたトレントが、スケルトンへの攻撃に参加していく。

俺も最後の一体のアンデッドドラゴンを撃ち落とした後、残る数百体のスケルトンを【聖光】で一薙にすると、山は何事もなかったように沈黙した。

これで全部か？

すでに森の中からは勝利を祝うような雄叫びが上がっている。

だが、その時であった。

山の向こうから、今までのよりも巨大なアンデッドドラゴンが姿を現す。

でかい……まるで、一つの城はあろう大きさだ。

これほどの大きさのブルードラゴン……きっと何千年と生きたドラゴンだったはずだ。

それが殺され、アンデッドにされる……一体誰が何のためにこんなことを……

その大きさに、リアは「おお！」と声を上げる。

森の中からは、さっきの戦勝ムードはどこへやら悲鳴のようなものが聞こえた。

俺は【思念】で森の皆にあることを伝える。

（ふむ……あれが、奴らの親玉のようだな。皆、恐ろしく思うかもしれないが、臆することはない。

魔力を扱える者は、上空に魔力を放出せよ。出来る限りで良い）

俺はそう言って、右手を黒いドラゴンに向けた。

すると、ルーンやマリナ、ネール、リアが俺に【魔力付与】で魔力を向けてくれる。

ユリアやベルナー達も、上空に魔力を放ってるようだ。

（皆、よく見ておけ。余の魔法を。本来であれば、この魔法で余は大陸に平和をもたらしたい。だが、
余は限られた場所……ここのようにルディスを信ずる者が多い場所でしか、力を行使出来ぬのだ）

もっともらしい理由をつけ、何で俺が現れたかの説明をした。

復活を期待させるような説明になってしまったな……

ともかく、俺は皆の魔力を集め、それをアンデッドドラゴンに放つ。

皆の魔力を集めた【聖光】は、かつての俺の使うものとなんら変わらない強さを誇っていた。

アンデッドドラゴンは瘴気を吐く暇もなく、【聖光】に包まれ消滅した。

一瞬のことに、森が静まり返る。

が、すぐに喜びの声が上がった。

隣のリアも両手を上げて喜ぶ。

「すごい！　ルディスって、本当にすごかったんだね！」

リアにとって、ルディスは長らく物語に出てくる偉人でしかなかったのだろう。

「いや、リアや皆のおかげだよ」

そう言うと、リアはえへへと照れるような仕草を見せた。

「ルディス様！　お見事でした！」

ネールも俺のもとに戻ってきた。

ルーンとマリナも、人間の姿に戻る。

「山の向こうを見てきましたが、何もいません！　ドラゴンもスケルトンも全滅させたようです！」

ネールは意気揚々と答えた。

「本当にすごかったです！　前のゴブリンの時よりも……ルディス様って本当にすごい方だったんですね！」

マリナはどこか俺がすごくないと感じていたらしい。いや、抜けていることも多いし、当然の評価だが。

ルーンはマリナとネールにちっちっと指を振る。

「いやいや、本当のルディス様はこんなものじゃありませんよ、まだまだ序の口です！」

「ルーン、あまり大げさなことは言うな……こういった行き当たりばったりは多かったんだから」

予想外の出来事が俺を襲った時、俺を助けてくれたのは今回のように従魔の皆だった。

「ただただ、皆のおかげだよ。ありがとう」

俺が言うと、皆どういたしましてと応えてくれた。

この後、前線にいた人間やオーク達が昨晩祝宴を開いた場所に帰ってきた。

皆、スケルトンの持っていた鎧兜や武器を持っている。

戦利品のつもりだろうかと思ったが、皆それを山のように積み上げている。

どうやら、ルディスに対する捧げもののつもりらしい。

そんな中、ベルナーとロストンが二人で持ち上げてきたものがあった。人の頭の二倍はあるだろうか。

それは戦利品の一番上に置かれる。

一見卵のように見えるが……この大きさ。もしやあのドラゴン、卵をもったままアンデッドにされたのか。

とすれば卵の中身は、すでに死んでるかもしれないが……生きていればブルードラゴンが生まれてくるかもしれない。

俺は【探知】で中を探る。

すると、そこには確かな魔力の反応が。どうやら生きているようだ。

闇属性は感じない……中はアンデッドではなく、生きたブルードラゴンであるのは間違いなさそうだ。

人間もオークもトレントも、わあわあと村で勝利を祝う。

トレントは早くも果物やジュースの準備を始めて、すぐに昨日の盛り上がりと変わらない祝宴が開かれた。

もう、俺が何かを言う必要はない。彼らは仲良くやってる。

だが、神のごとく振る舞いをしたのだから、このまま賢帝が何も言わないで消えるわけにはいかないな……

（皆、大義であった！　そなたらの働きで、今しばらくの平和がこの地にもたらされるであろう！）

俺が言うと、再び皆歓声を上げる。

（その殊勝な行いには、余も何かで応えねばならないだろう。余に捧げてくれた戦利品は、全て皆に授けよう！）

その言葉に、更に場は湧きたった。

（だが、ただ鎧兜など渡してもつまらぬ。ここは皆にあったものに変え、渡したい……まずユリア、戦利品の前に出でよ）

「はっ！」

ユリアは、戦利品の前に跪いた。

（ユリア、貴様……いや、そなた自分の手にある印が何であるかを知っているか？）

「この王印ですか？　……何も従えられない印であることは知っております」

（その五芒星の形が、余の帝印と同じものと知っておるのにか？）

「？　ですが、王印と帝印はとても同じものだとは……」

（それはどうかな……）

俺は戦利品の卵を聖属性の魔法で照らす。

すると、卵の殻は割れ、そこから小さな青いドラゴンが姿を現した。

そして目の前にいたユリアに飛びついた。

ユリアはそれを怖気づくことなく、抱きかかえる。

（そなたの手と、そのドラゴンの頭に光るものが見えぬか？）

「……このドラゴンが私の従僕になりたがっている？」

（そう。そなたの帝印……いや王印は、余と同じ魔物を従えるもの。そのドラゴンはそなたに授けよう。余は育てることは出来ぬのでな）

「わ、私がドラゴンをですか……」

（ドラゴンは人よりもはるかに強い。つまり、それを従えるそなたは、多大な力を得ることになる）

「……」

（嫌か？）

「……いえ、有難く賜ります」

ユリアは無言で頷いた。

だが、ユリアはこのドラゴンをそのまま連れて行くわけにはいかないはずだ。

王国人は魔物を忌避している。彼らがこのドラゴンやユリアの王印を知れば、ユリアはかつての俺のように魔物を従える者として批判されてしまうだろう。

（そうか……それと、そのドラゴンがいては、故国で自由に行動出来ないであろう。お主の剣を【透明化】という魔法が使えるようにして、いつでもドラゴンの姿とそなたの王印を隠せるようにしよう）

俺がそう言うと、ユリアは自分の手に浮かぶ王印を見てから、首を横に振った。

「いいえ……それには及びません。これが私の王印なら、私は隠しません。この子が私の仲間なら、私は堂々とこの子と一緒に行動します」

ユリアの力強い答えに、俺は驚かされるとともに、とても嬉しくなった。

このブルードラゴンを、ユリアは仲間として見てるのだ。俺が俺の従魔と接したように。

ブルードラゴンを連れていくことで、王印が魔物を従えるものと皆に明かすことで、王族などからの批判は免れないだろう。

だが、ユリアはそれに真っ向から立ち向かうという。

楽な道ではない。命の危機もあるだろう。

しかし、ユリアはそれも理解しているはず……ならば俺がどうこういう話ではない。

（……そういうのであれば、そうすればよい。お主とそのドラゴンがどのように歩んでいくか……これからも見守っておる。期待しておるぞ、ユリア）

「……ご期待に応えられるよう、これからもより一層励みます」

ユリアが言うと、その右手の印が眩く光った。

こうして、ユリアは初の従魔を得ることとなった。

（続いてリアだが……何か願いはあるか？）

「はいはい！　あたしは、ルディスの従魔になりたいです！　他のトレントも！」

（良いのか？　もう少し考えてからでも）

「だって、ルディスの従魔になれば、もっといっぱい友達出来そうだし！」

ルーンが、従魔になるならルディス様と呼んでくださいと、リアに【思念】で伝える。

「分かった！　じゃあ、ルディス様！　私を従魔にして！」

（ルディスで大丈夫だよ……分かった。とりあえず、お母さんが見つかるまではそうしておこう。連絡も取り易いからな）

「やった！」

こうしてリアも俺の従魔となった。他のトレントも皆、俺の従魔となる。

トレントには、更に俺が魔法を教えることを褒美とした。

（さて、次はベルナーだが……）

ベルナーは本当の俺をちらりと見て答える。

「もう変な芝居はよせ。お前は、本物のルディスなんだろ？　あんな魔法を見せといて、言い逃れは出来ねえぞ？」

（騙す気はなかったんだ……だが、あまりに突拍子もないことだと思われそうでな）

「そりゃそうだろう……だが、借りを返すって言葉……これは嘘じゃなかったな」

（そうだ……俺はヴァンダルに悲しい思いをさせたからな。それにとどまらず、お前達を苦しめることにもなった）

最後まで俺と共に戦うと言ってくれたヴァンダル。他の従魔も戦うことを主張したが、武闘派の彼……戦うことが唯一の取り柄と語っていた彼にとっては、俺の抵抗しないという言葉に落胆したはずだ。

それにも関わらず、ヴァンダルは自分の子孫に人間と争わせないよう掟をつくった。ヴァンダルにとっても子孫達にも、ずっと思うところがあっただろう。

だが、ベルナーは首を横に振った。

「よせやい。そんなに俺達は女々しくねえ。それよりもだ。今後どうする？」

（俺の従魔、トレント、そしてここらへんの人間と協力してはくれないか？）

「また、あんな化け物が現れるかもしれないしな……だが、それはあのお姫さん次第だな」

（俺が取り持つ。上手くやってくれるか？）

「もちろんだ。仲良くやっていく方が、一番に決まっている」

（助かる。そういえば、お前の願いは……）

「俺も従魔にしろ。前も言ったが、俺はルディスが好きだ。目の前にいるのに、仕えないわけにはいかねえ」

（ありがとう、ベルナー。後悔はさせない……）

「その言葉忘れるなよ。借りは返すんだろ？」

（ああ……）

ベルナーが言いたいのは、前のようにもう従魔を悲しませるなということだろう。

その過ちは二度と繰り返さない。

ベルナーの他のオークも皆、従魔になってくれた。他のヴィン族のオークもこの後従魔にした。

オーク達には別にスケルトンの武具を加工し、魔法の斧を授けた。魔力を自分に集めやすくなっている。

そして次は人間だ。

（ロストン。そなたは何を望む？）

「はっ！　殿下を守る盾……いや、殿下を襲う全ての者を切り払う剣……うーんどっちにしようか」

中々答えを出さないロストン。

（……ロストンよ。そなたには、これを授けることにしよう）

俺は鎧を加工し、弦楽器を差し出す。

「え？」

（これは、聞くものすべてを癒す音を奏でる楽器だ。そなたは音楽の才があるし、皆を和ませることが出来る。これを使い、ユリアのために音楽を奏でよ）

「が、楽器ですか……」

（……不満だったか？）

「ま、まさか！　ルディス様から頂いた楽器！　末代まで大事にさせていただきます！」

（うむ。それと先程癒すと言ったが、ただの比喩ではない。その楽器には本当に人々の病や傷を癒す効果があるのだ。お主もユリアと共に苦しむ人々を助けるがよい）

最初は複雑そうな顔のロストンであったが、俺が言うと、力強く頷いてくれた。また、楽器を弾くと音の方もすぐに気に入ってくれたようだ。

周囲の魔力を聖属性に変えて、音と共に放つ。回復魔法と同じ効果が見込めるものだ。

ロストンは腕っぷしもそれなりにあるようだが、むしろこのほうが才能を活かせる。

次に、ノールの番。

ここは順当に持っている杖を、魔力を集めやすいよう改造するのがよさそうだが……

しかし、一応本人の希望も聞くべきか。

（ノール。そなたは何か願いがあるか？）

「私は……」

ノールは胸のネックレスを強く握る。

「私は……また、ルディス様とお話が」

これは予想してなかったな……いや、ノールの今までの言動を見れば、考えられたことか。

（……余はそなたの行いを好いておる。見守ってもおる。しかし、死者と生者は滅多なことがない限り、話すわけにはいかないのだ）

「そんな！　ルディス様は今もこうして私に！」

（ノールよ。良く聞くのだ。余は死者。この世界で出来ることは限られておるのだ）

「私と話すのが……そこまで難しいことでしょうか？」

（ノール……分かった。だが、いつでも話せるとは限らん。あくまでも余の気が向いた時……それで良いか？）

「もちろんです！」

ノールは子供のように言った。

普段はこんな顔は見せない。

だが、賢帝ルディスの前だけでは、昔の自分を見せることが出来るのだろう。

（だが、それで褒美というのは、少し妙だ。故にそなたの杖を、魔力をもっと集められるよう強化しよう。更に高位の魔法を使い、ユリアや人々のため尽くすのだ）

「はっ！」

（そして……これは余の願いだが。そなたの職業を知っていて言うのは、少々言いづらいが……）

「何なりと仰ってください。私はルディス様に幾度となく願いを叶えてくださいました。私がルディス様の願いを聞かぬわけにはまいりません」

（そうか……だが、これは願いというわけではなく、知識として知っておいてもらいたいのだ。ここにいるオークやトレントのように、人と争いを好む魔物ばかりでないことを）

「ルディス様……それは今回のこの事で得た、一番の教訓です。確かに私は冒険者。魔物の討伐を生業としてます。ですが、無抵抗の者がいれば……今までも殺しはしませんでしたが、むしろ手を差し伸べるかもしれません」

（ありがとう、ノール……いらぬ注文であったな）

「いえ。ルディス様のお考えが知れただけでも、とても嬉しいです」

ノールはそう言って、戦利品にぺこりと頭を下げた。

こうして他の者達にも褒美を授けていった。

農具や武具……道具が殆ど。豊穣や健康を願う者もいたが、管轄外と詫びた。

そして祝宴の中、褒美をせがむ者が直接俺の両脇を固める。

「ルディス様！　私の褒美も！」

ネールが言うと、マリナもそれに続く。

「私は特に何も働いてませんでしたが……でも、ちょっとでも何かいただければ」

マリナは俺に顔を近づけて言った。

これについては、ルーンは冷たい口調で言う。

「全く……ルディスさ……君から褒美をもらえるのは、その戦いでもっとも活躍した者だけ。そう決まっていたのですよ」

「ええ？　ルーン先輩もさっき一晩抱っこしてもらいたいって、言ってたじゃないですか！」

ネールの声に、ルーンはそれはと言葉を濁す。

「まあまあ……さすがに限度はあるが、ちゃんと皆の労も労うよ」

「本当ですか！　じゃあ、今！」

俺に抱き着くルーン。同様に、ネールとマリナも飛びついてきた。

「ちょ！　こんな場所でやめろって！」

もみくちゃにされる俺を見て、周りは大胆だなと流すだけだ。

そんな感じで、夜は更けていった。

深夜、ユリアはドラゴンを抱きかかえながら、天を仰いでいた。

そしてこう呟く。

「ルディス様。一つ、訊ねてもよろしいでしょうか？」

（……どうした、ユリアよ？）

「何故、以前エルペンで私を助けてくださったのですか？」

（そなたの行い……そしてそなたの王印に、親しみを感じたからだ）

「なるほど……ではもう一つ。何故、ルディス様は今日のような力を行使出来るのに、この千年、大陸を放っておいでなのです？」

痛いところを突かれたな……まあ、当然の疑問だろう。

（先も言ったが、この世界で余の力が使える場所、時は限られておるのだ）

「本当にそうでしょうか？」

（ユリアよ……そなたは何が言いたい？）

「……あなたは今もこの大陸を支配出来る力がある。そうではないですか？」

その言葉は、俺の心に鋭く突き刺さった。

俺の魔力は、再び大陸を平和へと導くことが出来るだろう。時間はかかるが難しいことではないのだ。

だが、そうしない理由……それは、俺には別の目的があるからだ。

冒険を通じ従魔を探す……それが俺の目的なのだ。

(それは分からぬ……だが、余の他にこの大陸に平和をもたらし……第二の帝国を築けるとすれば……)

……それは、ただ一人しかいない。

(ユリア、君だ)

そなたと言うつもりが、うっかり君と呼んでしまった。

今の俺の心情が、色濃く出てしまった。

「……私が?」

(余は死者。すでにこの世の者ではない。この世に平和をもたらせるのは、生者だけだ)

「で、ですが……私は王国でも何の力もない王女……ドラゴンを授けていただいたとはいえ、知識も乏しい未熟者です」

(いや、そなたは元々強い者だ。ドラゴンも王印も、そなたを支えるもので、そなたなしでは力を持たぬ)

ユリアは俺の言葉に、ただ額から汗を流す。

(そなたは優しい。故に少し狡猾にならねばいけぬ部分もあるが……だが、余が考えるに、そなたこ

そこの大陸を導くにふさわしい）

「か、買いかぶり過ぎです……私なんて」

（ユリア。そなたこそ、この大陸を治める力を有しておる。周辺の民の尊敬が、何よりの証拠だ。それが何よりの力だ）

「ルディス様……」

（もっと人、魔物問わず仲間を増やすのだ。そなたの徳と王印は、それを容易にする。くれぐれも余の見込み違いだったと思わせぬよう、これからも精進せよ）

「……肝に銘じます」

（うむ。余はいつでもそなたを見守っておるぞ）

俺がそう言うと、ユリアはしばし空を見続けるのであった。


次の日、ついに別れの時がやってきた。

トレントに呑まれた森は、リアがすでに解放してくれた。植物の力で、前以上に綺麗に整備してくれたらしい。

行方不明となった人間全員と、脱走したオークの殆どをトレントが保護していたが、彼らも解放されることが決まった。

そしてユリア、ベルナー、リアの間で密約が交わされた。

内容はまず、ファリア周辺の人間はこれ以上トレント達がいる北へ住処を広げないこと。

またトレントも、人間のいる南に森へ広げないことを約束した。

加えて、偶発的な接触が起きた場合、例えば子供等がそれぞれの領域に足を踏み入れた場合などは、お互いが平和的にそれぞれの住処に帰すことも決まった。

またベルナー達オークは隠れ里へ向かう準備を整えるまで、このトレントの森に身を寄せることにしたようだ。数体まだ脱走したオークが見つかってないようで、彼らを捜すのをリア達も手伝ってくれるらしい。

その間は当然、ベルナー達も人間を襲わないと誓ってくれた。

つまりはこれで、ファリアの問題は全て解決することになる。もうトレントの森に村が飲み込まれることもないし、オークが掠奪《りゃくだつ》に来ることもなくなるのだ。

しかし、これは〝密約〟だ。今回のトレントの森での出来事を含め、この決まりはユリアとここにいる一部の人間、ファリアの町長だけの秘密とする。

ここにいないこの周辺の人間には、ユリアが町長に言って、北に近寄らせない、トレントを傷つけないようにしてくれるという。

とはいえ元々この付近の人間はトレントの森を神聖視してたようなので、トレントが森を広げなければ接触する機会もなかなかないだろう。

リアとベルナーはもちろん、ユリアもこの決まりを守ると誓ってくれた。

(ではここに、ファリア周辺の人間、オーク、トレントは互いに争わぬことを確認する。皆、良いな?)

ベルナーが頷く。

「ああ、異論はねえ。また北から何かが来たら、俺達も戦う」

「うん！　薬とか食糧とか、必要なものがあったら皆に分けるね！」

リアもそう答えてくれたのを、俺はユリア達人間にも伝える。

「我々も異論はありません」

ユリアが頷くと、司令官も頷いた。

「ファリアの町長も諸手を上げて喜ぶでしょう。平和であれば、王都も介入しません」

（ふむ。では、条約締結だ。この条約はここにいる者、及びファリアの町長だけの秘密とする。破ろうにも我が魔法が、それを阻むようになっておるのを心せよ）

従魔は当然、帝印の力で逆らえない。

人間達も俺の力を見た以上、破りはしないだろうが……一応、リアの庭園にあった心奪花の花粉を吸わせ、秘密を破らないよう命令した。

それとこれは意外だったのだが、トレントのこの森の村をいたく気に入ったオークや人間がいて、住みたいらしい。

リアは当然許可してくれたし、ユリアとベルナーも歓迎した。

ここ一帯では、恐らく俺の時代でも成し遂げられなかった、まだ距離はありつつも人間と魔物が共存する地域となるのであった。

その昼、俺達はトレントの森を後にすることになった。

「リア、ありがとう。それと皆のことを頼むよ」

「うん！　庭園の植物だけは危ないから、人間さんに触らせなければ良いんだね？」

「ああ。それとアヴェルやゴブリンがこっちにも来るだろうから、仲良くしてやってくれ」

アヴェルをこちらに呼び、里との連携を図る。アヴェルなら、一日も掛からずに行き来出来る距離だ。

結局軍団の指揮官は見つからなかった。逃げたのかそもそもいなかったのは分からないが、ここを突破しようとしてた以上、再び大軍勢を差し向けてくる可能性は捨てきれない。

そこで俺の隠れ里の従魔の力を借りたい。アヴェルは足も速いし、状況判断も優れている。俺への連絡だけでなく、臨機応変に対処してくれるだろう。

「分かった！　私も里の方に連れてってもらうよ！」

「ああ。そこでもトレントを育てられたら育ててくれ」

「うん！　それと王都に着いたら、私も冒険に連れて行ってね」

「もちろん。エライアのこともあるからな。ベルナーも……少し方法は考えさせてくれ」

ベルナーはうんと頷く。

「ああ。だが、俺はしばらくここからは離れねえよ。脱走した奴らの殆どはこの森にいたが、まだ戻ってねえのもいるからな」

「そうだな……アヴェルは頼りになる。もし脱走したやつが見つからなかった、色々相談するといい」

「ああ、そうさせてもらうぜ」

「それじゃあ、そろそろ行くか……」

俺は二人に手を振りながら、その場を後にする。

そしてユリア達と合流し、南に進む。

「行ってらっしゃい、ルディス！」

「一段落したら、また連絡くれよ！」

リアとベルナーがそう叫んで、遠くから手を振ってくれた。

他にもトレントとオーク、そこに住むこととなった人間が、手を振った。

ユリア達も一緒で、ファリアの町長に事のいきさつを話し、事後だが条約の承認も得た。

もちろん、心奪花の花粉は吸わせたが……

ともかく俺達は王都に向け、馬車と共にファリアを発った。

こうしてファリアでの不思議な滞在は終わった。

ルーンは俺の隣を歩きながら、満足そうに呟いた。

「ルディス様、今回は色々と発見がありましたね」

ルーンの声に俺は頷く。

ここファリアでは、ベルナーやリア、他のオークやトレント達……色々な出会いがあった。

「ああ。まさかかつての従魔であるエライアやヴァンダルの子孫と会えるとは思わなかったな……エライアとフィオーレが生きていることも分かったし」

フィオーレはマスティマ騎士団の長。他の従魔が集まるよう呼び掛けられていたことについても、色々と情報を持っているだろう。どこかで会いたいところだ。

「ええ。しかし、誰が何のためにエライアや従魔を招集したのか……」

「そうだな……単純に寂しくなったんじゃないかな」

そうは言ったが、確かに俺も誰が何のために皆を呼んだかは気になる。俺はフィオーレに復活したことを伝書花で伝えた。彼女が会いに来てくれて、何かを知っているといいのだが。

「まあ王都に行くことも伝えたし、きっと会いに来てくれると思う。そこで色々聞けるだろう」

「フィオーレのことですし、絶対そうでしょう！」

ルーンはそう言うと、ふと前方に目を留めた。

先頭をいくユリアの胸元から、ブルードラゴンが突如空に飛びあがったからだ。

ブルードラゴンは高度を落とすと、ユリアの周りを嬉しそうに飛ぶ。

ユリアはそれを楽しそうに見守っていた。

ロストンとノール、他の護衛や傷病人達も微笑ましそうに見ている。

ルーンも優し気な表情でそれを眺めていたが、少し心配そうに呟く。

「……あの方とあのドラゴンは、仲良くやっていけるでしょうかね」

「……きっと大丈夫さ。あの二人なら、俺達みたいに仲間を増やしていけるはずだ」

ユリアは俺の思ったように、魔物との協力を拒む人間ではなかった。それに彼女も、強力な従魔ブルードラゴンを得ることが出来た。

王国にいる以上、彼女は今以上に厳しい目を向けられるだろう。

だが、彼女は決めたのだ。魔物と共に歩んでいくと。

あのブルードラゴンはユリアにとって、きっと生涯の仲間となるはずだ。

俺はそれを見守っていこうと思う。

ユリアの行いには俺も賛同している。もちろん出来る限り、これからも力を貸すつもりだ。

しかし、俺の目的はあくまでもこの世界を冒険すること。かつての従魔にも会えるし、身軽な冒険者として生きていきたいのだ。

それに冒険者になったからこそ、ユリア達にも会えたのだから。

後ろで楽しそうに話しているマリナとネールとも会えなかったはずだ。

だから世界を旅していれば、もっとたくさんの出会いがあるだろう。

俺はこれからの冒険に胸を膨らませながら、王都への道を進んでいくのであった。

《了》

☆あとがき☆

どうも苗原一です！　本作を購入して下さり、ありがとうございます！　名前は一ですが、三巻目が発売となりました！　これも今まで買ってくださいました方々のおかげです！　そして今回はなんと、コミック版一巻もスクウェア・エニックス様からほぼ同時発売となりました！

今回の出版に際しまして、編集Hさんとはじめとする一二三書房の方々、そしてBBBOX様、関係者様にはこの場でお礼を申し上げます。またコミック版を出してくださるスクウェア・エニックスの方々、作画のDieeｐZee様、構成の中村基様にも感謝申し上げます。

さて第三巻ですが、内容の半分以上が書き下ろしになってます。可愛らしいトレントのリアや、不器用なオークのベルナー、そして魔物と人間が友好的に接触する話を追加しました。ルディスは表にはでませんが、裏で彼らと何とか共存できないかと模索します。ルディスにとっては生前叶えられなかった願いが、ユリアという存在が加わった今、一筋の希望が見えてきました。ユリアもブルードラゴンという強力な従魔を得て、冒険者として生きていくルディスにかわって、王国と大陸になんらかの変化をもたらすやもしれません。

ルディスはそれを目にすることができるのか……今後ともルディスと従魔の物語、ユリアの成長を見守っていただければと思います！

苗原一

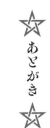

魔物を従える〝帝印〟を持つ転生賢者 3

〜かつての魔法と従魔でひっそり最強の冒険者になる〜

発 行

2020年4月15日 初版第一刷発行

著 者

苗原一

発行人

長谷川 洋

発行・発売

株式会社一二三書房

〒101-0003 東京都千代田区一ツ橋2-4-3 光文恒産ビル

03-3265-1881

デザイン

erika

印 刷

中央精版印刷株式会社

作品の感想、ファンレターをお待ちしております。

〒101-0003 東京都千代田区一ツ橋2-4-3 光文恒産ビル

株式会社一二三書房

苗原一 先生／BBBOX 先生

Printed in japan, ISBN 978-4-89199-624-6

※本書は小説投稿サイト「小説家になろう」（http://syosetu.com/）に

掲載された作品を加筆修正し書籍化したものです。

たったの72パターンでこんなに話せるタイ語会話

CD BOOK

欧米・アジア語学センター

明日香出版社

はじめに

こんにちは！

「タイ語で気軽にもっと話したい」
「自然に日常の会話フレーズが言えるようになりたい」

タイ語を学んでいる多くの方がこのように感じていると思います。この『CD BOOK たったの72パターンでこんなに話せるタイ語会話』では、日常会話でよく使われる「パターン」をピックアップしました。タイトルの通り、たったの72個のパターンで、基本的な会話は本当にできるのです。

どの言語にも必ず「文型」（パターン）があります。フレーズの丸暗記ではなく、**きちんと「文型」を理解することにより、あとは単語を入れ替えるだけで、会話のバリエーションを広げることができます。**

この『72パターン』シリーズの英会話版『CD BOOK たったの72パターンでこんなに話せる英会話』は、ベストセラーとなっています。「本当にこれだけで会話ができるなんて！」と多くの読者の方々に実感していただき、ご好評いただいています。

本書の「Part I　これだけは！ 絶対覚えたい重要パターン21」では、基本的な会話のパターンを学びます。
そして各パターンの「応用」では、それぞれの否定パターンと疑問パターンも学ぶことができます。

そして「Part II　使える！ 頻出パターン51」では、日常会話の幅を広げることができるように、友人との会話や旅行などでよく使う表現をバラエティー豊かに盛り込みました。

「基本フレーズ」「基本パターンで言ってみよう！」「応用パターンで言ってみよう！」「これも知っておこう！」の各フレーズにルビをふってあります。

外国語の発音をカタカナで表記するのは難しい面もありますので、ルビはあくまで参考になさってください。

CDを繰り返し聴いてまず耳を慣らし、そしてネイティブの発音を聴きながら、実際に自分でも発音を練習してみてください。

本書の72パターンを習得することによって、日常会話に必要な基本的な文法も自然に身につくように工夫しています。

まずはこの本の各パターンを使って、いろいろなシーンでどんどん話してみてください。そしてタイの人たちとの会話をぜひ楽しんでください。

本書が皆さまのお役に立てるように願っています。

欧米・アジア語学センター
アドゥン・カナンシン

◆CDの使い方◆

「基本フレーズ」「基本パターンで言ってみよう！」「応用パターンで言ってみよう！」「これも知っておこう！」の各フレーズが日本語→タイ語の順に収録されています。タイ語が実際にどのように話されているかを確認しながら聴いてください。

次に、発音やリズムをまねて、実際に言ってみましょう。慣れてきたら、日本語の後に自分でタイ語を言ってみましょう。

※「タイ語　基本の基本！」は録音されていません。

◆音声ダウンロードについて◆

付属のCDの内容と同じ音源を下記URLよりダウンロードできます。

https://www.asuka-g.co.jp

目次

Part I

これだけは!!

絶対覚えたい重要パターン21

Part Ⅱ

使える！

絶対覚えたい頻出パターン51

カバーデザイン：渡邊民人(TYPE FACE)
カバーイラスト：草田みかん
本文デザイン　：TYPE FACE
本文イラスト　：たかおかおり

◎ タイ語　基本の基本！ ◎

1. 文字

文字に関して、どの言語も大きな3つの要素があると思います。「形」「その形の名前」そして「発音」です（他の要素は、例えば「意味」「背景」「成り立ち」などなど）。

日本語の文字の形は大きく4つに分かれていますね。平仮名、カタカナ、漢字、そして、記号です。日本語の平仮名とカタカナは「文字の形の名前」と「発音」は同じです。つまり「あ」は「ア」と発音し、「い」は「イ」と発音します。

しかし、例えば、英語は違います。「E」は文字の名前が「イー」で、発音は「エー」です。ですから「RED」という単語は「リッド」と発音しないで「レッド」と発音するわけです。

タイ語の文字は4種類あります。

1　子音

2　母音

3　声調記号

4　記号

❶子音

44の形があります。

ก	ข	ฃ	ค	ฅ	ฆ	ง	จ	ฉ	ช	ซ
ฌ	ญ	ฎ	ฏ	ฐ	ฑ	ฒ	ณ	ด	ต	ถ
ท	ธ	น	บ	ป	ผ	ฝ	พ	ฟ	ภ	ม
ย	ร	ล	ว	ศ	ษ	ส	ห	ฬ	อ	ฮ

❷母音

21の形があります。

ะ	◌ั	◌็	า	◌ิ	◌่	◌ํ	"	◌ุ	◌ู	เ
ใ	ไ	โ	อ	ย	ว	ฤ	ฤๅ	ฦ	ฦๅ	

❸声調記号

4つの形があります。

◌่　◌้　◌๊　◌๋

❹記号

例えば、ๆ、ฯ、?、!などです。現代ではメール、ラインなどで、新しいタイ語の記号がいろいろ使われています。

2. 発音

発音に関してはカタカナ表記では表しきれませんが、大体の感覚はつかめると思います。

●声調

タイ語の声調は5つあります。

(1)平声

まっすぐ平行に伸ばす音で、最後のところで少し下がる音。

カタカナ表記ではカタカナの上に何も付いていません。

(2)低声

伸ばして、終わりのほうで急速に下がる音。

カタカナ表記ではカタカナの上に＼が付いています。

(3)下声

上から下に下がる音。上から下にまっすぐ下降するイメージ。

カタカナ表記ではカタカナの上に＾が付いています。

(4)高声

下から上に上がる音。下から上にまっすぐ上昇するイメージ。

カタカナ表記ではカタカナの上に / が付いています。

(5)上声

少し下がってから上がる音。下に少しカーブしてぐいっと上昇するイメージ。カタカナ表記ではカタカナの上に v が付いています。

子音

	形の名前	発音
ก	「コー」	「コ」
ข	「コ̌ー」	「コ」
ฃ	「コ̌ー」	「コ」
ค	「コー」	「コ」

①この4つは同じ「コ」ですが、最初の「コ」は喉を緊張させて、息の音が出ないようにします。あとの3つは息の音が一緒に出るように発音します。

日本語で普通に話す「コ」は、タイ人にとってはどちらの音だかわからないので、注意が必要です。あとの3つの中で一番使う文字は、最初のขです。同じ発音の文字がいくつもあるのがタイ語の特徴で、それは文字の成り立ちなどと関係していて、この単語にはこの文字、と決められています。

②あともう一つ、子音について重要なことがあります。実はタイ語には末子音（まっしおん）という音があります。この音は実際には発音しない音ですが、その音を発音するつもりで唇や喉の形を意識します。しかし音は出さずに、すぐに次の音を発音します。もし末子音が単語の最後にある場合は、その音を発音する直前にしっかり止めます。この「止めた」音が、日本人には聞こえないような音ですが、タイ人は音として認識します。末子音はタイ語の大きな特徴の一つです。

＜例＞

「タッ(ト)」：タを発音して、跳ねて、トを言う唇と喉の状態にして、止める。トは発音しない。

※本書ではこのように、意識するが発音しない音を（　）で表記します。

③最後に、タイ語には鼻にかかる音があります。日本語では鼻にかかる「ガ」と鼻にかからない「ガ」を区別しませんが、タイ語では別の音です。

＜例＞

「(ン)グー」:（ン）は唇と喉の形を意識したまま音を出さず、次のグーを発音する。

	形の名前	発音
ฅ	「コー」	「コ」
ฆ	「コー」	「コ」
ง	「(ン)ゴー」	「(ン)ゴ」
จ	「ヂョー」	「ヂョ」
ฉ	「チョ̌」	「チョ」
ช	「チョー」	「チョ」
ซ	「ソー」	「ソ」
ฌ	「チョー」	「チョ」
ญ	「ヨー」	「ヨ」
ฎ	「ドー」	「ド」
ฏ	「トー」	「ト」
ฐ	「ト̌ー」	「ト」
ฑ	「トー」	「ト」
ฒ	「トー」	「ト」
ณ	「ノー」	「ノ」
ด	「ドー」	「ド」
ต	「トー」	「ト」
ถ	「ト̌ー」	「ト」
ท	「トー」	「ト」
ธ	「トー」	「ト」

	形の名前	発音
น	「ノー」	「ノ」
บ	「ボー」	「ボ」
ป	「ポー」	「ポ」
ผ	「ポ̌ー」	「ポ」
ฝ	「フォ̌ー」	「フォ」
พ	「ポー」	「ポ」
ฟ	「フォー」	「フォ」
ภ	「ポー」	「ポ」
ม	「モー」	「モ」
ย	「ヨー」	「ヨ」
ร	「ロー」	「ロ」英語の R
ล	「ロー」	「ロ」英語の L
ว	「ウォー」	「ウォ」
ศ	「ソ̌ー」	「ソ」
ษ	「ソ̌ー」	「ソ」
ห	「ホ̌ー」	「ホ」
ฬ	「ロー」	「ロ」英語の L
อ	「オー」	「オ」
ฮ	「ホー」	「ホ」

母音

32の音があります。

◯ะ	「ア」
◯า	「アー」
◯ิ	「イ」
◯ี	「イー」
◯ึ	「ウ」
◯ื	「ウー」
◯ุ	「ウ」
◯ู	「ウー」

タイ語には2つのウがあります。

最初の2つのウは、上下の唇を横に引いた状態で、「ウ」と声を出します。次の2つのウは、唇を尖らせた状態で、「ウ」とクリアに出します。

日本語のウは、両者の中間に位置するので、どちらの音かを意識して発音しないと、タイ人には通じません。

เ◯ะ	「エ」
เ◯	「エー」
แ◯ะ	口を開けて「エ」
แ◯	口を開けて「エー」
เ◯ียะ	「イア」
เ◯ีย	「イーア」
เ◯ือะ	「ウア」　（唇を左右に引いたウ）
เ◯ือ	「ウーア」
◯ัวะ	「ウア」　（唇をすぼめたウ）
◯ัว	「ウーア」（唇をすぼめたウ）

โ◯ะ	「オ」
โ◯	「オー」
เ◯าะ	「オ」
◯อ	「オー」

タイ語には2つのオがあります。

最初のオは、唇をすぼめてオと発音します。次の2つめのオは、大きく開く感じにして、アに近いオと発音します。

日本語のオは、両者の中間に位置するので、どちらの音かを意識して発音しないと、タイ人には通じません。

เ◯อะ	「ウ」　（日本語にはない、唸るような音）
เ◯อ	「ウー」（日本語にはない、唸るような音）
◯ำ	「アム」
ใ◯	「アイ」
ไ◯	「アイ」
เ◯า	「アオ」
ฤ	「ル」　英語のR
ฤๅ	「ルー」　英語のR
ฦ	「ル」　英語のL　（ほとんど使用せず）
ฤๅ	「ルー」　英語のL　（ほとんど使用せず）

3. 人称代名詞

単数

1人称	私	ผม	ポ(ム)	〔男性〕
		ดิฉัน	ディチャン	〔女性〕
2人称	あなた	คุณ	クン	
3人称	彼／彼女	เขา／เธอ	カウ / ター	

複数

1人称	私たち	พวกผม	プアッ(ク)ポ(ム)	〔男性〕
		พวกดิฉัน	プアッ(ク)ディチャン	〔女性〕
2人称	あなたたち	พวกคุณ	プアッ(ク)クン	
3人称	彼ら／彼女ら	พวกเขา／พวกเธอ	プアッ(ク)カウ / プアッ(ク)ター	

4.「物」や「場所」を表す言葉

●「物」を表す

(近い)	単数	これ	อันนี้	アンニー
		この～	～นี้	ニー
	複数	これら	พวกนี้	プアッ(ク)ニー
		これらの～	～พวกนี้	プアッ(ク)ニー

(遠い)	単数	それ	อันนั้น	アンナン
		その～	～นั้น	ナン
		あれ	อันโน้น	アンノーン
		あの～	～โน้น	ノーン
	複数	それら	พวกนั้น	プアッ(ク)ナン
		それらの～	～พวกนั้น	プアッ(ク)ナン
		あれら	พวกโน้น	プアッ(ク)ノーン
		あれらの～	～พวกโน้น	プアッ(ク)ノーン

「場所」を表す

(近い)	ここ	ที่นี่	ティーニー
(遠い)	そこ	ที่นั่น	ティーナン
	あそこ	ที่โน่น	ティーノーン

5.「方向、位置」を表す言葉

東	ตะวันออก	タワンオー(ク)
西	ตะวันตก	タワントッ(ク)
南	ใต้	ターイ
北	เหนือ	ヌーア

上	บน	ボン
下	ล่าง	ラーン(グ)
前	หน้า	ナー
後ろ	หลัง	ラン(グ)

右側	ด้านขวา	ダーンクワー
左側	ด้านซ้าย	ダーンサーイ
隣、そば	ข้าง	カーン(グ)
近く	ใกล้	クライ
外	ข้างนอก	カーン(グ)ノー(ク)

6. 疑問詞

何	อะไร	アライ
誰	ใคร	クライ
いつ	เมื่อไหร่	ムアライ
いくつ	กี่ ～	キー
どこ	ที่ไหน	ティーナイ
どれ	อันไหน	アンナイ
どの～	～ ไหน	ナイ
どのくらい	เท่าไหร่	タウライ

7.「時」を表す言葉

●日

今日	วันนี้	ワンニー
昨日	เมื่อวาน	ムアワーン
おととい	วานซืน	ワーンスーン
明日	พรุ่งนี้	プルン(グ)ニー
あさって	มะรืนน	マルーンニー

●週

今週	สัปดาห์นี้	サ(プ)ダーニー
先週	สัปดาห์ก่อน	サ(プ)ダーゴーン
先々週	สัปดาห์ก่อนสัปดาห์ที่แล้ว	サ(プ)ダー ゴーン サ(プ)ダー ティーレーウ
来週	สัปดาห์หน้า	サ(プ)ダーナー
再来週	สัปดาห์ถัดจากสัปดาห์หน้า	サ(プ)ダー タッ(ト)ヂャー(ク) サ(プ)ダーナー

月

今月	เดือนนี้	ドゥアンニー
先月	เดือนก่อน	ドゥアンゴーン
先々月	เดือนก่อนเดือนที่แล้ว	ドゥアン　ゴーン　ドゥアンティー　レーウ
来月	เดือนหน้า	ドゥアンナー
再来月	เดือนถัดจากเดือนเหน้า	ドゥアン　タッ(ト)チャー(ク)　ドゥアンナー

年

今年	ปีนี้	ピーニー
去年	ปีที่แล้ว	ピーティーレーウ
おととし〔一昨年〕	ปีก่อนปีที่แล้ว	ピー　ゴーン　ピーティーレーウ
来年	ปีหน้า	ピーナー
再来年	ปีถัดจากปีหน้า	ピータッ(ト)チャー(ク)　ピーナー

●曜日

月曜日	วันจันทร์	ワンチャン
火曜日	วันอังคาร	ワンアン(グ)カーン
水曜日	วันพุธ	ワンプッ(ト)
木曜日	วันพฤหัสบดี	ワンプルハッ(ト) サボディー
金曜日	วันศุกร์	ワンスッ(ク)
土曜日	วันเสาร์	ワンサウ
日曜日	วันอาทิตย์	ワンアーティッ(ト)

＜例＞　来週の月曜日　　วันจันทร์สัปดาห์หน้า
ワンチャン　サ(プ)ダーナー

●季節

春	ฤดูใบไม้ผลิ	ルドゥーバイマーイプリ
夏	ฤดูร้อน	ルドゥーローン
秋	ฤดูใบไม้ร่วง	ルドゥーバイマーイルアン(グ)
冬	ฤดูหนาว	ルドゥーナーウ

●月

1月	มกราคม	マカラーコム
2月	กุมภาพันธ์	クンパーパン
3月	มีนาคม	ミーナーコム
4月	เมษายน	メーサーヨン
5月	พฤษภาคม	プルッサパーコム
6月	มิถุนายน	ミトゥナーヨン
7月	กรกฎาคม	カラカダーコム
8月	สิงหาคม	シン(グ)ハーコム
9月	กันยายน	ガンヤーヨン
10月	ตุลาคม	トゥラーコム
11月	พฤศจิกายน	プルサヂカーヨン
12月	ธันวาคม	タンワーコム

●時間　※数字は27～28ページ参照。

1時	ตีหนึ่ง ティーヌ̀ン(グ)	13時	บ่ายโมง バ̀ーイモーン(グ)
2時	ตีสอง ティソ̌ーン(グ)	14時	บ่ายสองโมง バ̀ーイソ̌ーン(グ)モーン(グ)
3時	ตีสาม ティーサ̌ー(ム)	15時	บ่ายสามโมง バ̀ーイサ̌ー(ム)モーン(グ)
4時	ตีสี่ ティーシ̀ー	16時	บ่ายสี่โมง バ̀ーイシ̀ーモーン(グ)
5時	ตีห้า ティーハ̂ー	17時	ห้าโมงเย็น ハ̂ーモーン(グ)ジエン
6時	หกโมง ホ̀ッ(ク)モーン(グ)	18時	หกโมงเย็น ホ̀ッ(ク)モーン(グ)ジエン
7時	เจ็ดโมง チ̀ェッ(ト)モーン(グ)	19時	หนึ่งทุ่ม ヌ̀ン(グ)ト̂ゥ(ム)
8時	แปดโมง パ̀ー(ト)モーン(グ)	20時	สองทุ่ม ソ̌ーン(グ)ト̂ゥ(ム)
9時	เก้าโมง カ̂ーウモーン(グ)	21時	สามทุ่ม サ̌ームト̂ゥ(ム)
10時	สิบโมง シ̀ッ(プ)モーン(グ)	22時	สี่ทุ่ม シ̀ート̂ゥ(ム)
11時	สิบเอ็ดโมง シ̀ッ(プ)エ̀ッ(ト)モーン(グ)	23時	ห้าทุ่ม ハ̂ート̂ゥ(ム)
12時	เที่ยง テ̂ィエン(グ)	0時	เที่ยงคืน テ̂ィエン(グ)クーン

朝、昼、夜

朝	เช้า	チャーウ
昼	กลางวัน	クラーン(グ)ワン
夕方	บ่าย	バーイ
夜	กลางคืน	クラーン(グ)クーン

今朝	เช้านี้	チャーウニー
今夜	คืนนี้	クーンニー

午前	ก่อนเที่ยง	ゴーンティアン(グ)
午後	หลังเที่ยง	ラン(グ)ティアン(グ)

朝食	อาหารเช้า	アーハーン　チャーウ
昼食	อาหารกลางวัน	アーハーン　クラーン(グ)ワン
夕食	อาหารเย็น	アーハーン　ジエン

頻度、回数など

毎日	ทุกวัน	トゥ(ク)ワン
毎週	ทุกสัปดาห์	トゥ(ク)サ(プ)ダー
毎月	ทุกเดือน	トゥ(ク)ドゥアン

一度	หนึ่งครั้ง	ヌン(グ)クラン(グ)
二度	สองครั้ง	ソーン(グ)クラン(グ)
三度	สามครั้ง	サームクラン(グ)
週に一度	สัปดาห์ละครั้ง	サ(プ)ダーラクラン(グ)
月に一度	เดือนละครั้ง	ドゥアンラクラン(グ)

一日おきに	วันเว้นวัน	ワン　ウェン　ワン
隔週で	สัปดาห์เว้นสัปดาห์	サ(プ)ダー　ウェン　サ(プ)ダー
隔月で	เดือนเว้นเดือน	ドゥアン　ウェン　ドゥアン

今週末	สุดสัปดาห์นี้	スッ(ト)サ(プ)ダーニー
先週末	สุดสัปดาห์ก่อน	スッ(ト)サ(プ)ダーゴーン

8. 数字

0	ศูนย์	スーン	11	สิบเอ็ด	シッ(ブ)エッ(ト)
1	หนึ่ง	ヌン(グ)	12	สิบสอง	シッ(ブ)ソーン(グ)
2	สอง	ソーン(グ)	13	สิบสาม	シッ(ブ)サーム
3	สาม	サーム	14	สิบสี่	シッ(ブ)シー
4	สี่	シー	15	สิบห้า	シッ(ブ)ハー
5	ห้า	ハー	16	สิบหก	シッ(ブ)ホッ(ク)
6	หก	ホッ(ク)	17	สิบเจ็ด	シッ(ブ)ヂェッ(ト)
7	เจ็ด	ヂェッ(ト)	18	สิบแปด	シッ(ブ)パー(ト)
8	แปด	パー(ト)	19	สิบเก้า	シッ(ブ)カーウ
9	เก้า	カーウ	20	ยี่สิบ	ジーシッ(ブ)
10	สิบ	シッ(ブ)	21	ยี่สิบเอ็ด	ジーシッ(ブ)エッ(ト)

25	ยี่สิบห้า	ジーシッ(プ)ハー
30	สามสิบ	サームシッ(プ)
100	หนึ่งร้อย	ヌン(グ) ローイ
1,000	หนึ่งพัน	ヌン(グ) パン
10,000	หนึ่งหมื่น	ヌン(グ) ムーン
100,000	หนึ่งแสน	ヌン(グ) セーン
1,000,000	หนึ่งล้าน	ヌン(グ) ラーン

9. 主な形容詞

良い	ดี	ディー
悪い	เลว	レーウ
新しい	ใหม่	マイ
古い	เก่า	ガウ
大きい	ใหญ่	ヤイ
小さい	เล็ก	レッ(ク)
高い〔値段〕	แพง	ペーン(グ)
安い	ถูก	トゥー(ク)
高い〔高さ〕	สูง	スーン(グ)
低い	ต่ำ	タム
長い	ยาว	ヤーウ
短い	สั้น	サン
太い	อ้วน	ウアン
細い	ผอม	ポーム
早い	เร็ว	レウ
遅い	ช้า	チャー

遠い	ไกล	クライ
近い	ใกล้	ク̂ライ
広い	กว้าง	クワ̂ーン(グ)
狭い	แคบ	ケ̂ー(プ)
重い	หนัก	ナ̀ッ(ク)
軽い	เบา	バウ
おいしい	อร่อย	アロ̀イ
まずい	ไม่อร่อย	マ̂イアロ̀イ
甘い	หวาน	ワ̌ーン
辛い	เผ็ด	ペ̀ッ(ト)
暖かい	อุ่น	ウ̀ン
暑い、熱い	ร้อน	ロ́ーン
涼しい	เย็น	ジエン
寒い	หนาว	ナ̌ーウ
冷たい	เย็น	ジエン

うれしい	ดีใจ	ディーチャイ
楽しい	สนุก	サヌッ(ク)
悲しい	เสียใจ	シーアチャイ
寂しい	เหงา	(ン)ガウ
易しい	ง่าย	(ン)ガーイ
難しい	ยาก	ヤー(ク)
忙しい	ยุ่ง	ユン(グ)
暇な	ว่าง	ワーン(グ)
若い	สาว, หนุ่ม	サーウ、ヌ(ム)
年取った	แก่	ゲー

10.「程度」を表す副詞

とても、非常に	มาก	マー(ク)
少し	น้อย	ノーイ
あまり～ない	ไม่ค่อย ～	マイコイ

11. 主な動詞

愛する	รัก	ラッ(ク)
会う	พบ	ポッ(プ)
あげる〔物など〕	ให้	ハイ
ある	มี	ミー
行く	ไป	パイ
いる	อยู่	ユー
失う	สูญเสีย	スーンシーア
歌う	ร้อง (เพลง)	ローン(グ)(プレーン(グ))
運転する	ขับรถ	カッ(プ)ロッ(ト)
置く	วาง	ワーン(グ)
覚えている	จำได้	チャムダーイ
思う、考える	คิด	キッ(ト)
終わる	จบ	チョッ(プ)
買う	ซื้อ	スー
返す	คืน	クーン

帰る	กลับ	クラッ(プ)
書く	เขียน	キエン
借りる〔物、お金〕	ยืม	ユーム
聞く	ฟัง	ファン(グ)
来る	มา	マー
計算する	คำนวณ	カムヌアン
探す	หา	ハー
知っている	รู้	ルー
質問する	ถาม	ター(ム)
支払う	จ่าย	ヂャーイ
出発する	ออกเดินทาง	オー(ク)ドゥーンターン(グ)
招待する、招く	เชิญ	チューン
吸う	ดูด	ドゥー(ト)
捨てる	ทิ้ง	ティン(グ)
住む	อาศัย	アーサイ
する	ทำ	タム
食べる	ทาน	ターン

使う	ใช้	チャイ
着く	ถึง	トゥン(グ)
作る	ทำ (สร้าง, ผลิต)	タム（サーン(グ)、パリッ(ト)）
到着する	การเดินทางมาถึง	ガーンドゥーンターン(グ)　マートゥン(グ)
飲む	ดื่ม	ドゥー(ム)
話す、言う	พูด	プー(ト)
勉強する	เรียน	リエン
観る	ชม	チョム
向かう	มุ่ง	ムン(グ)
持つ	ถือ	トゥー
戻る	ย้อนกลับ	ヨーンクラッ(プ)
訳す	แปล	プレー
呼ぶ	เรียก	リーアッ(ク)
読む	อ่าน	アーン
予約する	จอง	ヂョーン(グ)
わかる	เข้าใจ	カウヂャイ

12. タイ語の男性言葉、女性言葉、丁寧表現など

タイ語には男性言葉と女性言葉があり、また丁寧な表現とカジュアルな表現があります。

●「私」の言い方

男性は『ผม』（ポ(ム)）、女性は『ดิฉัน』（ディチャン）と言います。

●丁寧な表現

男性が話すとき、文の最後に『ครับ』（クラッ(プ)）がつきます。
女性が話すとき、文の最後に『ค่ะ』（カ）がつきます。

●カジュアルな表現

男女共通で、文の最後に『นะ』（ナ）がつきます。

	男性言葉	女性言葉
「私」	ผม ポ(ム)	ดิฉัน ディチャン

	男性言葉	女性言葉
丁寧な表現	〜 ครับ クラッ(プ)	〜 ค่ะ カ

	男女共通
カジュアルな表現	〜 นะ ナ

Part

I

これだけは!!
絶対覚えたい 重要パターン 21

II

1 これは～です

นี่ คือ ～ ครับ/ค่ะ〔男性／女性〕

基本フレーズ

นี่ คือ อีเมล ของ ดิฉัน ค่ะ〔女性〕
ニー クー イーメーウ コーン(グ) ディチャン カ
これは私のEメールアドレスです。

こんなときに使おう!
Eメールアドレスを教えるときに…

「これは～です」はタイ語で『**นี่ คือ～ครับ**〔男性〕』『**นี่ คือ～ค่ะ**〔女性〕』と表現します。「～」には名詞または形容詞がきます。

タイ語で「これ」は『**นี่**』、「それ」は『**นั่น**』、「あれ」は『**โน่น**』です。自分の近くにあるものを説明するときは『**นี่ คือ～**』(これは～)、離れた所にあるものを説明するときは『**นั่น คือ～**』(それは～)、『**โน่น คือ～**』(あれは～) のように言います。

●基本パターン●

นี่ ＋ คือ ＋ **名詞**

นี่ ＋ คือ ＋ **形容詞**

基本パターンで言ってみよう! CD-1

นี่ คือ นามบัตร ของ ผม ครับ 〔男性〕

ニー クー ナー(ム)バッ(ト) コーン(グ) ポ(ム) クラッ(プ)

これは私の名刺です。

ワンポイント 『นามบัตร』名刺 『ผม/ดิฉัน』私〔男性/女性〕

นี่ คือ เบอร์โทรศัพท์ ของ ดิฉัน ค่ะ 〔女性〕

ニー クー バートラサッ(プ) コーン(グ) ディチャン カ

これは私の電話番号です。

ワンポイント 『เบอร์โทรศัพท์』電話番号

นี่ คือ แฟน ของ ผม ครับ 〔男性〕

ニー クー フェーン コーン(グ) ポ(ム) クラッ(プ)

こちらは私のガールフレンドです。

นี่ คือ แฟน ของ ดิฉัน ค่ะ 〔女性〕

ニー クー フェーン コーン(グ) ディチャン カ

こちらは私のボーイフレンドです。

นี่ คือ น้ำ ของ ผม ครับ 〔男性〕

ニー クー ナー(ム) コーン(グ) ポ(ム) クラッ(プ)

これは私の水です。

ワンポイント 『น้ำ』水

応 用

●否定パターン●

『คือ』を『ไม่ใช่』に変えるだけ！

นี่ ＋ **ไม่ใช่** ＋ 名詞

นี่ ＋ **ไม่ใช่** ＋ 形容詞

นี่《ニー》 ไม่ใช่《マイチャイ》 อีเมล《イーメーウ》 ของ《コーン(グ)》 ผม《ポ(ム)》 ครับ《クラッ(プ)》〔男性〕

นี่《ニー》 ไม่ใช่《マイチャイ》 อีเมล《イーメーウ》 ของ《コーン(グ)》 ดิฉัน《ディチャン》 ค่ะ《カ》〔女性〕

（これは私のEメールアドレスではありません）

●疑問パターン●

名詞または形容詞のあとに、疑問の『ใช่ไหม』をつけるだけ！

นี่ ＋ คือ ＋ 名詞 ＋ **ใช่ไหม** ?

นี่ ＋ คือ ＋ 形容詞 ＋ **ใช่ไหม** ?

นี่《ニー》 คือ《クー》 อีเมล《イーメーウ》 ของ《コーン(グ)》 คุณ《クン》 ใช่ไหม《チャイマイ》 ครับ《クラッ(プ)》?〔男性〕

นี่《ニー》 คือ《クー》 อีเมล《イーメーウ》 ของ《コーン(グ)》 คุณ《クン》 ใช่ไหม《チャイマイ》 ค่ะ《カ》?〔女性〕

（これはあなたのEメールアドレスですか？）

答え方　ใช่《チャイ》 ครับ《クラッ(プ)》〔男性〕／ใช่《チャイ》 ค่ะ《カ》〔女性〕　（はい、そうです）

ไม่ใช่《マイチャイ》 ครับ《クラッ(プ)》〔男性〕／ไม่ใช่《マイチャイ》 ค่ะ《カ》〔女性〕（いいえ、違います）

応用パターンで言ってみよう!　CD-1

นี่ ไม่ใช่ หนังสือ ของ ผม ครับ〔男性〕
ニー　マイチャイ　ナン(グ)スー　コーン(グ)　ポ(ム)　クラッ(プ)
これは私の本ではありません。

ワンポイント『หนังสือ』本

นี่ คือ กระเป๋า ของ คุณ ใช่ไหม คะ?〔女性〕
ニー　クー　クラパウ　コーン(グ)　クン　チャイマイ　カ
これはあなたのカバンですか？

ワンポイント『กระเป๋า』カバン、バッグ

これも知っておこう!

『นี่』を『นั่น〔โน่น〕』に変えると「それは〔あれは〕～」という表現になります。

นั่น คือ ครู ของ ผม ครับ〔男性〕
ナン　クー　クルー　コーン(グ)　ポ(ム)　クラッ(プ)
（そちらは私の先生です）

ワンポイント『นั่น』それ、そちら　『ครู』先生、教師

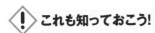

2 私は～です

主語＋เป็น ～ ครับ/ค่ะ〔男性／女性〕

基本フレーズ

ผม《ポ(ム)》 เป็น《ペン》 คน《コン》 ญี่ปุ่น《ジープン》 ครับ《クラッ(プ)》〔男性〕

私は日本人です。

こんなときに使おう！

「あなたは何人ですか？」と聞かれたときに…

『主語＋เป็น～ครับ』〔男性〕、『主語＋เป็น～ค่ะ』〔女性〕は「主語は～です」という表現です。「～」には、名詞や形容詞がきます。よく英語のbe動詞に似ていると言われますが、タイ語では、主語の人称、単数、複数、時制などに関わらず、語形の変化はありません。

丁寧に言うとき、男性の場合は『ครับ』を、女性の場合は『ค่ะ』を文の最後につけます。

●基本パターン●

主語 ＋ เป็น ＋ 名詞

主語 ＋ เป็น ＋ 形容詞

私	ผม ดิฉัน	ポ(ム)〔男性〕 ディチャン〔女性〕
あなた	คุณ	クン
彼、彼女	เขา	カウ
私たち	พวกเรา	プアッ(ク)ラウ
あなたたち	พวกคุณ	プアッ(ク)クン
彼ら	พวกเขา	プアッ(ク)カウ

＋ เป็น ～

基本パターンで言ってみよう! CD-2

ดิฉัน เป็น นักเรียน ค่ะ 〔女性〕

ディチャン　ペン　ナッ(ク)リエン　カ

私は学生です。

ワンポイント 自己紹介のときによく使うフレーズです。

ผม เป็น พนักงาน บริษัท ครับ 〔男性〕

ポ(ム)　ペン　パナッ(ク)ガーン　ボリサッ(ト)　クラッ(プ)

私は会社員です。

ワンポイント 『พนักงานบริษัท』 会社員

พวกเรา เป็น เพื่อนสนิทกัน ค่ะ 〔女性〕

プアッ(ク)ラウ　ペン　プアンサニッ(ト)カン　カ

私たちは親友です。

ワンポイント 仲の良い友人を第三者に紹介するときによく使うフレーズです。

เขา เป็น คนโตเกียว ครับ 〔男性〕

カウ　ペン　コントーキョー　クラッ(プ)

彼女は東京人です。

ワンポイント タイ語も日本語と同様に「～人」はその人の出身を表す表現です。

応用

●否定パターン●

『เป็น』の前に、否定の『ไม่ได้』をつけるだけ！

主語 ＋ **ไม่ได้** ＋ เป็น ＋ 名詞

主語 ＋ **ไม่ได้** ＋ เป็น ＋ 形容詞

ผม《ポ(ム)》 ไม่ได้《マイダイ》 เป็น《ペン》 นักเรียน《ナッ(ク)リエン》 ครับ《クラッ(プ)》〔男性〕

ดิฉัน《ディチャン》 ไม่ได้《マイダイ》 เป็น《ペン》 นักเรียน《ナッ(ク)リエン》 ค่ะ《カ》〔女性〕

（私は学生ではありません）

●疑問パターン●

名詞または形容詞のあとに、疑問の『หรือ』をつけるだけ！

主語 ＋ เป็น ＋ 名詞 ＋ **หรือ**？

主語 ＋ เป็น ＋ 形容詞 ＋ **หรือ**？

คุณ《クン》 เป็น《ペン》 นักเรียน《ナッ(ク)リエン》 หรือ《ルー》 ครับ《クラッ(プ)》?〔男性〕

คุณ《クン》 เป็น《ペン》 นักเรียน《ナッ(ク)リエン》 หรือ《ルー》 ค่ะ《カ》?〔女性〕

（あなたは学生ですか？）

答え方　ใช่《チャイ》 ครับ《クラッ(プ)》〔男性〕／ใช่《チャイ》 ค่ะ《カ》〔女性〕　（はい、そうです）

ไม่ใช่《マイチャイ》 ครับ《クラッ(プ)》〔男性〕／ไม่ใช่《マイチャイ》 ค่ะ《カ》〔女性〕（いいえ、違います）

ワンポイント『ใช่』または『ไม่ใช่』だけで答えてもよいです。

応用パターンで言ってみよう! CD-2

ผม ไม่ได้ เป็น พนักงาน บริษัท ครับ 〔男性〕

ポ(ム) マイダイ ペン パナッ(ク)ガーン ボリサッ(ト) クラッ(プ)

私は会社員ではありません。

ワンポイント 『พนักงานบริษัท』 会社員

เขา ไม่ได้ เป็น ข้าราชการ ค่ะ 〔女性〕

カウ マイダイ ペン カーラー(ト)チャカーン カ

彼は公務員ではありません。

ワンポイント 『ข้าราชการ』 公務員

คุณ เป็น คน ไทย หรือ ครับ? 〔男性〕

クン ペン コン タイ ルー クラッ(プ)

あなたはタイ人ですか？

ワンポイント 『คนไทย』 タイ人

これも知っておこう!

疑問詞の『**ที่ไหน**』（どこ）を使ってたずねることもできます。

คุณ เป็น คน ที่ไหน คะ? 〔女性〕

クン ペン コン ティーナイ カ

（あなたはどこのご出身ですか？）

ワンポイント 『คนที่ไหน』 ＝どこの人＝どこの出身

3 ～します

主語＋動詞 ～ ครับ/ค่ะ〔男性／女性〕

基本フレーズ

ดิฉัน ดื่ม กาแฟ ค่ะ〔女性〕

ディチャン ドゥー(ム) カフェー カ

私はコーヒーを飲みます。

こんなときに使おう！

「何を飲みますか？」と聞かれて…

『主語＋動詞』は『主語は～する』という表現です。タイ語の動詞には英語や日本語のような活用や変化はありません。

●基本パターン●

主語 ＋ 動詞 ＋ 目的語 ～

私	ผม ดิฉัน	ポ(ム)〔男性〕 ディチャン〔女性〕
あなた	คุณ	クン
彼、 彼女	เขา	カウ
私たち	พวกเรา	プアッ(ク)ラウ
あなたたち	พวกคุณ	プアッ(ク)クン
彼ら	พวกเขา	プアッ(ク)カウ

＋

ไป パイ(行く)
มา マー(来る)
ซื้อ スー(買う)
มอง モーン(グ)(見る)
ดื่ม ドゥー(ム)(飲む)
ฟัง ファン(グ)(聴く)
ร้อง ローン(グ)(歌う)

基本パターンで言ってみよう! CD-3

ผม เล่น ฟุตบอล ครับ 〔男性〕

ポ(ム) レン フッ(ト)ボーン クラッ(プ)

私はサッカーをします。

ワンポイント 『เล่น』する、やる 『ฟุตบอล』サッカー

ดิฉัน ทำงาน ทุกวัน 〔女性〕

ディチャン タムガーン トゥ(ク)ワン

私は毎日働いている。

ワンポイント 『ทำงาน』働く 『ทุกวัน』毎日

ผม เห็นด้วย ครับ 〔男性〕

ポ(ム) ヘンドゥエイ クラッ(プ)

私は賛成です。

ワンポイント 『เห็นด้วย』賛成する

พ่อ ดื่ม เหล้า น่ะ

ポー ドゥー(ム) ラウ ナ

父はお酒を飲むの。

ワンポイント 『พ่อ』父 『ดื่ม』飲む 『ดื่มเหล้า』お酒を飲む

応用

●否定パターン●

動詞の前に、否定の『ไม่』をつけるだけ！

主語 ＋ ไม่ ＋ 動詞 ＋ 目的語 ～

ผม《ポ(ム)》 ไม่《マイ》 ดื่ม《ドゥー(ム)》 เหล้า《ラウ》 ครับ《クラッ(プ)》 〔男性〕

ดิฉัน《ディチャン》 ไม่《マイ》 ดื่ม《ドゥー(ム)》 เหล้า《ラウ》 ค่ะ《カ》 〔女性〕

（私はお酒を飲みません）

●疑問パターン●

動詞のあとに、疑問の『ไหม』をつけるだけ！

主語 ＋ 動詞 ＋ ไหม ？

คุณ《クン》 ดื่ม《ドゥー(ム)》 เหล้า《ラウ》 ไหม《マイ》 ครับ《クラッ(プ)》? 〔男性〕

คุณ《クン》 ดื่ม《ドゥー(ム)》 เหล้า《ラウ》 ไหม《マイ》 คะ《カ》? 〔女性〕

（あなたはお酒を飲みますか？）

答え方 ดื่ม《ドゥー(ム)》 ครับ《クラッ(プ)》〔男性〕／ดื่ม《ドゥー(ム)》 ค่ะ《カ》〔女性〕 **（飲みます）**

ไม่《マイ》 ดื่ม《ドゥー(ム)》 ครับ《クラッ(プ)》〔男性〕／ไม่《マイ》 ดื่ม《ドゥー(ム)》 ค่ะ《カ》〔女性〕 **（飲みません）**

応用パターンで言ってみよう! CD-3

ผม ไม่ ไป นะ 〔男性〕

ポ(ム) マイ パイ ナ

私は行かないよ。

ワンポイント 『ไป』行く

เรื่อง ของ เขา ไม่ รู้ นะ

ルアン(グ) コーン(グ) カウ マイ ルー ナ

彼のことを知らないよ。

ワンポイント 『เรื่อง』こと 『รู้』（人のこと）を知っている

เขา ไม่ มา นะ

カウ マイ マー ナ

彼は来ないよ。

ワンポイント 『เขา』彼 『มา』来る

คุณ ชอบ ญี่ปุ่น ไหม?

クン チョー(プ) ジープン マイ

あなたは日本が好き？

ワンポイント 『ชอบ』好きである 『ญี่ปุ่น』日本

4 ～しています

主語＋กำลัง＋動詞＋(อยู่)＋ครับ/ค่ะ〔男性／女性〕

基本フレーズ

ฉัน กำลัง **ทานข้าว** (อยู่) **นะ**

チャン　ガムラン(グ)　ターンカーウ　(ユー)　ナ

（今）私はご飯を食べているよ。

こんなときに使おう!

「今、何をしているの？」と聞かれて…

『主語＋กำลัง＋動詞』は「主語は～している」という意味で、ある動作の真っ最中であることを表します。『อยู่』は通常、省略することができます。

例文の『ทาน』は「食べる」、『ข้าว』は「ご飯」という意味です。

●基本パターン●

主語　＋　กำลัง　＋　動詞　＋　(อยู่)

基本パターンで言ってみよう!　CD-4

ดิฉัน กำลัง ทำกับข้าว (อยู่) นะ 〔女性〕

ディチャン　ガムラン(グ)　タムカッ(プ)カーウ　(ユー)　ナ

（今）私はご飯を作っているよ。

ワンポイント 『ทำกับข้าว』ご飯を作る

ผม กำลัง อ่านหนังสือ (อยู่) นะ 〔男性〕

ポ(ム)　ガムラン(グ)　アーンナン(グ)スー　(ユー)　ナ

（今）私は本を読んでいるよ。

ワンポイント 『อ่านหนังสือ』本を読む

เขา กำลัง คุยโทรศัพท์ (อยู่) ค่ะ 〔女性〕

カウ　ガムラン(グ)　クイトラサッ(プ)　(ユー)　カ

彼は（今）電話中です。

ワンポイント 『คุยโทรศัพท์』電話で話す

เขา กำลัง เข้าห้องน้ำ (อยู่) ครับ 〔男性〕

カウ　ガムラン(グ)　カウホン(グ)ナー(ム)　(ユー)　クラッ(プ)

彼は（今）トイレにいます。

ワンポイント 『เข้าห้องน้ำ』トイレにいる

応 用

●否定パターン●

『กำลัง＋動詞』の前に、否定の『ไม่ได้』をつけるだけ！

主語 ＋ **ไม่ได้** ＋ กำลัง ＋ **動詞**

ผม《ポ(ム)》 ไม่ได้《マイダイ》 กำลัง《ガムラン(グ)》 ทานข้าว《ターンカーウ》 〔男性〕

ดิฉัน《ディチャン》 ไม่ได้《マイダイ》 กำลัง《ガムラン(グ)》 ทานข้าว《ターンカーウ》 〔女性〕

（私は（今）ご飯を食べていない）

ワンポイント 『ทานข้าว』ご飯を食べる

●疑問パターン●

『กำลัง＋動詞』のあとに、『(อยู่) หรือ』をつけるだけ！

主語 ＋ กำลัง ＋ **動詞** ＋ **(อยู่) หรือ** ?

คุณ《クン》 กำลัง《ガムラン(グ)》 ลดความอ้วน《ロッ(ト)クワームウアン》 (อยู่)《(ユー)》 หรือ《ルー》?

（あなたは（今）ダイエット中？）

ワンポイント 『ลดความอ้วน』太るのを減らす＝ダイエット

答え方　（簡潔な言い方）

ใช่《チャイ》（はい）／ไม่ใช่《マイチャイ》（いいえ）

応用パターンで言ってみよう!　CD-4

ผม ไม่ได้ กำลัง ฟังเพลง นะ〔男性〕
ポ(ム) マイダイ ガムラン(グ) ファン(グ)プレーン(グ) ナ
私は音楽を聴いていないよ。

ワンポイント 『เพลง』音楽、歌

ดิฉัน ไม่ได้ กำลัง เล่นไลน์ นะ〔女性〕
ディチャン マイダイ ガムラン(グ) レンラーイ ナ
私はLINE（ライン）をやっていないよ。

ฉัน ไม่ได้ กำลัง ไป ทำงาน
チャン マイダイ ガムラン(グ) パイ タムガーン
私は仕事へ行っていない。

ワンポイント 『ทำงาน』仕事をする

คุณ กำลัง รอใคร (อยู่) หรือ?
クン ガムラン(グ) ロークライ (ユー) ルー
あなたは誰かを待っているの？

ワンポイント 『รอ』待つ

ลูก กำลัง ทำการบ้าน (อยู่) หรือ?
ルー(ク) ガムラン(グ) タムカーンバーン (ユー) ルー
子供は宿題をやっている？

ワンポイント 『ลูก』子供 『ทำการบ้าน』宿題をやる
子供がいる家庭内での夫婦の会話の定番フレーズです。

5 ～すると思います

主語＋คิดว่า＋時間副詞＋動詞＋ครับ/ค่ะ〔男性／女性〕

基本フレーズ

ดิฉัน คิดว่า พรุ่งนี้ อยู่ บ้าน นะ

ディチャン キッ(ト)ワー プルン(グ)ニー ユー バーン ナ

私は明日、自宅にいると思うよ。〔女性〕

こんなときに使おう！

「明日はどうしている？」と聞かれて…

『主語＋คิดว่า＋(未来を表す)時間副詞＋動詞』は「主語は～すると思う」と未来を表す表現です。

「私」と言うときは、男性は『ผม』、女性は『ดิฉัน』を使います。

タイ語の特徴の一つは、『เมื่อวาน』(昨日)、『วันนี้』(今日)、『พรุ่งนี้』(明日) などの時間副詞を使って、時制を表現します。

『เมื่อวาน』がつくと過去形で、『พรุ่งนี้』がつくと未来形を表します。文脈によって時間副詞がなくても過去や未来を表すこともできます。例文の『อยู่』は「いる」という意味です。

●基本パターン●

主語 ＋ คิดว่า ＋ (จะ) ＋ 時間副詞 ＋ 動詞

時間副詞 ＋ 主語 ＋ คิดว่า ＋ (จะ) ＋ 動詞

時間副詞を主語の前に置くことも可能です。この場合は時間が強調されています。

基本パターンで言ってみよう! CD-5

ผม คิดว่า จะ ไป โตเกียว พรุ่งนี้ ครับ 〔男性〕

ポ(ム) キッ(ト)ワー ヂャ パイ トーキョウ プルン(グ)ニー クラッ(プ)

私は明日、東京に行くと思います。

ワンポイント 『จะไป』行く

มะรืนนี้ คิดว่า เขา จะ กลับ ประเทศ

マルーンニー キッ(ト)ワー カウ ヂャ クラッ(プ) プラテー(ト)

あさって、彼は帰国すると思う。

ワンポイント 『มะรืนนี้』あさって 『กลับประเทศ』帰国する

ดิฉัน คิดว่า จะ แต่งงาน เดือนหน้า ค่ะ 〔女性〕

ディチャン キッ(ト)ワー ヂャ テン(グ)ガーン ドゥアンナー カ

私は来月、結婚すると思います。

ワンポイント 『เดือนหน้า』来月

ผม คิดว่า จะ จบ(การศึกษา) ปีหน้า ครับ 〔男性〕

ポ(ム) キッ(ト)ワー ヂャ ヂョッ(プ)(カーンスッ(ク)サー) ピーナー クラッ(プ)

私は来年、卒業すると思います。

ワンポイント 『จบ (การศึกษา)』卒業する 『ปีหน้า』来年

ดิฉัน คิดว่า พ่อ จะ ปลดเกษียณ ปลาย ปีนี้ ค่ะ 〔女性〕

ディチャン キッ(ト)ワー ポー ヂャ ポロッ(ト)カシアン プラーイ ピーニー カ

私は、父は今年の年末に定年だと思います。

ワンポイント 『พ่อ』父 『ปลดเกษียณ』定年になる

応用

●否定パターン●

動詞の前に否定の『ไม่』をつけるだけ！
『จะ』は英語のwillにあたり、未来に何かを行うことを言いたいときに使います。

主語 ＋ คิดว่า ＋ 時間副詞 ＋ (จะ) ＋ **ไม่** ＋ 動詞

คิดว่า《キッ(ト)ワー》 พรุ่งนี้《プルン(グ)ニー》 เขา《カウ》 จะ《ヂャ》 ไม่อยู่《マイユー》 บ้าน《バーン》 นะ《ナ》
（彼は明日、自宅にいないと思うよ）

ワンポイント 『อยู่บ้าน』自宅にいる

●疑問パターン●

文末に疑問の『ไหม』をつけるだけ！

時間副詞 ＋ 主語 ＋ คิดว่า ＋ (จะ) ＋ 動詞 ＋ **ไหม** ?

主語 ＋ คิดว่า ＋ 時間副詞 ＋ (จะ) ＋ 動詞 ＋ **ไหม** ?

พรุ่งนี้《プルン(グ)ニー》 คุณ《クン》 คิดว่า《キッ(ト)ワー》 จะ《ヂャ》 อยู่《ユー》 บ้าน《バーン》 ไหม《マイ》?
（明日、あなたは自宅にいる？）

答え方　（簡潔な言い方）
อยู่《ユー》（いる）／ไม่อยู่《マイユー》（いない）

応用パターンで言ってみよう! CD-5

พรุ่งนี้ ผม คิดว่า จะ ไม่ไป ทำงาน ครับ 〔男性〕

プルン(グ)ニー ポ(ム) キッ(ト)ワー ヂャ マイパイ タムガーン クラッ(プ)

明日、僕は出勤しないと思います。

ワンポイント 『พรุ่งนี้』明日 『ไปทำงาน』出勤する

พรุ่งนี้ คุณ คิดว่า จะ ทำ อะไร?

プルン(グ)ニー クン キッ(ト)ワー ヂャ タム アライ

明日、あなたは何をすると思う？

ワンポイント 『ทำ』する 『อะไร』何

พรุ่งนี้ คุณ คิดว่า จะ ไปดูหนัง ไหม คะ? 〔女性〕

プルン(グ)ニー クン キッ(ト)ワー ヂャ パイドゥーナン(グ) マイ カ

明日、あなたは映画を観に行くと思いますか？

ワンポイント 『จะไปดูหนัง』映画を観に行く

สัปดาห์หน้า คุณ คิดว่า จะ ไปเที่ยว ไหม ครับ? 〔男性〕

サ(プ)ダーナー クン キッ(ト)ワー ヂャ パイティアウ マイ クラッ(プ)

来週、あなたは遊びに行くと思いますか？

ワンポイント 『สัปดาห์หน้า』来週 『เที่ยว』遊び

คุณ คิดว่า เดี๋ยว จะ ไป ซื้อของ ไหม?

クン キッ(ト)ワー ディウ ヂャ パイ スーコーン(グ) マイ

あなたはあとで買い物をしに行くと思う？

ワンポイント 『เดี๋ยว』あとで 『จะไปซื้อของ』買い物をしに行く

6 ～するつもりです

主語＋ตั้งใจว่า＋動詞＋ครับ/ค่ะ〔男性／女性〕

基本フレーズ

ผม《ポ(ム)》 ตั้งใจว่า《タン(グ)チャイワー》 จะ《ヂャ》 ซื้อ《スー》 นาฬิกา《ナリカー》

ครับ《クラッ(プ)》 〔男性〕

私は時計を買うつもりです。

こんなときに使おう！

「何か予定をしている？」と聞かれて…

『主語＋ตั้งใจว่า＋動詞』は「～するつもりである」という意味で、予定や計画を表す表現です。

例文の『ซื้อ』は「買う」、『นาฬิกา』は「時計」という意味です。

●基本パターン●

主語 ＋ ตั้งใจว่า ＋ 動詞

基本パターンで言ってみよう! CD-6

ผม《ポ(ム)》 ตั้งใจว่า《タン(グ)ヂャイワー》 จะ《ヂャ》 ไป《パイ》 โอซาก้า《オーサカー》 〔男性〕

私は大阪へ行くつもりだ。

ワンポイント 『จะไปโอซาก้า』 大阪へ行く

ดิฉัน《ディチャン》 ตั้งใจว่า《タン(グ)ヂャイワー》 จะ《ヂャ》 ทำ《タム》 อาหารอีสาน《アハーンイサーン》 〔女性〕

私は（タイの）東北地方の料理を作るつもり。

ワンポイント 『ทำ』 作る 『อาหาร』 料理 『อีสาน』（タイの）東北地方

ดิฉัน《ディチャン》 ตั้งใจว่า《タン(グ)ヂャイワー》 ปีหน้า《ピーナー》 จะ《ヂャ》 แต่งงาน《テン(グ)ガーン》 น่ะ《ナ》 〔女性〕

私は来年、結婚するつもりなの。

ワンポイント 『ปีหน้า』 来年 『แต่งงาน』 結婚する

สัปดาห์หน้า《サ(プ)ダーナー》 ดิฉัน《ディチャン》 ตั้งใจว่า《タン(グ)ヂャイワー》 จะ《ヂャ》 กลับ《クラッ(プ)》 ญี่ปุ่น《ジープン》 น่ะ《ナ》 〔女性〕

来週、私は日本に帰るつもりなの。

ワンポイント 『สัปดาห์หน้า』 来週 『กลับ』 帰る 『ญี่ปุ่น』 日本

応用

●否定パターン●

『ตั้งใจ』の後ろに『จะ ไม่』をつけるだけ！

主語 ＋ ตั้งใจ **จะ ไม่** ＋ 動詞

ฉัน《チャン》 ตั้งใจ《タン(グ)チャイ》 จะ《ヂャ》 ไม่สั่ง《マイサン(グ)》 กระเป๋า《クラパウ》

（私はカバンを注文しないつもり）

ワンポイント 『สั่ง』注文する 『กระเป๋า』カバン

●疑問パターン●

動詞のあとに、疑問の『หรือ』をつけるだけ！

主語 ＋ ตั้งใจ ＋ 動詞 ＋ **หรือ** ？

คุณ《クン》 ตั้งใจ《タン(グ)チャイ》 จะ《ヂャ》 ส่ง《ソン(グ)》 จดหมาย《ヂョッ(ト)マーイ》 หรือ《ルー》?

（あなたは手紙を送るつもり？）

ワンポイント 『ส่ง』送る

答え方　（簡潔な言い方）

ใช่《チャイ》（はい）／ไม่ใช่《マイチャイ》（いいえ）

応用パターンで言ってみよう! CD-6

พวกเรา ตั้งใจ จะ ไม่ทาน ของหวาน

プアッ(ク)ラウ　タン(グ)チャイ　チャ　マイターン　コーン(グ)ワーン

私たちは甘いものを食べないつもり。

ワンポイント『ทานของหวาน』甘いものを食べる

ผม ตั้งใจว่า จะ ไม่ โทรหา คุณนะโอะโกะ〔男性〕

ポ(ム)　タン(グ)チャイワー　チャ　マイ　トーハー　クンナオコ

私は直子さんに電話しないつもりだ。

ワンポイント『โทร』電話する　『คุณ』～さん〔男女共通〕

これも知っておこう!

〈否定疑問文〉

คุณ ตั้งใจ จะ ไม่ขอโทษ เขา หรือ?

クン　タン(グ)チャイ　チャ　マイコートー(ト)　カウ　ルー

（あなたは彼に謝らないつもり？）

ワンポイント『คุณ』あなた　『ขอโทษ』謝る

คุณ ตั้งใจ จะ ไม่เลิก บุหรี่ หรือ?

クン　タン(グ)チャイ　チャ　マイラー(ク)　ブリー　ルー

（あなたはタバコをやめないつもり？）

ワンポイント『เลิกบุหรี่』タバコをやめる

〈疑問詞『อะไร』（何）を使った疑問文〉

คุณ ตั้งใจว่า หยุดหน้าร้อน จะ ทำอะไร?

クン　タン(グ)チャイワー　ユッ(ト)ナーローン　チャ　タムアライ

（あなたは夏休みに何をするつもり？）

ワンポイント『หยุดหน้าร้อน』夏休み　『ทำ』する　『อะไร』何

7 ～しました

主語 ＋ 動詞 ＋แล้ว＋ครับ/ค่ะ〔男性／女性〕

基本フレーズ

ดู แล้ว

ドゥー レーウ

見た。

こんなときに使おう！

「もう見た？」と聞かれて…

『主語 ＋ 動詞 ＋แล้ว』は「主語 は～した」を表す過去形です。主語を省略しても通じますので『動詞 ＋แล้ว』は一番シンプルな過去形です。

タイ語の動詞は英語や日本語のような変化はしません。過去、現在、未来を表す副詞や修飾語などがつけば、その文章は自動的に過去、現在、未来形になります。

過去形には必ず『แล้ว』がつくわけではありません。むしろ時間副詞で時制を表すことが多いのです。

〈例〉

เมื่อวาน นี้ ผม ไปบริษัท（昨日、私は会社に行った）〔男性〕

พรุ่งนี้ ดิฉัน จะ ไปบริษัท（明日、私は会社に行く）〔女性〕

基本パターン

主語 ＋ 動詞 ＋ แล้ว

基本パターンで言ってみよう!　CD-7

ไป แล้ว

パイ　レーウ

行った。

ワンポイント『ไป』行く

ได้ยิน แล้ว

ダイジン　レーウ

聞こえた。

ワンポイント『ได้ยิน』聞こえる

ซื้อตั๋ว แล้ว

スートゥア　レーウ

切符を買った。

ワンポイント『ซื้อตั๋ว』切符を買う

หิว แล้ว

ヒウ　レーウ

お腹が空いた。

ワンポイント『หิว』お腹が空く

แต่งงาน แล้ว ครับ〔男性〕

テン(グ)ガーン　レーウ　クラッ(プ)

แต่งงาน แล้ว ค่ะ〔女性〕

テン(グ)ガーン　レーウ　カ

結婚しました。

ワンポイント『แต่งงาน』結婚する

応用

●否定パターン●

動詞の前に、否定の『ยังไม่ได้』をつけるだけ！

主語 ＋ **ยังไม่ได้** ＋ 動詞

ผม《ポ(ム)》 ยังไม่ได้《ヤン(グ)マイダイ》 ดู《ドゥー》 〔男性〕

ดิฉัน《ディチャン》 ยังไม่ได้《ヤン(グ)マイダイ》 ดู《ドゥー》 〔女性〕

（私はまだ見ていない）

●疑問パターン●

『動詞 ＋แล้ว』のあとに、疑問の『หรือ』をつけるだけ！

主語 ＋ 動詞 ＋ แล้ว ＋ **หรือ** ？

คุณ《クン》 ดู《ドゥー》 แล้ว《レーウ》 หรือ《ルー》 ครับ《クラッ(プ)》? 〔男性〕

คุณ《クン》 ดู《ドゥー》 แล้ว《レーウ》 หรือ《ルー》 คะ《カ》? 〔女性〕

（あなたはもう見ましたか？）

答え方　ดูแล้ว《ドゥーレーウ》 ครับ/ค่ะ《クラッ(プ) カ》〔男性／女性〕（見ました）

ยังไม่ได้ดู《ヤン(グ)マイダイドゥー》 ครับ/ค่ะ《クラッ(プ) カ》〔男性／女性〕（見ていません）

応用パターンで言ってみよう!　CD-7

ยังไม่ได้ ร่วม

ヤン(グ)マイダイ　ルアム

まだ参加してない。

ワンポイント 『ร่วม』参加

เขา ยังไม่ได้ แต่งงาน นะ

カウ　ヤン(グ)マイダイ　テン(グ)ガーン　ナ

彼はまだ結婚していないよ。

ワンポイント 『แต่งงาน』結婚する

เขา ยังไม่ได้ เมล ไปหา นะ

カウ　ヤン(グ)マイダイ　メーウ　パイハー　ナ

彼にメールしてないよ。

ワンポイント 『เมล』メールする

これも知っておこう!

〈否定疑問文〉

ยังไม่ได้ ไป หรือ?（まだ行っていないの？）

ヤン(グ)マイダイ　パイ　ルー

ワンポイント 『ไป』行く

หยุด หน้าหนาว ยังไม่ได้ กลับไทย หรือ?

ユッ(ト)　ナーナーウ　ヤン(グ)マイダイ　クラッ(プ)タイ　ルー

（冬休みにタイへまだ帰ってないの？）

ワンポイント 『หยุด』休み　『กลับ』帰る

8 ～したことがあります

主語＋เคย＋動詞＋ครับ/ค่ะ〔男性／女性〕

基本フレーズ

ผม《ポ(ム)》 เคย《クーイ》 ไป《パイ》 จตุจักร《チャドゥチャッ(ク)》〔男性〕

私はチャトゥチャックに行ったことがある。

こんなときに使おう！

「タイのどこに行った？」と聞かれたら…

『主語＋เคย＋動詞』は経験を表す表現で、「～したことがある」という意味です。主語が省略されるときもあります。

例文の『ไป』は「行く」という意味です。

●基本パターン●

主語 ＋ เคย ＋ 動詞

基本パターンで言ってみよう! CD-8

ที่นั่น, เคย ไป นะ

ティーナン　クーイ　パイ　ナ

あそこ、行ったことあるよ。

ワンポイント 『ที่นั่น』あそこ 『ไป』行く

เคย ฟัง เพลงนี้ นะ

クーイ　ファン(グ)　プレーン(グ)ニー　ナ

この歌、聞いたことあるね。

ワンポイント 『ฟัง』聴く 『เพลง』歌

เคย เจอ คุณนะโอะโกะ นะ

クーイ　ヂャー　クンナオコ　ナ

直子さんに会ったことがあるよ。

ワンポイント 『เจอ』会う 『คุณ』～さん〔男女共通〕

ผม เคย เรียน ภาษาไทย 〔男性〕

ポ(ム)　クーイ　リエン　パサータイ

私はタイ語を勉強したことがある。

ワンポイント 『เรียน』習う、勉強する 『ภาษาไทย』タイ語

ดิฉัน เคย ทาน ต้มข่าไก่ ค่ะ 〔女性〕

ディチャン　クーイ　ターン　トムカーカイ　カ

私はトムカーカイを食べたことがあります。

ワンポイント 『ทาน』食べる

『ต้มข่าไก่』トムカーカイ〔タイのスープの一種。スパイスと酸味の効いたココナッツミルクが多く使われているスープ〕

応用

●否定パターン●

เคยの前に『ไม่』をつけるだけ！

主語 ＋ ไม่เคย ＋ **動詞**

ดิฉัน《ディチャン》 ไม่เคย《マイクーイ》 ไป《パイ》 เชียงใหม่《チエンマイ》 〔女性〕
（私はチェンマイに行ったことがない）

後ろに『เลย』（ルーイ）をつけると「一度も～ない」という強いニュアンスになります。

ดิฉัน《ディチャン》 ไม่เคย《マイクーイ》 ไป《パイ》 เชียงใหม่《チエンマイ》 เลย《ルーイ》 〔女性〕
（私はチェンマイに一度も行ったことがない）

●疑問パターン●

動詞のあとに、疑問の『ไหม』をつけるだけ！

主語 ＋ เคย ＋ **動詞** ＋ **ไหม** ？

คุณ《クン》 เคย《クーイ》 ไป《パイ》 พัทยา《パタヤー》 ไหม《マイ》?
（あなたはパタヤーに行ったことがある？）

答え方　เคยไป《クーイパイ》　（行ったことがある）
　　　　ไม่เคยไป《マイクーイパイ》（行ったことがない）

応用パターンで言ってみよう! CD-8

อันนี้ ไม่เคย ทาน

アンニー マイクーイ ターン

これ、食べたことない。

ワンポイント 『อันนี้』これ 『ทาน』食べる

คน คนนี้ ไม่เคย เจอ

コン コンニー マイクーイ チャー

この人、会ったことない。

ワンポイント 『คนคนนี้』この人 『เจอ』会う

หนัง เรื่องนี้ ไม่เคย ดู เลย นะ

ナン(グ) ルアン(グ)ニー マイクーイ ドゥー ルーイ ナ

この映画は一度も観たことないよ。

ワンポイント 『หนังเรื่องนี้』この映画 『ไม่เคย〜เลย』一度も〜ない

เคย ไป ญี่ปุ่น ไหม?

クーイ パイ ジープン マイ

日本に行ったことある？

ワンポイント 『ไป』行く 『ญี่ปุ่น』日本

คุณ เคย เล่นกอล์ฟ ไหม ครับ? 〔男性〕

クン クーイ レンゴッ(プ) マイ クラッ(プ)

あなたはゴルフをしたことがありますか？

ワンポイント 『คุณ』あなた 『เล่นกอล์ฟ』ゴルフをする

9 もう~したよ

主語＋動詞＋เรียบร้อย＋แล้ว

基本フレーズ

ทาน เรียบร้อย แล้ว นะ

ターン　リーアッ(プ)ローイ　レーウ　ナ

もう食べたよ。

こんなときに使おう!

「食事した？」と聞かれて…

『主語＋動詞＋เรียบร้อย＋แล้ว』は「もう~しました」という意味で、完了を表す表現です。主語が省略されるときもあります。

●基本パターン●

主語 ＋ 動詞 ＋ เรียบร้อย ＋ แล้ว

同じ意味で下記の表現も使えます。

主語 ＋ 動詞 ＋ มา ＋ แล้ว

主語 ＋ 動詞 ＋ ดู ＋ แล้ว

主語 ＋ 動詞 ＋ ไป ＋ แล้ว

基本パターンで言ってみよう! CD-9

จอง เรียบร้อย แล้ว นะ

ヂョーン(グ) リーアッ(プ)ローイ レーウ ナ

もう予約したよ。

ワンポイント 『จอง』予約

ร้านนั้น ไปมา แล้ว นะ

ラーンナン パイマー レーウ ナ

もうあの店へ行って来たよ。

ワンポイント 『ร้าน』店 『นั้น』その、あの 『ร้านนั้น』あの店 『ไป』行く

これも知っておこう!

『ลอง』は「試す、やってみる」という意味で、『ลอง＋動詞』で「〜してみる」を表すことができます。

ลอง ชิมดู แล้ว นะ

ローン(グ) チムドゥー レーウ ナ

（もう味見してみたよ）

ワンポイント 『ลองชิม』味見してみる

ลอง โทรไป แล้ว นะ

ローン(グ) トーパイ レーウ ナ

（もう電話してみたよ）

ワンポイント 『โทร』電話をかける

ลอง ถามดู แล้ว นะ

ローン(グ) タームドゥー レーウ ナ

（もう訊いてみたよ）

ワンポイント 『ลองถาม』訊いてみる

応 用

●否定パターン●

動詞の前に『ยังไม่ได้』をつけるだけ！
主語が省略されるときもあります。

主語 ＋ **ยังไม่ได้** ＋ **動詞**

ผม《ポ(ム)》 ยังไม่ได้《ヤン(グ)マイダイ》 ทาน《ターン》 〔男性〕

ดิฉัน《ディチャン》 ยังไม่ได้《ヤン(グ)マイダイ》 ทาน《ターン》 〔女性〕

（私はまだ食べていない）

ワンポイント 『ผม/ดิฉัน』**私**〔男性／女性〕『ทาน』**食べる**

「まだ」という意味の『ยัง（ヤン(グ)）』を『ไม่ได้』の前につけると強いニュアンスになります。

●疑問パターン●

『主語＋動詞＋แล้ว』のあとに、疑問の『หรือ』をつけるだけ！
主語が省略されるときもあります。

主語 ＋ **動詞** ＋ แล้ว ＋ **หรือ** ？

ไปมา《パイマー》 แล้ว《レーウ》 หรือ《ルー》?

（もう行って来たの？）

ワンポイント 『ไปมา』**行って来る**

答え方　ไปมา《パイマー》 แล้ว《レーウ》 นะ《ナ》　（もう行って来たよ）
ยังไม่ได้《ヤン(グ)マイダイ》 ไป《パイ》　（まだ行っていないよ）

応用パターンで言ってみよう! CD-9

ยังไม่ได้ แต่งงาน นะ

ヤン(グ)マイダイ　テン(グ)ガーン　ナ

まだ結婚してないよ。

ワンポイント 『แต่งงาน』結婚する

ยังไม่ได้ ทาน นะ

ヤン(グ)マイダイ　ターン　ナ

まだ食べてないね。

ワンポイント 『ทาน』食べる

ยังไม่ได้ ทำ นะ

ヤン(グ)マイダイ　タム　ナ

まだしてないね。

ワンポイント 『ทำ』する

ลอง ทำ แล้ว หรือ?

ローン(グ)　タム　レーウ　ルー

試してみた？

ワンポイント 『ลอง』試す、やってみる　『ทำ』する

これも知っておこう!

〈否定疑問文〉

否定文の『主語＋ยังไม่ได้＋動詞』のあとに、疑問の『หรือ』をつけます。

คุณ ยังไม่ได้ ทาน หรือ?　（あなたはまだ食べてないの？）

クン　ヤン(グ)マイダイ　ターン　ルー

答え方　ทานเสร็จแล้ว　（もう食べた）

ターンセッ(ト)レーウ

ยังไม่ได้ทาน　（まだ食べていない）

ヤン(グ)マイダイターン

10 ～できます①

主語＋動詞＋ได้＋ครับ/ค่ะ〔男性／女性〕

基本フレーズ

ดิฉัน《ディチャン》 ขับรถ《カッ(プ)ロッ(ト)》 ได้《ダーイ》 ค่ะ《カ》〔女性〕

私は車を運転できます。

こんなときに使おう!

「車を運転できる？」と聞かれて…

「できる」（英語のcan）を表す表現に、タイ語では『ได้』『สามารถ』などがあります。

10課ではまず『ได้』を紹介します。『ได้』は、練習を重ねて技能や技術を習得する「できる」です。

●基本パターン●

主語 ＋ 動詞句 ＋ ได้

基本パターンで言ってみよう! CD-10

เล่นเปียโน ได้
レンピアノー ダーイ
ピアノを弾ける。

ワンポイント 『เปียโน』 ピアノ

เขา มา ได้
カウ マー ダーイ
彼は来られる。

ワンポイント 『มา』 来る

ว่ายน้ำ ได้ ครับ 〔男性〕
ワーイナー(ム) ダーイ クラッ(プ)
泳げます。

ワンポイント 『ว่ายน้ำ』 泳ぐ

ดิฉัน ทาน ผักชี ได้ ค่ะ 〔女性〕
ディチャン ターン パッ(ク)チー ダーイ カ
私はパクチを食べられます。

ワンポイント 『ทาน』 食べる 『ผักชี』 パクチ〔タイ料理によく使われている野菜〕

พูด ภาษาเหนือ ได้ นิดหน่อย ครับ 〔男性〕
プー(ト) パサーヌーア ダーイ ニッ(ト)ノイ クラッ(プ)
北部の方言を少し話せます。

ワンポイント 『พูด』 話す 『ภาษาเหนือ』 北部の方言

応用

●否定パターン●

動詞句のあとに『ไม่ได้』をつけるだけ！

主語 ＋ 動詞句 ＋ ไม่ได้

ผม ทำ แกงเขียวหวาน ไม่ได้ ครับ〔男性〕

ポ(ム) タム ゲーン(グ)キヨウワーン マイダーイ クラッ(プ)

ดิฉัน ทำ แกงเขียวหวาน ไม่ได้ ค่ะ〔女性〕

ディチャン タム ゲーン(グ)キヨウワーン マイダーイ カ

（私はグリーンカレーを作れません）

ワンポイント 『ทำ』作る 『แกงเขียวหวาน』グリーンカレー

●疑問パターン●

動詞句のあとに、疑問の『ได้ไหม』をつけるだけ！

主語 ＋ 動詞句 ＋ ได้ไหม ？

คุณ อ่าน ภาษาอังกฤษ ได้ไหม?

クン アーン パサーアンクリッ(ト) ダーイマイ

（あなたは英語を読めますか？）

ワンポイント 『อ่าน』読む 『ภาษาอังกฤษ』英語

応用パターンで言ってみよう!　CD-10

ร้อง ไม่ได้ นะ

ローン(グ)　マイダーイ　ナ

歌えないよ。

ワンポイント 『ร้อง』歌う

เต้น ไม่ได้ นะ

テン　マイダーイ　ナ

踊れないよ。

ワンポイント 『เต้น』踊る、ダンスする

ดิฉัน เล่น อินเตอร์เน็ต ไม่ได้ นะ 〔女性〕

ディチャン　レン　インターネッ(ト)　マイダーイ　ナ

私、インターネットができないの。

ワンポイント 『อินเตอร์เน็ต』インターネットをする

คุณ พูด ภาษาอังกฤษ ได้ไหม?

クン　プー(ト)　パサーアンクリッ(ト)　ダーイマイ

あなたは英語を話せますか？

ワンポイント 『พูด』話す

คอมพิวเตอร์ คุณ ใช้ ได้ไหม?

コンピウター　クン　チャイ　ダーイマイ

あなたのパソコンは使える？

ワンポイント 『คอมพิวเตอร์』パソコン、コンピューター　『ใช้』使う、使用する

11 ～できます②

主語＋สามารถ＋動詞＋ได้＋ครับ/ค่ะ〔男性／女性〕

基本フレーズ

ดิฉัน《ディチャン》 สามารถ《サーマー(ト)》 ทำ《タム》 ขนมอินเดีย《カノムインディア》
ได้《ダーイ》 ค่ะ《カ》〔女性〕

私はインドのお菓子を作ることができます。

こんなときに使おう!

「お菓子を作ることができますか？」と聞かれて…

能力や許可を表す「できる」(英語のcan) は『ได้』と『สามารถ』があります。11課では『สามารถ』を紹介します。『สามารถ』は能力や条件が備わってできることです。例文の『ทำขนม』は「お菓子を作る」、『อินเดีย』は「インド」という意味です。

●基本パターン●

主語 ＋ สามารถ ＋ 動詞 ＋ ได้

『ทานได้』と『สามารถทานได้』は同じ意味の「食べられる」ですが、前者は日常生活で普通に会話をするときに使います。後者はあらたまって「食べることができる」と言いたいときや、できることを強調したいときに使います。

基本パターンで言ってみよう!　CD-11

ที่นี่ สามารถ ใช้ วายฟาย ได้

ティーニー　サーマー(ト)　チャイ　ワーイファーイ　ダーイ

ここでWi-Fiを使うことができる。

ワンポイント 『ที่นี่』ここで、ここに　『ใช้』使う

พรุ่งนี้ ก็ สามารถ มา ได้ นะ

プルン(グ)ニー　コ　サーマー(ト)　マー　ダーイ　ナ

明日も来ることができるよ。

ワンポイント 「明日もなんとか都合をつけて来るようにするよ」というニュアンス。
『พรุ่งนี้』明日　『มา』来る

คืนนี้ เขา สามารถ มา ได้

クーンニー　カウ　サーマー(ト)　マー　ダーイ

今夜、彼は来ることができる。

ワンポイント 能力ではないが「なんとか都合をつけて来る」というニュアンス。
『คืนนี้』今夜

สามารถ กลับ เอง ได้

サーマー(ト)　クラッ(プ)　エーン(グ)　ダーイ

自分で帰ることができる。

ワンポイント 『กลับเอง』自分で帰る

ผม สามารถ เล่น พิณ ได้ นะ 〔男性〕

ポ(ム)　サーマー(ト)　レン　ピン　ダーイ　ナ

私はピンを弾くことができるよ。

ワンポイント 『พิณ』ピン〔タイの三味線〕

応用

●否定パターン●

『สามารถ』の前に『ไม่』をつけるだけ！

主語 ＋ ไม่สามารถ ＋ **動詞** ＋ ได้

ผม《ポ(ム)》 ไม่สามารถ《マイサーマー(ト)》 ทาน《ターン》 กุ้ง《クン(グ)》 ได้《ダーイ》 ครับ《クラッ(プ)》 〔男性〕

ดิฉัน《ディチャン》 ไม่สามารถ《マイサーマー(ト)》 ทาน《ターン》 กุ้ง《クン(グ)》 ได้《ダーイ》 ค่ะ《カ》 〔女性〕

（私はエビを食べることができません）

ワンポイント 例えば、エビを食べたらアレルギーを起こすなどの理由があって食べられないニュアンスが込められている。

●疑問パターン●

動詞のあとに、疑問の『ได้ไหม』をつけるだけ！

主語 ＋ สามารถ ＋ **動詞** ＋ **ได้ไหม** ？

คุณ《クン》 สามารถ《サーマー(ト)》 ขี่《キー》 มอเตอร์ไซค์《モーターサイ》 ได้ไหม《ダーイマイ》?

（あなたはバイクに乗ることができる？）

ワンポイント 『ขี่มอเตอร์ไซค์』バイクに乗る

答え方　ได้ นะ《ダーイ ナ》（できるよ）／ไม่ได้ นะ《マイダーイ ナ》（できないよ）

応用パターンで言ってみよう! CD-11

ไม่สามารถ ไป ได้ ค่ะ 〔女性〕
マイサーマー(ト) パイ ダーイ カ
行くことができません。

ワンポイント 『ไป』行く

พรุ่งนี้ คุณ สามารถ ไป ได้ไหม?
プルン(グ)ニー クン サーマー(ト) パイ ダーイマイ
明日、あなたは行くことができる？

ワンポイント 『พรุ่งนี้』明日

สามารถ ดื่ม เหล้า ได้ไหม?
サーマー(ト) ドゥー(ム) ラウ ダーイマイ
お酒を飲むことができる？

答え方 ดื่มได้《ドゥー(ム)ダイ》 飲める。
ดื่มไม่ได้《ドゥー(ム)マイダーイ》 飲めない。

ワンポイント 『ดื่ม』飲む

ที่นี่ สามารถ สูบ บุหรี่ ได้ไหม ครับ? 〔男性〕
ティーニー サーマー(ト) スー(プ)ブリー ダーイマイ クラッ(プ)
ここでタバコを吸うことができますか？

ワンポイント 『ที่นี่』ここで、ここに 『สูบบุหรี่』タバコを吸う 『บุหรี่』タバコ

答え方 สามารถ《サーマー(ト)》 ครับ/ค่ะ《クラッ(プ) カ》 〔男性／女性〕 できます。
ไม่สามารถ《マイサーマー(ト)》 ครับ/ค่ะ《クラッ(プ) カ》 〔男性／女性〕 できません。

12 ～してもいいよ

主語＋動詞＋ก็ได้

基本フレーズ

ทาน ก่อน ก็ได้ นะ

ターン ゴーン コダーイ ナ

先に食べてもいいよ。

こんなときに使おう!

自分はまだ食べずに相手にすすめるときに…

『主語＋動詞＋ก็ได้』は「主語は～してもいいよ」というときの表現です。主語が省略されるときもあります。

例文の『ทานก่อน』は「先に食べる」という意味です。

基本パターン

主語 ＋ 動詞 ＋ ก็ได้

基本パターンで言ってみよう! CD-12

ลอง ใส่ ก็ได้ นะ

ローン(グ) サイ コダーイ ナ

試着してもいいよ。

ワンポイント 「(服を)着る」も「(靴や靴下を)履く」もタイ語では『ใส่』です。

อันนี้ จะ ลอง ชิม ก็ได้ นะ

アンニー チャ ローン(グ) チム コダーイ ナ

これ、試食してもいいよ。

ワンポイント 『อันนี้』これ 『ลองชิม』試食

ที่นี่ จะ สูบ บุหรี่ ก็ได้ นะ

ティーニー チャ スー(プ) ブリー コダーイ ナ

ここでタバコを吸ってもいいよ。

ワンポイント 『ที่นี่』ここで、ここに 『บุหรี่』タバコ

ช่วย พูด กับ เขา ให้ ก็ได้ นะ

チュエイ プー(ト) カッ(プ) カウ ハイ コダーイ ナ

彼に話してあげてもいいよ。

ワンポイント 『พูด』話す 『~ให้』~してあげる

ถ้า ทาน ไม่หมด จะ ห่อ กลับ บ้าน ก็ได้ นะ

ター ターン マイモッ(ト) チャ ホー クラッ(プ) バーン コダーイ ナ

食べきれなかったら、持ち帰りもできるよ。

ワンポイント 『ทาน』食べる 『ห่อกลับบ้าน』持ち帰り

応用

●否定パターン●

動詞句のあとに『ไม่ได้』をつけるだけ！
主語が省略されるときもあります。

主語 ＋ 動詞句 ＋ ไม่ได้

ที่นี่《ティーニー》 สูบ《スー(プ)》 บุหรี่《ブリー》 ไม่ได้《マイダーイ》
（ここでタバコを吸ってはいけない）

●疑問パターン●

動詞句のあとに、疑問の『ได้ไหม』をつけるだけ！

動詞句 ＋ ได้ไหม ?

กลับ《クラッ(プ)》 ก่อน《ゴーン》 ได้ไหม《ダーイマイ》?
（先に帰ってもいい？）

答え方　ได้《ダーイ》　（いいよ）
　　　　ไม่ได้《マイダーイ》（だめ）

応用パターンで言ってみよう! CD-12

ทิ้ง ขยะ ไม่ได้

ティン(グ) カヤ マイダーイ

ゴミを捨ててはいけない。

ワンポイント 『ขยะ』ゴミ

อันนี้ ทาน ได้ไหม?

アンニー ターン ダーイマイ

これ、食べてもいい？

ワンポイント 『อันนี้』これ 『ทาน』食べる

อันนี้ ขอยืม ได้ไหม?

アンニー コーユーム ダーイマイ

これ、借りてもいい？

ワンポイント 『ขอยืม』借りる ※『ให้ยืม』貸す

กลับ ทีหลัง ได้ไหม?

クラッ(プ) ティーラン(グ) ダーイマイ

あとで帰ってもいい？

ワンポイント 『กลับ』帰る

พบ เขา ได้ไหม?

ポッ(プ) カウ ダーイマイ

彼に会える？

ワンポイント 『พบ』会う ※英語で言うとMay I meet him?

13 ～したい①

主語＋อยาก＋動詞

基本フレーズ

ดิฉัน อยาก ดู หนัง ค่ะ〔女性〕

ディチャン ヤー(ク) ドゥー ナン(グ) カ

私は映画を観たいです。

こんなときに使おう!

「何がしたい？」と聞かれて…

願望を表すタイ語には『อยาก』（したい）、『ต้องการ』（したい、ほしい）があります。ここでは『อยาก』を主に紹介します。

『主語＋อยาก＋動詞句』は「主語は～したい」という表現です。主語が省略されるときもあります。

例文の『ดู』は「観る」、『หนัง』は「映画」という意味です。

●基本パターン●

主語 ＋ อยาก ＋ 動詞

基本パターンで言ってみよう! CD-13

อยาก ซื้อ อันนี้

ヤー(ク) スー アンニー

これを買いたい。

ワンポイント 『ซื้อ』買う 『อันนี้』これ

อยาก พบ คุณ

ヤー(ク) ポッ(プ) クン

あなたに会いたい。

ワンポイント 『พบ』会う 『อยากพบ～』～に会いたい

อยาก ไป ซื้อ ของ

ヤー(ク) パイ スー コーン(グ)

買い物に行きたい。

ワンポイント 『ไป』行く 『ซื้อของ』買い物をする

อยาก ไป เที่ยว บาหลี

ヤー(ク) パイ ティアウ バーリー

バリ島に遊びに行きたい。

ワンポイント 『ไป』行く 『เที่ยว』遊び

อยาก ลดความอ้วน

ヤー(ク) ロッ(ト)クワームウアン

ダイエットしたい。

ワンポイント 『ลดความอ้วน』ダイエットする

応用

●否定パターン●

『อยาก』の前に『ไม่』をつけるだけ！
主語が省略されるときもあります。

主語 ＋ ไม่อยาก ＋ **動詞句**

ไม่อยาก《マイヤー(ク)》 ไป《パイ》 ทาน《ターン》 ข้าว《カーウ》 ข้างนอก《カーン(グ)ノー(ク)》

（外でご飯を食べたくない）

ワンポイント 『ทานข้าว』ご飯を食べる　『ไป』行く

●疑問パターン●

動詞句のあとに、疑問の『ไหม』をつけるだけ！

อยาก ＋ **動詞句** ＋ **ไหม** ？

อยาก《ヤー(ク)》 ไป《パイ》 ไหม《マイ》?

（行きたい？）

答え方　อยาก《ヤー(ク)》 ไป《パイ》　（行きたい）
　　　　ไม่อยาก《マイヤー(ク)》 ไป《パイ》　（行きたくない）

応用パターンで言ってみよう! CD-13

ไม่อยาก ทาน ขนมปัง

マイヤー(ク) ターン カノムパン(グ)

パンを食べたくない。

ワンポイント 『ทาน』食べる 『ขนมปัง』パン

ไม่อยาก ให้ คนอื่น รู้

マイヤー(ク) ハイ コンウーン ルー

他の人に知られたくない。

ワンポイント 『คนอื่น』他の人 『รู้』知る

ไม่อยาก ไป กับ เขา

マイヤー(ク) パイ カッ(プ) カウ

彼と行きたくない。

ワンポイント 『ไป』行く 『กับเขา』彼と

อยาก รู้ ไหม?

ヤー(ク) ルー マイ

知りたい？

ワンポイント 『รู้』知る

อยาก ทาน ไอศกรีม ไหม?

ヤー(ク) ターン アイスクリーム マイ

アイスを食べたい？

ワンポイント 『ทาน』食べる 『ไอศกรีม』アイスクリーム

14 ～したい②

主語＋ต้องการ (จะ) ＋動詞

基本フレーズ

ผม ต้องการ (จะ) ซื้อ มือถือ

ポ(ム) トン(グ)カーン (ヂャ) スー ムートゥー

ใหม่ 〔男性〕

マイ

私は新しい携帯を買いたい。

こんなときに使おう!

「何が買いたい？」と聞かれて…

『主語＋ต้องการ (จะ)＋動詞』は「主語は～したい」という表現です。主語が省略されるときもあります。『ต้องการ (จะ)＋動詞』は「意欲」「願望」を表します。

『ต้องการ』はどちらかというと書き言葉です。日常会話で使うときは堅く、あらたまって言いたいときに使います。

●基本パターン●

主語 ＋ ต้องการ (จะ) ＋ 動詞

基本パターンで言ってみよう! CD-14

ดิฉัน ต้องการ (จะ) ไป สีลม ค่ะ 〔女性〕

ディチャン トン(グ)カーン (ヂャ) パイ シーロム カ

私はシーロムへ行きたいです。

ワンポイント 『ไป』行く 『สีลม』シーロム〔バンコク市内にある地名〕

ต้องการ (จะ) พัก ที่นี่ ครับ 〔男性〕

トン(グ)カーン (ヂャ) パッ(ク) ティーニー クラッ(プ)

ここで泊まりたいです。

ワンポイント 『พัก』泊まる 『ที่นี่』ここで、ここに

ต้องการ (จะ) คืน ของ ค่ะ 〔女性〕

トン(グ)カーン (ヂャ) クーン コーン(グ) カ

返品したいです。

ワンポイント 『คืนของ』返品する

応用

●否定パターン●

『ต้องการ (จะ)』の前に『ไม่』をつけるだけ！
主語が省略されるときもあります。

主語 ＋ ไม่ต้องการ (จะ) ＋ **動詞**

ไม่ต้องการ (จะ) ทาน ข้าวผัด
マイトン(グ)カーン (チャ) ターン カーウパッ(ト)
（炒飯を食べたくない）

ワンポイント 「炒飯は食べたくないけど、○○は食べたい」というニュアンス。
例 ไม่ต้องการ (จะ) ทานข้าวผัดแต่อยากทาน ผัดไทย
（炒飯は食べたくないけど、パッタイは食べたい）

●疑問パターン●

動詞句のあとに、疑問の『ไหม』をつけるだけ！

ต้องการ ＋ **動詞句** ＋ **ไหม** ?

ต้องการ ทาน ข้าวผัด ไหม?
トン(グ)カーン ターン カーウパッ(ト) マイ
（炒飯を食べたい？）

答え方 ต้องการ ทาน （食べたい）
トン(グ)カーン ターン
ไม่ต้องการ ทาน （食べたくない）
マイトン(グ)カーン ターン

応用パターンで言ってみよう! CD-14

ไม่ต้องการ (จะ) ผ่าตัด

マイトン(グ)カーン (ヂャ) パータッ(ト)

手術を受けたくない。

ワンポイント 『ผ่าตัด』手術

ไม่ต้องการ (จะ) ค้างคืน

マイトン(グ)カーン (ヂャ) カーン(グ)クーン

泊まりたくない。

ワンポイント 『ค้างคืน』泊まる

ต้องการ สั่งของ ไหม?

トン(グ)カーン サン(グ)コーン(グ) マイ

物を注文したい？

ワンポイント 『ของ』物 『สั่งของ』物を注文する

これも知っておこう!

＜否定疑問文＞

ไม่ต้องการ (จะ) สั่งของ หรือ?

マイトン(グ)カーン (ヂャ) サン(グ)コーン(グ) ルー

（物を注文したくないの？）

これも知っておこう!　CD-14

『主語 + ต้องการ + 名詞』は「～がほしい」という意味です。主語が省略されるときもあります。

●基本パターン●

主語 + ต้องการ + 名詞

ต้องการ《トン(グ)カーン》 **อันนี้**《アンニー》 （これがほしい）

ワンポイント 『อันนี้』これ

ต้องการ《トン(グ)カーン》 **เซ็ต**《セッ(ト)》 **A**《エー》 **ครับ**《クラッ(プ)》 〔男性〕／ต้องการ《トン(グ)カーン》 **เซ็ต**《セッ(ト)》 **A**《エー》 **ค่ะ**《カ》 〔女性〕

（Aセットがほしいです）

ワンポイント 『เซ็ตA』（食事の）セット

●否定パターン●

『ต้องการ』の前に『ไม่』をつけるだけ！

主語 + ไม่ต้องการ + 名詞

ไม่ต้องการ《マイトン(グ)カーン》 **อันนี้**《アンニー》

（これ、いらない＝ほしくない）

ワンポイント 『ไม่ต้องการ＋名詞（～）』＝～はほしくない＝～はいらない

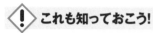

●疑問パターン●

最後に疑問の『หรือ』をつけるだけ！

ต้องการ ＋ **名詞** ＋ หรือ ？

ต้องการ《トン(グ)カーン》 อันนี้《アンニー》 หรือ《ルー》?

（これがほしい？）

これも知っておこう!

＜否定疑問文＞

1） **名詞** ＋ ไม่ต้องการ ＋ หรือ ？

อันนี้《アンニー》 ไม่ต้องการ《マイトン(グ)カーン》 หรือ《ルー》?

（これ、いらないの？）

答え方　ต้องการ《トン(グ)カーン》　（ほしい）

ไม่ต้องการ《マイトン(グ)カーン》　（ほしくない。いらない）

2） ไม่ต้องการ ＋ **名詞** ＋ หรือ ？

ไม่ต้องการ《マイトン(グ)カーン》 ของใหม่《コーン(グ)マイ》 หรือ《ルー》?

（新しい物はほしくないの？）

ワンポイント 『ของ』 物

15 ～がある〔いる〕①／～を持っている

場所＋มี＋名詞／主語＋มี＋名詞

基本フレーズ

ใกล้ ๆ นี้ มี ธนาคาร

カイクライニー ミー タナカーン

この近くに銀行がある。

こんなときに使おう！

道案内で目印を教えるときに…

「ある場所に物や人がある／いる」の『มี』は存在を表す意味です。英語のThere is ～ やThere are ～ にあたります。また、『มี』は「～を持っている」という所有を表すこともできます。英語のhaveにあたります。例文の『ธนาคาร』は「銀行」という意味です。

タイ語では同じ単語の連続はよくあります。その場合は初めの単語の発音は短く速くなり、別の言葉のように聞こえます。例えば、上の文では「クライ」は「カイ」と発音します。

●基本パターン●

1）所在（～がある、いる）の　มี

場所　＋　มี　＋　名詞(物、人)

2）所有（～を持っている）の　มี

主語　＋　มี　＋　名詞

主語を省略しても通じます。

基本パターンで言ってみよう! CD-15

ที่ สถานีรถไฟฟ้า มี ร้านขายซีดี

ティー サターニーロッ(ト)ファイファー ミー ラーンカーイシーディー

駅にCDショップがある。

ワンポイント 『ที่』～に、～で 『สถานีรถไฟฟ้า』＝電車の駅＝駅

สถานีนี้ มี ทางออก หลายทาง

サターニーニー ミー ターン(グ)オー(ク) ラーイターン(グ)

この駅に出口がいくつもあるの。

ワンポイント 『สถานี』駅 『หลาย』いくつも 『ทางออก』出口

ที่โน่น มี ซูเปอร์มาร์เก็ต ค่ะ 〔女性〕

ティーノーン ミー スッパーマーケッ(ト) カ

あそこにスーパーがあります。

ワンポイント 『ซูเปอร์มาร์เก็ต』スーパーマーケット

มี ตั๋วเครื่องบิน นะ

ミー トゥアクルアン(グ)ビン ナ

飛行機のチケットを持っているよ。

ワンポイント 『ตั๋วเครื่องบิน』飛行機のチケット

ผม มี คำถาม ครับ 〔男性〕

ポ(ム) ミー カムターム クラッ(プ)

私は質問があります。

ワンポイント 『คำถาม』質問

応用

●否定パターン●

『มี』の前に『ไม่』をつけるだけ！

1） 場所 ＋ ไม่มี ＋ 名詞

แถวนี้《テーウニー》 **ไม่มี**《マイミー》 **สถานีตำรวจ**《サターニータムルーアッ(ト)》

（この辺に警察署はない）

ワンポイント 『แถวนี้』この辺

2） 主語 ＋ ไม่มี ＋ 名詞

ดิฉัน《ディチャン》 **ไม่มี**《マイミー》 **รถ**《ロッ(ト)》 〔女性〕

私は車を持っていない。

●疑問パターン●

名詞のあとに、疑問の『ไหม』をつけるだけ！

1） 場所 ＋ มี ＋ 名詞 ＋ ไหม ？

แถวนี้《テーウニー》 **มี**《ミー》 **ไปรษณีย์**《プライサニー》 **ไหม**《マイ》 **ครับ?**《クラッ(プ)》 〔男性〕

แถวนี้《テーウニー》 **มี**《ミー》 **ไปรษณีย์**《プライサニー》 **ไหม**《マイ》 **คะ?**《カ》 〔女性〕

（この辺に郵便局がありますか？）

ワンポイント 『ไปรษณีย์』郵便局

答え方　มี《ミー》（あります）／ไม่มี《マイミー》（ありません）

2） 主語 ＋ มี ＋ 名詞 ＋ ไหม ？

คุณ มี นาฬิกา ไหม?

クン ミー ナーリカー マイ

あなたは時計を持っている？

応用パターンで言ってみよう! CD-15

คืนนี้ ไม่มี เวลา

クーンニー マイミー ウェラー

今夜、時間がない。

ワンポイント 『คืนนี้』今夜 『เวลา』時間

คืนนี้ ไม่มี ธุระ นะ

クーンニー マイミー トゥラ ナ

今夜、用事はないよ。

ワンポイント 『ธุระ』用事

ผม ไม่มี ใบขับขี่ ครับ 〔男性〕

ポ(ム) マイミー バイカッ(プ)キー クラッ(プ)

私は運転免許証を持っていません。

ワンポイント 『ใบขับขี่』運転免許証

ใกล้ ๆ นี้ มี ร้านขายผลไม้ ไหม คะ? 〔女性〕

カイクライニー ミー ラーンカーイポンラマーイ マイ カ

この近くに果物屋はありますか？

ワンポイント 『ร้านขายผลไม้』果物屋

คืนนี้ มี เวลา ไหม?

クーンニー ミー ウェラー マイ

今夜、時間ある？

16 ～がある〔いる〕②

名詞（物、人）＋อยู่＋場所

基本フレーズ

โรงพยาบาล《ローン(グ)パヤーバーン》 อยู่《ユー》 ข้าง《カーン(グ)》 โรงเรียน《ローン(グ)リエン》

ค่ะ《カ》 〔女性〕

病院は学校の隣にあります。

こんなときに使おう！

病院の場所を聞かれて…

ここでは「～にある」という『อยู่』を紹介します。

「人がいる・いない」を表すとき、時間副詞が文の最初にくることが多いです。

例文の『โรงพยาบาล』は「病院」、『ข้าง』は「隣、そば」、『โรงเรียน』は「学校」という意味です。

●基本パターン●

＜存在の『อยู่』（～がある、いる）＞

名詞（物、人）＋ อยู่ ＋ 場所

基本パターンで言ってみよう! CD-16

ทุกคน อยู่ นะ

トゥ(ク)コン ユー ナ

みんないるよ。

ワンポイント 『ทุกคน』 みんな

ตอนนี้ อยู่ บริษัท ครับ 〔男性〕

トーンニー ユー ボリサッ(ト) クラッ(プ)

今、会社にいます。

ワンポイント 『ตอนนี้』 今 『บริษัท』 会社

สัปดาห์หน้า จะ อยู่ ที่ กรุงเทพฯ ค่ะ 〔女性〕

サ(プ)ダーナー チャ ユー ティー クルン(グ)テープ カ

来週、バンコクにいます。

ワンポイント 『สัปดาห์หน้า』 来週 『ที่』 ～に、～で 『กรุงเทพฯ』 バンコク

พ่อ ผม อยู่ บ้าน นะ 〔男性〕

ポー ポ(ム) ユー バーン ナ

私の父は家にいるよ。

ワンポイント 『พ่อ』 父 『บ้าน』 家

ของกิน ทั้งหมด อยู่ ใน ตู้เย็น นะ

コーン(グ)ギン タン(グ)モッ(ト) ユー ナイ トゥージエン ナ

食べ物は全部、冷蔵庫の中にあるよ。

ワンポイント 『ของกิน』 食べ物 『ตู้เย็น』 冷蔵庫

応用

●否定パターン●

『อยู่』の前に『ไม่』をつけるだけ！

名詞（物、人） ＋ ไม่อยู่ ＋ 場所

หัวหน้า《フアナー》 ไม่อยู่《マイユー》 บริษัท《ボリサッ(ト)》 ครับ《クラッ(プ)》 〔男性〕

หัวหน้า《フアナー》 ไม่อยู่《マイユー》 บริษัท《ボリサッ(ト)》 ค่ะ《カ》 〔女性〕

（主任は会社にいません）

ワンポイント 『หัวหน้า』主任 『บริษัท』会社

●疑問パターン●

文末に、疑問の『ไหม』をつけるだけ！

（時間副詞） ＋ 名詞（物、人） ＋ อยู่ ＋ （場所） ＋ ไหม？

พรุ่งนี้《プルン(グ)ニー》 จะ《チャ》 อยู่《ユー》 บ้าน《バーン》 ไหม《マイ》?

（明日、家にいる？）

答え方 อยู่《ユー》 （いるよ）

ไม่อยู่《マイユー》 （いないよ）

応用パターンで言ってみよう! CD-16

เดือนหน้า ไม่อยู่ นาโกย่า นะ

ドゥアンナー マイユー ナーゴーヤー ナ

来月は名古屋にいないよ。

ワンポイント 『เดือนหน้า』来月

มะรืนนี้ ผม ไม่อยู่ ที่นี่ ครับ 〔男性〕

マルーンニー ポ(ム) マイユー ティーニー クラッ(プ)

あさって、私はここにいません。

ワンポイント 『มะรืนนี้』あさって、明後日 『ที่นี่』ここで、ここに

ตอนนี้ คุณ อดุล ไม่อยู่ โรงแรม นะ คะ 〔女性〕

トーンニー クン アドゥン マイユー ローン(グ)レーム ナ カ

今、アドゥンさんはホテルにいませんよ。

ワンポイント 『ตอนนี้』今 『คุณ』～さん〔男女共通〕 『โรงแรม』ホテル

คืนนี้ คุณ ธรรมพร อยู่ ไหม ครับ? 〔男性〕

クーンニー クン タマポーン ユー マイ クラッ(プ)

今夜、タマコさんはいますか？

ワンポイント 『คืนนี้』今夜

これも知っておこう!

＜疑問詞『ใคร』（誰）を使った疑問文＞

มี ใคร อยู่ ไหม? （誰かいる？）

ミー クライ ユー マイ

ワンポイント 『ใคร』誰

17 ～は誰？

～ คือ ใคร?

基本 フレーズ

เขา คือ ใคร?

カウ　クー　クライ

彼〔彼女〕は誰？

こんなときに使おう！

ある男性〔女性〕を初めて見たときに…

『～คือ ใคร?』は「～は誰？」という表現です。『ใคร』は「誰」という意味で、『คือ』は英語のis, am, areにあたります。

『～คือ ใคร?』と聞かれたら、『เธอ/เขา/พวกเธอ/พวกเขา』などを主語にして『主語 + คือ …』（主語は…だよ）などと答えます。

●基本パターン●

主語 ＋ คือ ใคร ?

基本パターンで言ってみよう! CD-17

ผู้รับผิดชอบ คือ ใคร?

プーラッ(プ)ピッ(ト)チョー(プ) クー クライ

責任者は誰？

ワンポイント 『ผู้รับผิดชอบ』 責任者

คน ที่ ร้องเพลง อยู่ ตอนนี้ คือ ใคร?

コン ティー ローン(グ)プレーン(グ) ユー トーンニー クー クライ

今、歌を歌っているのは誰？

ワンポイント 『ร้องเพลง』 歌を歌う 『ตอนนี้』 今

คน ต่อไป คือ ใคร ครับ? 〔男性〕

コン トーパイ クー クライ クラッ(プ)

次の方は誰ですか？

ワンポイント 『ต่อไป』 次の方

ครู ภาษาไทย คุณ คือ ใคร คะ? 〔女性〕

クルー パサータイ クン クー クライ カ

あなたのタイ語の先生は誰ですか？

ワンポイント 『ครู』 先生 『ภาษาไทย』 タイ語

これも知っておこう!

「誰の物？」とたずねるときの表現です。

นี่ คือ ของ ของใคร ครับ? 〔男性〕

ニー クー コーン(グ) コン(グ)クライ クラッ(プ)

（これは誰の物ですか？）

ワンポイント 『นี่』 これ 『ของ』 物

応 用

●応用パターン●

「誰が～？」

文末に、疑問の『หรือ』をつけるだけ！

ใคร ＋ **動詞** ＋ **หรือ**？

ใคร《クライ》 ร้องเพลง《ローン(グ)プレーン(グ)》 อยู่《ユー》 หรือ《ルー》?

（誰が歌っているの？）

答え方　คุณ《クン》 เยาวรัตน์《ヤウワラッ(ト)》（ヤワラさん）

ワンポイント 『คุณ』～さん〔男女共通〕

応用パターンで言ってみよう!　CD-17

ใคร กำลัง คุย อยู่ หรือ?
クライ　ガムラン(グ)　クイ　ユー　ルー
誰が話しているの？

ワンポイント 『กำลัง』～している〔英語の～ing〕『คุย』話す、しゃべる

ใคร ซักผ้า อยู่ หรือ?
クライ　サッ(ク)パー　ユー　ルー
誰が洗濯しているの？

ワンポイント 『ซักผ้า』洗濯する

ใคร อยู่ ใน ห้อง หรือ?
クライ　ユー　ナイ　ホン(グ)　ルー
誰が部屋の中にいるの？

ワンポイント 『ห้อง』部屋　『ใน』中

ใคร มา หรือ?
クライ　マー　ルー
誰が来たの？

ワンポイント 『มา』来る

ใคร ทำ พัง หรือ?
クライ　タム　パン(グ)　ルー
誰が壊したんだ？

ワンポイント 『พัง』壊れる　『ทำพัง』壊す

18 ～はいつ?

～ เมื่อไหร่ (หรือ)?

基本フレーズ

วันเกิด คุณ เมื่อไหร่ (หรือ)?

ワンガー(ト)　クン　ムアライ　(ルー)

あなたの誕生日はいつ？

こんなときに使おう!

誕生日を聞きたいときに…

『～เมื่อไหร่ (หรือ) ครับ/ค่ะ?』〔男性／女性〕は「～はいつですか？」という表現です。答えるときは『วันที่～เดือน～』や『พรุ่งนี้』などのように答えます。

例文の『วันเกิด』は「誕生日」という意味です。

●基本パターン●

名詞 ＋ เมื่อไหร่ (หรือ)? （～はいつ？）

動詞 ＋ เมื่อไหร่ (หรือ)? （いつ～するの？）

基本パターンで言ってみよう! CD-18

เที่ยว ต่อไป เมื่อไหร่ (หรือ)?

ティアウ トーパイ ムアライ (ルー)

次の便はいつ?〔乗り物〕

ワンポイント 『เที่ยวต่อไป』次のバス、電車、飛行機など

เรื่องนั้น เป็น เรื่อง เมื่อไหร่ (หรือ)?

ルアン(グ)ナン ペン ルアン(グ) ムアライ (ルー)

あれはいつのこと?

ワンポイント 『เรื่อง』こと

หยุด เมื่อไหร่ (หรือ) ครับ? 〔男性〕

ユッ(ト) ムアライ (ルー) クラッ(プ)

休みはいつですか?

ワンポイント 『หยุด』休み

แต่งงาน เมื่อไหร่ (หรือ)?

テン(グ)ガーン ムアライ (ルー)

いつ結婚するの?

ワンポイント 『แต่งงาน』結婚する

มา เมืองไทย เมื่อไหร่ (หรือ) คะ? 〔女性〕

マー ムアン(グ)タイ ムアライ (ルー) カ

いつタイに来ましたか?

ワンポイント 『มา』来る 『ไทย』タイ

応用

●応用パターン●

『เมื่อไหร่』（いつ）を文頭に持ってくることもできます。
主語が省略されるときもあります。

เมื่อไหร่ ＋ **主語** ＋ จะ ＋ **動詞** ＋ (หรือ)?

เมื่อไหร่《ムアライ》 คุณ《クン》 เยาวรัตน์《ヤウワラ(ト)》 จะ《ヂャ》 มา《マー》 (หรือ《ルー》)?

（ヤワラさんはいつ来るの？）

ワンポイント 『คุณ』～さん〔男女共通〕『มา』来る

答え方　**พรุ่งนี้**《プルン(グ)ニー》（明日）

มะรืนนี้《マルーンニー》（あさって）

สองสามวัน《ソーン(グ)サームワン》（2、3日）

応用パターンで言ってみよう! CD-18

เมื่อไหร่ ร้าน จะ เปิด (หรือ)?

ムアライ　ラーン　チャ　パー(ト)　(ルー)

店はいつ開くの？

ワンポイント『ร้าน』店　『เปิด』開く

เมื่อไหร่ งานเลี้ยง จะ เริ่ม (หรือ)?

ムアライ　(ン)ガーンリエン(グ)　チャ　ラーム　(ルー)

宴会はいつ始まるの？

ワンポイント『งานเลี้ยง』宴会　『เริ่ม』始まる

เมื่อไหร่ จะ ได้ (หรือ)?

ムアライ　チャ　ダーイ　(ルー)

いつできる？

เมื่อไหร่ จะ กลับ (หรือ)?

ムアライ　チャ　クラッ(プ)　(ルー)

いつ帰るの？

ワンポイント『กลับ』帰る

เมื่อไหร่ จะ ไป ดูหนัง (หรือ)?

ムアライ　チャ　パイ　ドゥーナン(グ)　(ルー)

いつ映画を観に行くの？

ワンポイント『ไป』行く　『ดู』見る、観る　『หนัง』映画
『ไปดูหนัง』映画を観に行く

19 ～はどこ?

名詞＋อยู่ ที่ไหน (หรือ)?

基本フレーズ

ห้องน้ำ อยู่ ที่ไหน ครับ?〔男性〕

ホン(グ)ナー(ム) ユー ティーナイ クラッ(プ)

トイレはどこにありますか？

こんなときに使おう!

トイレの場所を聞きたいときに…

『～อยู่ ที่ไหน (หรือ)?』は「～はどこにありますか？」「～はどこですか？」とたずねるときの表現です。

『～อยู่ ที่ไหน (หรือ)?』と聞かれたら、『อยู่ชั้น ๒』（2階にあります）や『ตรงไปก็จะมี』（まっすぐ行けばあります）などのように答えます。

例文の『ห้องน้ำ』は「トイレ」という意味です。

●基本パターン●

名詞 ＋ อยู่ ที่ไหน (หรือ)?

基本パターンで言ってみよう! CD-19

สถานีรถไฟฟ้า อยู่ ที่ไหน (หรือ) คะ? 〔女性〕

サターニーロッ(ト)ファイファー ユー ティーナイ (ルー) カ

(電車の）駅はどこにありますか？

ワンポイント 『สถานีรถไฟฟ้า』＝電車の駅＝駅

ห้างสรรพสินค้า อยู่ ที่ไหน (หรือ) ครับ? 〔男性〕

ハーン(グ)サパシンカー ユー ティーナイ (ルー) クラッ(プ)

デパートはどこにありますか？

ワンポイント 『ห้างสรรพสินค้า』デパート

ATM อยู่ ที่ไหน (หรือ) คะ? 〔女性〕

エーティーエム ユー ティーナイ (ルー) カ

ATMはどこにありますか？

ワンポイント 『ATM』（銀行などの）現金自動預け入れ払い出し機

บริษัท คุณ อยู่ ที่ไหน (หรือ) ครับ? 〔男性〕

ボリサッ(ト) クン ユー ティーナイ (ルー) クラッ(プ)

御社はどこにありますか？

ワンポイント 『บริษัทคุณ』御社　※英語で言うとWhere is your company?

โรงเรียน คุณ อยู่ ที่ไหน (หรือ) คะ? 〔女性〕

ローン(グ)リエン クン ユー ティーナイ (ルー) カ

あなたの学校はどこにありますか？

ワンポイント 『โรงเรียน』学校　※英語で言うとWhere is your school?

応用

●応用パターン1●

「どこで～？」「どこに～？」
主語を省略しても通じます。

主語 ＋ **動詞** ＋ ที่ไหน (หรือ)?

นัดเจอกัน《ナッ(ト)チャーカン》 ที่ไหน《ティーナイ》 (หรือ《ルー》)?
（どこで待ち合わせをする？）

ワンポイント 『นัดเจอกัน』 待ち合わせ

答え方 หน้าสถานี (รถไฟฟ้า) （(電車の)駅前）

●応用パターン2●

「～はどこ？」

名詞 ＋ ที่ไหน (หรือ)?

บ้านเกิด《バーンガー(ト)》 คุณ《クン》 ที่ไหน《ティーナイ》 (หรือ《ルー》) ครับ《クラッ(プ)》? 〔男性〕
บ้านเกิด《バーンガー(ト)》 คุณ《クン》 ที่ไหน《ティーナイ》 (หรือ《ルー》) คะ《カ》? 〔女性〕
（あなたの出身はどこですか？）

ワンポイント 『บ้านเกิด』 故郷、出身

答え方 นางาซากิ《ナー(ン)ガーサーキ》 ครับ《クラッ(プ)》/ค่ะ《カ》〔男性／女性〕 （長崎です）

応用パターンで言ってみよう! CD-19

คุณ พัก อยู่ ที่ไหน ครับ? 〔男性〕

クン パッ(ク) ユー ティーナイ クラッ(プ)

あなたはどこに住んでいますか？

ワンポイント 『พัก』住む

พวกเรา มา ถึง ที่ไหน แล้ว (หรือ)?

プアッ(ク)ラウ マー トゥン(グ) ティーナイ レーウ （ルー）

私たちはどこまで来てる？

〔車や電車に乗っていて、どこまで来たか、わからないときなど〕

ワンポイント 『มา』来る、着く 『ถึง』～まで 『มา ถึง』～まで着く＝到着＝来てる

これも知っておこう!

『ไหน』や『ตรงไหน』を使った言い方もあります。

จะ ไป ไหน (หรือ)?

チャ パイ ナイ （ルー）

（どこに行くの？）

ワンポイント 『ไป』行く

อันนี้ ซื้อ จาก ไหน (หรือ)?

アンニー スー チャー(ク) ナイ （ルー）

（これ、どこから買ったの？）

ワンポイント 『ซื้อ』買う 『จาก』～から 『ซื้อ จาก ～』～から買った

เจ็บ ตรงไหน (หรือ)?

チェッ(プ) トロン(グ)ナイ （ルー）

（痛いところはどこ？）〔相手の体調が良くないとき〕

ワンポイント 『เจ็บ』痛い

20 なぜ～？　どうして～？

เพราะอะไร (ถึง) ~?

基本フレーズ

เพราะอะไร《プロアライ》 (ถึง)《(トゥン(グ))》 คิด《キッ(ト)》 ยังงั้น《ヤン(グ)ガン》?

なぜそう思うの？

こんなときに使おう！

相手の考えの根拠を聞きたいときに…

『主語 + เพราะอะไรถึง + ～?』は「なぜ 主語 は～するのですか？」「どうして 主語 は～するのですか？」と理由をたずねる表現です。『เพราะอะไร (ถึง)?』（どうして？　なぜ？）だけでもよく使います。

『เพราะอะไร (ถึง)?』と聞かれたら、「เพราะว่า～』（英語で言うと Because ～）で答えます。

●基本パターン●

เพราะอะไร (ถึง) ＋ 主語 ＋ (หรือ) ?

基本パターンで言ってみよう!　CD-20

เพราะอะไร (ถึง) หยุด งาน (หรือ)?

プロアライ　(トゥン(グ))　ユッ(ト)　(ン)ガーン　(ルー)

どうして会社を休んでいるの？

ワンポイント 『หยุด』休む　『งาน』会社、仕事

答え方　เพราะว่า ไม่ค่อย สบาย　具合が悪いから。

プロワー　マイコイ　サバーイ

ワンポイント 『ไม่ค่อย สบาย』具合が悪い

เพราะอะไร (ถึง) นอน เร็ว ยังงั้น (หรือ)?

プロアライ　(トゥン(グ))　ノーン　レウ　ヤン(グ)ガン　(ルー)

どうしてそんなに早く寝るの？

ワンポイント 『นอนเร็ว』早寝する　『ยังงั้น』そんなに

答え方　เพราะว่า พรุ่งนี้ ต้อง ตื่น เร็ว

プロワー　プルン(グ)ニー　トン(グ)　トゥーン　レウ

明日、早起きしなきゃならないから。

ワンポイント 『พรุ่งนี้』明日　『ต้อง～』～しなければならない

เพราะอะไร (ถึง) ยัง อยู่ ที่นี่ ล่ะ?

プロアライ　(トゥン(グ))　ヤン(グ)　ユー　ティーニー　ラ

なぜまだここにいるの？

ワンポイント 『ยัง』まだ　『ที่นี่』ここに、ここで

応用

●応用パターン1●

「どうして」「なぜ」を聞くのに、『ทำไม (ถึง)』もよく使います。使い方は『เพราะอะไร (ถึง)』と同様です。

ทำไม (ถึง) ＋ **動詞句** ＋ (หรือ)?

ทำไม (ถึง) ＋ **形容詞** ＋ (หรือ)?

ทำไม (ถึง) ทาน ขนม ไม่ทานข้าว (หรือ)?

タムマイ (トゥン(グ)) ターン カノム マイターンカーウ (ルー)

（どうしてお菓子を食べてて、ご飯を食べないの？）

答え方　เพราะว่าทานข้าวแล้ว（ご飯はもう食べたから）

プロワーターンカーウレーウ

●応用パターン2●

「どうして〔なぜ〕～しないの？」

『ทำไม (ถึง)』『เพราะอะไร (ถึง)』は動詞、形容詞の否定形にも使えます。

ทำไม (ถึง) ＋ **動詞／形容詞の否定形** ＋ (หรือ)?

ทำไม (ถึง) ไม่ไป (หรือ)?（どうして行ってないの？）

タムマイ (トゥン(グ)) マイパイ (ルー)

เพราะอะไร (ถึง) ＋ **動詞／形容詞の否定形** ＋ (หรือ)?

เพราะอะไร (ถึง) ไม่ไป (หรือ)?（なぜ行ってないの？）

プロアライ (トゥン(グ)) マイパイ (ルー)

答え方　เพราะว่ามีธุระ（用事があったから）

プロワーミートゥラ

応用パターンで言ってみよう!　CD-20

วันนี้ ทำไม (ถึง) ร้อน ยังงี้ นะ?

ワンニー　タムマイ　(トゥン(グ))　ローン　ヤン(グ)ギー　ナ

今日どうしてこんなに暑いの？

ワンポイント 『วันนี้』今日　『ร้อน』暑い

ทำไม (ถึง) ยัง ไม่เริ่ม นะ?

タムマイ　(トゥン(グ))　ヤン(グ)　マイラーム　ナ

どうしてまだ始まらないの？

ワンポイント 『เริ่ม』始まる

ทำไม (ถึง) ยัง ไม่จบ นะ?

タムマイ　(トゥン(グ))　ヤン(グ)　マイチョッ(プ)　ナ

どうしてまだ終わらないの？

ワンポイント 『จบ』終わる

เพราะอะไร (ถึง) ไม่ทาน ผัก ล่ะ?

プロアライ　(トゥン(グ))　マイターン　パッ(ク)　ラ

なぜ野菜を食べないの？

ワンポイント 『ทาน』食べる　『ผัก』野菜

21 ～はどう?

～ เป็นไงบ้าง?

基本フレーズ

กางเกง ใหม่ เป็นไงบ้าง?

カーンケーン(グ)　マイ　ペンガイバーン(グ)

新しいズボンはどう？

こんなときに使おう!

新しいズボンを買ったばかりの相手に聞きたいときに…

『～เป็นไงบ้าง?』は「～はどうですか？」「～はいかがですか？」という表現です。『เป็นไงบ้าง?』（どう？）だけでもよく使います。

『เป็นไงบ้าง?』と意見を求められたら、『ดี』（いい）、『ไม่เลว』（悪くない）、『พอใช้』（まあまあ）、『ไม่ดี』（よくない）など、いろいろ答え方があります。

例文の『กางเกง』は「ズボン」、『ใหม่』は「新しい」という意味です。

●基本パターン●

主語 ＋ **เป็นไงบ้าง ?**

基本パターンで言ってみよう! CD-21

ช่วงนี้《チュアン(グ)ニー》 เป็นไงบ้าง《ペンガイバーン(グ)》?

最近どう?

ワンポイント 『ช่วงนี้』最近

วิธีสอน《ウィティーソーン》 ของ《コーン(グ)》 ครู《クルー》 คนนั้น《コンナン》 เป็นไงบ้าง《ペンガイバーン(グ)》?

その先生の教え方はどう?

ワンポイント 『สอน』教える

※先生や教師の教え方について聞くときの決まり文句。

答え方　ได้ยินว่า《ダイジン(グ)ワー》 ดี《ディー》 นะ《ナ》　いいそうだよ。

ワンポイント 『ได้ยินว่า ～』～だそうだ〔伝聞〕『ดี』良い

ภาษาไทย《パサータイ》 ของ《コーン(グ)》 เขา《カウ》 เป็นไงบ้าง《ペンガイバーン(グ)》?

彼のタイ語はどう?

ワンポイント 『ภาษาไทย』タイ語

答え方　น่า《ナー》 จะ《ヂャ》 ใช้ได้《チャイダーイ》 นะ《ナ》　まあまあらしいよ。

ワンポイント 『น่าจะ～』～らしい

応用

●応用パターン1●

「どう？」「いかが？」を聞くのに、『คิดว่าไง』もよく使います。使い方は『เป็นไงบ้าง』と同様です。

主語 ＋ คิดว่าไง？

ความเห็น《クワームヘン》 ของคุณ《コーン(グ)クン》 คิดว่าไง《キッ(ト)ワーガイ》?

（あなたの意見はどう？）

答え方　คิดว่าดี《キッ(ト)ワーディー》　（いいと思う）

คิดว่าไม่ดี《キッ(ト)ワーマイディー》（よくないと思う）

●応用パターン2●

『(เป็น) ยังไง』や『เป็นไง』も使えます。

名詞 ＋ (เป็น) ยังไง？

動詞 ＋ (เป็น) ยังไง？

รสชาติ《ロッ(ト)チャー(ト)》 (เป็น)《(ペン)》 ยังไง《ヤン(グ)ガイ》?

（味はどう？）

ワンポイント『รสชาติ』味

答え方　อร่อย《マロイ》　（おいしい）

ธรรมดา《タマダー》（普通）

応用パターンで言ってみよう! CD-21

หลังจากนี้《ラン(グ)チャー(ク)ニー》 ตั้งใจว่า《タン(グ)チャイワー》 จะ《チャ》 ทำ《タム》 ยังไง《ヤン(グ)ガイ》?

今後どうするつもり？

ワンポイント 『ทำ』 する

答え方　ไม่ได้《マイダーイ》 คิด《キッ(ト)》 อะไร《アライ》 เลย《ルーイ》　何も考えてない。

ตอนนี้《トーンニー》 รู้สึก《ルースッ(ク)》 ยังไง《ヤン(グ)ガイ》 ครับ《クラッ(プ)》? 〔男性〕

今、調子はいかがですか？

ワンポイント 『ตอนนี้』 今　※相手の具合を聞くときに使う表現。

ชีวิต《チーウィッ(ト)》 ที่《ティー》 กรุงเทพฯ《クルン(グ)テー(プ)》 เป็นไง《ペンガイ》 คะ《カ》? 〔女性〕

バンコクでの生活はどうですか？

ワンポイント 『กรุงเทพฯ』 バンコク

答え方　ชินขึ้นมากแล้ว《チンクンマー(ク)レーウ》 ครับ《クラッ(プ)》/ค่ะ《カ》〔男性／女性〕　だいぶ慣れました。

ยังไม่ชิน《ヤン(グ)マイチン》 ครับ《クラッ(プ)》/ค่ะ《カ》〔男性／女性〕　まだ慣れません。

Ⅰ

使える！頻出パターン51

Part Ⅱ

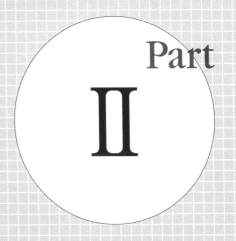

22 ～は（どう）？

～ ล่ะ?

基本 フレーズ

อาหาร《アーハーン》 ญี่ปุ่น《ジープン》 ล่ะ《ラ》?

日本料理は（どう）？

こんなときに使おう！

何を食べるかを決めるときに…

『～ล่ะ?』は名詞の後ろに置くと「～はどう？」、つまり『เป็นไงบ้าง?』という意味になります。

答えるときは『ไม่เป็นไรนะ』（大丈夫だよ）、『ไม่ได้นะ』（ダメだよ）などの言い方があります。

●基本パターン●

名詞 ＋ ล่ะ ？

基本パターンで言ってみよう！ CD-22

สัปดาห์หน้า ล่ะ?

サ(プ)ダーナー　ラ

来週は（どう）？

ワンポイント 『สัปดาห์หน้า』来週

คุณ ล่ะ?

クン　ラ

あなたは（どう）？

ワンポイント 『คุณ』あなた

พรุ่งนี้ บ่าย ๒ ล่ะ?

プルン(グ)ニー　バーイソーン(グ)　ラ

明日の午後2 時は（どう）？

ワンポイント 『พรุ่งนี้』明日　『บ่าย』午後　『๒』2

23 ～してみて

ลอง ～ ดูสิ

基本 フレーズ

ลอง ทานดู ซักคำ สิ

ローン(グ) ターンドゥー サッ(ク)カム シ

ひとくち食べてみてよ。

こんなときに使おう!

相手にすすめるときに…

『ลอง～ดูสิ』は「～してみて」と相手を誘うときなどに使います。『ลอง～ดูสิ』と言われたら、『เข้าใจแล้ว』（わかった）、『ไม่เอา』（いやだ）などと答えます。

例文の『ทาน』は「食べる」、『ซักคำ』は「ひとくち」という意味です。

●基本パターン●

主語 ＋ ลอง 動詞 ดูสิ

最後に『กันเถอะ』をつけて言うこともできます。

主語 ＋ ลอง 動詞 ดูกันเถอะ

基本パターンで言ってみよう!　CD-23

ลอง《ローン(グ)》 ใส่《サイ》 ดูสิ《ドゥーシ》

試着してみて。

ワンポイント 「着る」も「履く」もタイ語では『ใส่ (สวม)』

ลอง《ローン(グ)》 ดูหนังเรื่องนี้《ドゥーナン(グ)ルアン(グ)ニー》 ดูสิ《ドゥーシ》

この映画、観てみてよ。

ワンポイント 『ดู』観る　『หนัง』映画　『หนังเรื่องนี้』この映画

ลอง《ローン(グ)》 อ่านหนังสือนี้《アーンナン(グ)スーニー》 ดูสิ《ドゥーシ》

この本、読んでみて。

ワンポイント 『อ่าน』読む　『หนังสือ』本　『หนังสือนี้』この本

ก่อนอื่น《ゴーンウーン》 ลอง《ローン(グ)》 ใช้《チャイ》 ดูสิ《ドゥーシ》

とりあえず使ってみてよ。

ワンポイント 『ใช้』使う

24 ～しよう

～ กันเถอะ

基本 フレーズ

ไป《パイ》 กันเถอะ《ガンタ》

行こう。

こんなときに使おう!

どこかへ行こうと相手を誘うときに…

『～กันเถอะ』は「～しよう」という意味で、英語で言うとLet's～のような一方的なニュアンスがあります。

例文の『ไป』は「行く」という意味です。

●基本パターン●

動詞 ＋ กันเถอะ

また、文の最初に『พวกเรา』（私たち）をつけて『พวกเรา～กันเถอะ』と表現することもできます。

พวกเรา ＋ 動詞 ＋ กันเถอะ

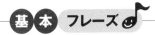

基本パターンで言ってみよう!　CD-24

ไป《パイ》 เดินเล่น《ダーンレン》 กันเถอะ《ガンタ》

散歩しに行こうよ。

ワンポイント『เดินเล่น』散歩

ไป《パイ》 ร้องคาราโอเกะ《ローン(グ)カラオケ》 กันเถอะ《ガンタ》

カラオケを歌いに行こうよ。

ワンポイント『ไปร้อง』歌いに行く

พรุ่งนี้《プルン(グ)ニー》 ไป《パイ》 ตัดผม《タッ(ト)ポム》 กันเถอะ《ガンタ》

明日、髪の毛を切りに行こう。

ワンポイント『พรุ่งนี้』明日　『ไปตัดผม』髪の毛を切りに行く

ไป《パイ》 ทานข้าว《ターンカーウ》 ด้วย《ドゥエイ》 กันเถอะ《ガンタ》

一緒にご飯を食べに行こう。

ワンポイント『ไปทานข้าว』ご飯を食べに行く　『ทาน』食べる　『ด้วยกัน』一緒に

25 〜だと思う①

คิดว่า 〜

基本 フレーズ

คิดว่า ถูก นะ

キッ(ト)ワー トゥー(ク) ナ

安いと思うよ。

こんなときに使おう!

品物の値段について感想を言うときに…

『主語 + คิดว่า〜』は「主語は〜だと思う」という表現です。五感で感じたことを感覚的な判断で自分の意見などを言うときに使います。主語が省略されるときもあります。

例文の『ถูก』は「安い」という意味です。

●基本パターン●

主語 ＋ คิดว่า ＋ 文

基本パターンで言ってみよう!　CD-25

คิดว่า ดี นะ

キッ(ト)ワー　ディー　ナ

いいと思うよ。

ワンポイント 『ดี』いい

คิดว่า ยังไง ?

キッ(ト)ワー　ヤンガイ

どう思う？

ワンポイント 相手の意見を聞くときによく使う表現。

วันนี้ คิดว่า ฝนตก นะ

ワンニー　キッ(ト)ワー　フォントッ(ク)　ナ

今日は雨が降ると思うよ。

ワンポイント 『วันนี้』今日　『ฝนตก』雨が降る

คิดว่า เขา ไม่มา นะ

キッ(ト)ワー　カウ　マイマー　ナ

彼は来ないと思うよ。

ワンポイント 『มา』来る

26 ～だと思う②

คิดว่า ～

基本フレーズ

คิดว่า คุณ พูดถูก

キッ(ト)ワー　クン　プー(ト)トゥー(ク)

あなたが言ってることが
正しいと思う。

こんなときに使おう！

意見を求められたときに…

『主語 ＋คิดว่า～』は「主語 は～だと思う」という表現です。自分の意見を言うときや、推測、予想するときに使います。主語が省略されるときもあります。

例文の『คุณ』は「あなた」、『พูด』は「言う、話す」、『ถูก』は「正しい」という意味です。

●基本パターン●

主語 ＋ คิดว่า ＋ 文

基本パターンで言ってみよう！ CD-26

คิดว่า《キッ(ト)ワー》 คุณ《クン》 ทำได้《タムダーイ》 นะ《ナ》

あなたはできると思うよ。

ワンポイント 『คุณ』あなた 『ทำได้』できる

คิดว่า《キッ(ト)ワー》 เขา《カウ》 มา《マー》 แน่《ネー》

彼は必ず来ると思う。

ワンポイント 『มา』来る 『แน่』必ず

คิดว่า《キッ(ト)ワー》 พรุ่งนี้《プルン(グ)ニー》 มี《ミー》 เวลา《ウェーラー》 นะ《ナ》

明日は時間あると思うよ。

ワンポイント 『พรุ่งนี้』明日 『มี』ある 『เวลา』時間

これも知っておこう！

否定するときは、『ไม่』（～ない）を『คิดว่า』の前につけます。

ไม่คิดว่า《マイキッ(ト)ワー》 ยังงั้น《ヤン(グ)ガン》 นะ《ナ》

（そうは思わないけど）

ワンポイント 『ยังงั้น』そのような＝そう

27 〜だと思う③

คิดว่า 〜

基本 フレーズ

ความคิดนี้ คิดว่า ยอดเยี่ยม

クワームキッ(ト)ニー　キッ(ト)ワー　ヨー(ト)ジアム

このアイデアはすばらしいと思う。

こんなときに使おう!

相手に感想を求められたときに…

『主語 ＋คิดว่า〜』は「主語 は〜だと思う」という表現です。主語が省略されるときもあります。

●基本パターン●

主語 ＋ คิดว่า ＋ 文

基本パターンで言ってみよう! CD-27

คิดว่า ยังไง?

キッ(ト)ワー ヤンガイ

どう思う？

ワンポイント 『ยังไง』 どう

คิดว่า ชนะ

キッ(ト)ワー チャナ

勝つと思う。

ワンポイント 『ชนะ』 勝つ

คิดว่า ไม่มี ความหมาย

キッ(ト)ワー マイミー クワームマーイ

意味ないと思う。

ワンポイント 『ความหมาย』 意味

คิดว่า ผิด

キッ(ト)ワー ピッ(ト)

間違ってると思う。

ワンポイント 『ผิด』 間違う

28 もし～だといいね

ถ้า ～ ก็จะดีนะ

基本フレーズ

ถ้า《ター》 ชอบ《チョー(プ)》 ก็จะดีนะ《コヂャディーナ》

気に入ってもらえると
いいのだけど。

こんなときに使おう！

プレゼントを渡すときに…

『ถ้า～ก็จะดีนะ』は「もし～だといい」「もし～だとうれしい」と、希望を表す表現です。

「～するといいのだけど」と自分の願望を表すだけでなく、「～するといいね」「～してほしい」「～なってほしい」と相手を気遣いたいときにも使えます。

例文の『ชอบ』は「好む、好きである」という意味です。

●基本パターン●

主語 ＋ ถ้า ＋ 文 ＋ ก็จะดีนะ

基本パターンで言ってみよう!　CD-28

ถ้า หาย ไว ๆ ก็จะดีนะ

ター　ハーイ　ワイワイ　コヂャディーナ

早く良くなるといいね。

ワンポイント　お見舞いに行くときに患者をなぐさめる決まり表現。

ถ้า เป็น ยังงั้น ก็จะดีนะ

ター　ペン　ヤン(グ)ガン　コヂャディーナ

そうだといいね。

ワンポイント　『ยังงั้น』そのような＝そう

ถ้า เผ็ด กว่านี้ ก็จะดีนะ

ター　ペッ(ト)　クワーニー　コヂャディーナ

もっと辛いといいね。

ワンポイント　『เผ็ด』辛い　『เผ็ดกว่านี้』もっと辛い

ถ้า เร็ว ก็จะดีนะ

ター　レウ　コヂャディーナ

早いといいね。

ワンポイント　『เร็ว』早い

29 前は～だった

～ แต่ก่อน

基本フレーズ

แต่ก่อน《テーゴーン》 อาศัย《アーサイ》 อยู่《ユー》 ที่《ティー》
ฮอกไกโด《ホッ(ク)カイドー》 ค่ะ《カ》〔女性〕

前は北海道に住んでいました。

こんなときに使おう!

「前はどこに住んでいた？」と聞かれて…

『主語 + แต่ก่อน～』は「主語は以前～だった」という表現です。「今は違うけれど、前は～だった」と言いたいときに使う表現です。主語が省略されるときもあります。

例文の『อาศัย』は「住む」、『ที่ + 場所』は「～に」という意味です。

●基本パターン●

主語 ＋ แต่ก่อน ＋ 文

基本パターンで言ってみよう！　CD-29

แต่ก่อน ผม ยาว ค่ะ 〔女性〕

テーゴーン ポム ヤーウ カ

前は髪の毛が長かったです。

ワンポイント 『ผม』髪の毛　『ยาว』長い

แต่ก่อน เลี้ยง เต่า ๒ ตัว

テーゴーン リエン(グ) タウ ソーン(グ)トゥア

前は亀２匹を飼っていた。

ワンポイント 『เต่า』亀　『๒』2

แต่ก่อน ทาน ซาชิมิ ไม่ได้

テーゴーン ターン サーシミ マイダーイ

前は刺身を食べられなかった。

ワンポイント 『ทาน』食べる　『ซาชิมิ』刺身

แต่ก่อน อาศัย อยู่ กับ พ่อแม่

テーゴーン アーサイ ユー カッ(プ) ポーメー

前は両親と住んでいた。

ワンポイント 『อยู่』住む　『พ่อแม่』両親

30 ~させて

ให้ ~ เถอะ

基本フレーズ

ให้《ハイ》 ผม《ポム》 ช่วย《チュエイ》 เถอะ《タ》〔男性〕

私に手伝わせて。

こんなときに使おう!

手伝いを申し出るときに…

『ให้〜เถอะ』は「〜させて」と言うときの表現です。

例文の『ผม』は「私」〔男性〕、『ช่วย』は「手伝う」という意味です。

「〜させてもらえますか？」は『ให้ ~ ได้ไหม』という表現です。「〜させてください」より丁寧です。

●基本パターン●

ให้ ~ เถอะ

ให้ ~ นะ

基本パターンで言ってみよう!　CD-30

ขอให้ ผม ทำ นะ〔男性〕
コーハイ ポム タム ナ
私にやらせて。

ワンポイント 『ผม』私〔男性〕『ทำ』する、やる

ให้ เขา ไป เถอะ
ハイ カウ パイ タ
彼を行かせて。

ワンポイント 『ไป』行く

ขอ แนะนำตัว นะ ครับ〔男性〕
コー ネナムトゥア ナ クラッ(プ)
ขอ แนะนำตัว นะ คะ〔女性〕
コー ネナムトゥア ナ カ
自己紹介させてください。

ワンポイント 『แนะนำตัว』自己紹介

ขอให้ ผม จ่าย ได้ไหม ครับ?〔男性〕
コーハイ ポム チャーイ ダイマイ クラッ(プ)
ขอให้ ดิฉัน จ่าย ได้ไหม คะ?〔女性〕
コーハイ ディチャン チャーイ ダイマイ カ
私に払わさせてもらっていいですか？

ワンポイント 『ผม／ดิฉัน』私〔男性／女性〕『จ่าย』払う

31 ～をありがとう

ขอบคุณ ～

基本 フレーズ

ขอบคุณ《コー(プ)クン》 ที่《ティー》 ช่วย《チュエイ》

手伝ってくれてありがとう。

こんなときに使おう!

手伝ってくれた相手に…

『ขอบคุณ』は「ありがとう」ですが、「～ありがとう」は『ขอบคุณ ～』となります。

『ขอบคุณ』と言われたら、『ไม่เป็นไร』（どういたしまして）と答えましょう。

例文の『ช่วย』は「手伝う」という意味です。

●基本パターン●

ขอบคุณ ～

基本パターンで言ってみよう!　CD-31

ขอบคุณ เมล นะ

コー(プ)クン　メーウ　ナ

メールありがとう。

ワンポイント『เมล』メール

ขอบคุณ ความคิดเห็น ครับ〔男性〕

コー(プ)クン　クワームキッ(ト)ヘン　クラッ(プ)

ご意見ありがとうございました。

ワンポイント『ความคิดเห็น』意見

ขอบคุณ ของขวัญ นะ

コー(プ)クン　コーン(グ)クワン　ナ

プレゼントありがとう。

ワンポイント『ของขวัญ』プレゼント

ขอบคุณ คำอวยพร ค่ะ〔女性〕

コー(プ)クン　カムウアイポーン　カ

祝福ありがとうございます。

ワンポイント『คำอวยพร』祝福

32 ～してごめんね

ขอโทษที่ ～

基本フレーズ

ขอโทษที่ มา สาย

コートー(ト)ティー　マー　サーイ

遅れてごめんね。

こんなときに使おう!

待ち合わせ時間に遅れたときに…

『ขอโทษ』は「すみません」「申し訳ない」ですが、『ขอโทษที่～』は「～してごめんね」という表現です。

『ขอโทษ』と謝られたときには『ไม่เป็นไร』(大丈夫)と答えましょう。

例文の『มา สาย』は「遅れる」という意味です。

●基本パターン●

ขอโทษที่ (นะ) ～

基本パターンで言ってみよう！ CD-32

ขอโทษที่ เกะกะ
コートー(ト)ティー　ケカ
おじゃましてすみません。

ワンポイント『เกะกะ』おじゃま

ขอโทษที่ ทำให้ รอ
コートー(ト)ティー　タムハイ　ロー
お待たせしてすみません。

ワンポイント『ทำให้รอ』お待たせしました

ขอโทษที่ ไม่ได้ ติดต่อ
コートー(ト)ティー　マイダイ　ティッ(ト)トー
連絡してなくてごめんね。

ワンポイント『ติดต่อ』連絡する

ขอโทษนะที่ สัปดาห์หน้า ไม่ว่าง เลย
コートー(ト) ナティー　サ(プ)ダーナー　マイワーン(グ)　ルーイ
来週は全部ふさがっていて、ごめん。

ワンポイント『สัปดาห์หน้า』来週　『ไม่ว่าง』（予定が）ふさがる

33 ～じゃないの？

ไม่ ~ หรือ?

基本フレーズ

ไม่ยาก หรือ?

マイヤー(ク)　ルー

難しくないの？

こんなときに使おう！

今度の試験について聞きたいときに…

「～じゃないの？」という表現は2通りあります。
例文の『ยาก』は「難しい」という意味です。

●基本パターン●

ไม่ ＋ 形容詞 ＋ หรือ ?

ไม่ใช่ ＋ 名詞 ＋ หรือ ?

基本パターンで言ってみよう！ CD-33

ไม่สวย หรือ?

マ̂イス̌ワイ　ル̌ー

きれいじゃないの？

ワンポイント 『สวย』（物や人が）美しい

ไม่อันตราย หรือ?

マ̂イアンタラーイ　ル̌ー

危なくないの？

ワンポイント 『อันตราย』危ない

ไม่ฟรี หรือ?

マ̂イフリー　ル̌ー

ただじゃないの？

ワンポイント 『ฟรี』ただ、無料

นี่ ไม่ใช่ ของ ของคุณ หรือ?

ニ̂ー　マ̂イチ̂ャイ　コ̌ーン(グ)　コ̌ン(グ)クン　ル̌ー

これ、あなたのものじゃないの？

ワンポイント 『นี่』これ　『คุณ』あなた

34 ～しないの?

ไม่ ~ หรือ?

基本 フレーズ

ไม่คิด《マイキッ(ト)》 ยังงั้น《ヤン(グ)ガン》 หรือ《ルー》?

そう思わない？

こんなときに使おう!

相手に聞きたいときに…

『主語 +ไม่+ 動詞 +หรือ？』は「～しないの？」という表現です。主語が省略されるときもあります。例文の『คิด』は「思う」という意味です。

『主語 +ไม่+ 動詞 +หรือ？』と聞かれて、「～するよ」というときは『ใช่～』と答え、「～しないよ」というときは『ไม่～』と答えます。

●基本パターン●

主語 ＋ ไม่ ＋ 動詞 ＋ หรือ？

基本パターンで言ってみよう!　CD-34

ไม่รู้ หรือ?

マイルー　ルー

知らないの？

ワンポイント『รู้』知る

ไม่มา หรือ?

マイマー　ルー

来ないの？

ワンポイント『มา』来る

ไม่ทานข้าว หรือ?

マイターンカーウ　ルー

ご飯、食べないの？

ワンポイント『ทาน』食べる　『ข้าว』ご飯

ไม่นอน หรือ?

マイノーン　ルー

寝ないの？

ワンポイント『นอน』寝る

35 ～してないの?

ไม่ได้ ～ หรือ?

基本フレーズ

ไม่ได้ ไป หรือ?

マイダイ　パイ　ルー

行ってないの？

こんなときに使おう!

「昨日の飲み会に行かなかったの？」と聞くときに…

『主語 ＋ไม่ได้＋ 動詞 ＋หรือ？』は「～しなかったの？」という表現です。主語が省略されるときもあります。例文の『ไป』は「行く」という意味です。

『主語 ＋ไม่ได้＋ 動詞 ＋หรือ？』と聞かれて、「～したよ」というときは『～แล้ว』、「～しなかったよ」というときは『ไม่ได้～』と答えましょう。

●基本パターン●

主語 ＋ ไม่ได้ ＋ 動詞 ＋ หรือ？

基本パターンで言ってみよう！　CD-35

ไม่ได้ ทานข้าว หรือ?

マイダイ　ターンカーウ　ルー

ご飯食べてないの？

ワンポイント 『ทานข้าว』ご飯を食べる

ไม่ได้ พบ เขา หรือ?

マイダイ　ポッ(プ)　カウ　ルー

彼に会ってないの？

ワンポイント 『พบ』会う

ไม่ได้ ไปเกียวโต หรือ?

マイダイ　パイキョートー　ルー

京都に行ってなかったの？

ワンポイント 『ไป』行く　『เกียวโต』京都

เมื่อวาน ไม่ได้ ไป ทำงาน หรือ?

ムアワーン　マイダイ　パイ　タムガーン　ルー

昨日、会社に行ってなかったの？

ワンポイント 『เมื่อวาน』昨日　『ไป』行く

36 そんなに～じゃないよ

ไม่ได้ ～ ยังงั้นหรอกนะ

基本 フレーズ

ไม่ได้ ง่าย ยังงั้นหรอกนะ

マイダイ　(ン)ガーイ　ヤン(グ)ガンロー(ク)ナ

そんなに簡単じゃないよ。

こんなときに使おう!

難しいことを頼まれて…

『ไม่ได้～ยังงั้น』は「そんなに～じゃないよ」という表現です。
例文の『ง่าย』は「簡単な、易しい」という意味です。

●基本パターン●

ไม่ได้ ＋ 形容詞 ＋ ยังงั้นหรอกนะ

基本パターンで言ってみよう！ CD-36

ไม่ได้ ยาก ยังงั้นหรอกนะ

マイダイ　ヤー(ク)　ヤン(グ)ガンロー(ク)ナ

そんなに難しくないよ。

ワンポイント 『ยาก』 難しい

ไม่ได้ แพง ยังงั้นหรอกนะ

マイダイ　ペーン(グ)　ヤン(グ)ガンロー(ク)ナ

そんなに高くないよ。

ワンポイント 『แพง』（値段が）高い

ไม่ได้ ไกล ยังงั้นหรอกนะ

マイダイ　クライ　ヤン(グ)ガンロー(ク)ナ

そんなに遠くないよ。

ワンポイント 『ไกล』 遠い

ไม่ได้ อร่อย ยังงั้นหรอกนะ

マイダイ　アロイ　ヤン(グ)ガンロー(ク)ナ

そんなにおいしくないよ。

ワンポイント 『อร่อย』 おいしい

37 ~すぎるよ

~ เกินไปนะ

基本フレーズ

เค็ม เกินไปนะ

ケム　カーンパイナ

塩辛すぎるよ。

こんなときに使おう!

料理が塩辛かったときに…

『～เกินไป』は「～すぎる」という表現です。
例文の『เค็ม』は「塩辛い」という意味です。

基本パターン

形容詞 ＋ เกินไปนะ

基本パターンで言ってみよう! CD-37

แพง เกินไปนะ

ペーン(グ) カーンパイナ

高すぎるよ。

ワンポイント 『แพง』（値段が）高い

มาก เกินไปนะ

マー(ク) カーンパイナ

多すぎるよ。

ワンポイント 『มาก』 多い

น้อย เกินไปนะ

ノーイ カーンパイナ

少なすぎるよ。

ワンポイント 『น้อย』 少ない

หวาน เกินไปนะ

ワーン カーンパイナ

甘すぎるよ。

ワンポイント 『หวาน』 甘い

38 ～する予定です

主語 ＋มีกำหนดการ ～

基本フレーズ

สัปดาห์หน้า《サ(プ)ダーナー》 มีกำหนดการ《ミーカムノッ(ト)カーン》
ไป《パイ》 พบเขา《ポッ(プ)カウ》 ค่ะ《カ》〔女性〕

来週、彼を訪ねる予定です。

こんなときに使おう！

人と会う予定があることを言うときに…

『主語 ＋มีกำหนดการ＋ 動詞』は「～する予定です」「～することになっています」など、予定や計画を話すときに使う表現です。主語が省略されるときもあります。

例文の『สัปดาห์หน้า』は「来週」、『ไป』は「行く」という意味です。

●基本パターン●

主語 ＋ มีกำหนดการ ＋ 動詞 ＋ 時間副詞

時間副詞 ＋ 主語 ＋ มีกำหนดการ ＋ 動詞

「予定」と時間副詞の位置を入れ替えることもできます。
『มีนัด』も同じように使われます。

基本パターンで言ってみよう!　CD-38

มะรืนนี้ มีกำหนดการ ไป เซนได ครับ〔男性〕

マルーンニー　ミーカムノッ(ト)カーン　パイ　センダイ　クラッ(プ)

あさって仙台へ行く予定です。

ワンポイント『มะรืนนี้』あさって

ดิฉัน มีกำหนดการ โทรไป อีกครั้ง พรุ่งนี้ ค่ะ〔女性〕

ディチャン　ミーカムノッ(ト)カーン　トーパイイー(ク)クラン(グ)　プルン(グ)ニー　カ

私は明日もう1回、電話をする予定です。

ワンポイント『ดิฉัน』私〔女性〕『อีกครั้ง』もう一回　『พรุ่งนี้』明日

คืนนี้ มีนัด ทานอาหาร กับ เพื่อน ครับ〔男性〕

クーンニー　ミーナッ(ト)　ターンアーハーン　カッ(プ)　プアン　クラッ(プ)

今夜、友達と食事をする予定です。

ワンポイント『คืนนี้』今夜　『ทานอาหาร』食事をする　『เพื่อน』友達

พวกเรา มีนัด เจอกัน ที่ ล็อบบี้ ๗ โมงเช้า ค่ะ〔女性〕

プアッ(ク)ラウ　ミーナッ(ト)　チャーカン　ティー　ロッ(プ)ビー　チェッ(ト)　モーン(グ)チャーウ　カ

私たちは朝7時にロビーで集合する予定です。

ワンポイント『พวกเรา』私たち　『๗』7　『～โมง』～時　『เช้า』朝

39 ～するはずでした

主語＋น่าจะต้อง ～

基本フレーズ

สัปดาห์ที่แล้ว《サ(プ)ダーティーレーウ》 น่าจะต้อง《ナーヂャトン(グ)》 เจอกับ《ヂャーカッ(プ)》
คุณเยาวรัตน์《クンヤワラッ(ト)》 ค่ะ《カ》〔女性〕

先週、ヤワラさんに会うはずでした。

こんなときに使おう！

人と会う予定だったのに、会わなかったときに…

『主語＋น่าจะต้อง＋動詞』は予定や計画を話すときに使う表現です。主語が省略されるときもあります。

例文の『สัปดาห์ที่แล้ว』は「先週」という意味です。

●基本パターン●

主語 ＋ น่าจะต้อง ＋ 動詞 ＋ 時間副詞

時間副詞 ＋ 主語 ＋ น่าจะต้อง ＋ 動詞

『น่าจะต้อง』と時間副詞の位置を入れ替えることもできます。

基本パターンで言ってみよう！ CD-39

เขา น่าจะต้อง มาถึง โดย เที่ยวบิน เมื่อเช้านี้ ครับ〔男性〕
カウ ナーヂャトン(グ) マートゥン(グ) ドーイ ティアウビン ムアチャーウニー クラッ(プ)
彼は今朝の便で着くはずでした。

ワンポイント 『ถึง』着く 『เที่ยวบิน』便

เดือนที่แล้ว ดิฉัน น่าจะต้อง ไป มาเลเซีย ค่ะ〔女性〕
ドゥアンティーレーウ ディチャン ナーヂャトン(グ) パイ マレーシアー カ
先月、私はマレーシアへ行くはずでした。

ワンポイント 『เดือนที่แล้ว』先月 『ดิฉัน』私〔女性〕 『ไป』行く

เมื่อคืนนี้ ผม น่าจะต้อง โทรไปหา เขา ครับ〔男性〕
ムアクーンニー ポム ナーヂャトン(グ) トーパイハー カウ クラッ(プ)
昨夜、私は彼に電話するはずでした。

ワンポイント 『เมื่อคืนนี้』昨夜 『ผม』私〔男性〕

เมื่อกี๊นี้ ดิฉัน น่าจะต้อง เรียน ภาษาไทย ค่ะ〔女性〕
ムアキーニー ディチャン ナーヂャトン(グ) リエン パサータイ カ
さっき、私はタイ語を勉強するはずでした。

ワンポイント 『เรียน』勉強する 『ภาษาไทย』タイ語

40 ～かもしれない①

อาจจะ ～ ได้

基本フレーズ

อาจจะ《アー(ト)チャ》 ไป《パイ》 ได้《ダーイ》

行けるかもしれない。

こんなときに使おう！

「確実ではないけれど行けるかも」と言うときに…

『主語＋อาจจะ＋動詞＋ได้』は「主語は～かもしれない」と推測する表現で、まだ確実ではないときに使います。主語が省略されるときもあります。

例文の『ไป』は「行く」という意味です。

●基本パターン●

主語 ＋ อาจจะ ＋ 動詞 ＋ ได้

基本パターンで言ってみよう!　CD-40

เขา อาจจะ มา ได้

カウ　アー(ト)チャ　マー　ダーイ

彼は来れるかもしれない。

ワンポイント『มา』来る

เขา อาจจะ พูด ภาษาไทย ได้

カウ　アー(ト)チャ　プー(ト)　パサータイ　ダーイ

彼はタイ語が話せるかもしれない。

ワンポイント『พูด』話す　『ภาษาไทย』タイ語

คืนนี้ ฝน อาจจะ ตก ได้

クーンニー　フォン　アー(ト)チャ　トッ(ク)　ダーイ

今夜、雨が降るかもしれない。

ワンポイント『คืนนี้』今夜　『ฝน』雨　『ฝนตก』雨が降る

หลังจากนี้ อาจจะ กลับ ได้

ラン(グ)チャー(ク)ニー　アー(ト)チャ　クラッ(プ)　ダーイ

あとで、帰るかもしれない。

ワンポイント『หลังจากนี้』あとで

41 ～かもしれない②

อาจจะ ～ ก็ได้

基本フレーズ

อาจจะ ไป ก็ได้

アー(ト)チャ　パイ　コダーイ

行けるかもしれない。

こんなときに使おう!

「確実ではないけれど、行くかもしれない」と言うときに…

40課と似ていますが、『主語 + อาจจะ + 動詞 + ก็ได้』は「主語は～かもしれない」と推測する表現で、確信がもてないときに使います。主語が省略されるときもあります。

例文の『ไป』は「行く」という意味です。

●基本パターン●

主語 ＋ อาจจะ ＋ 動詞 ＋ ก็ได้

基本パターンで言ってみよう！　CD-41

อาจจะ เป็น สัปดาห์หน้า ก็ได้ นะ

アー(ト)チャ　ペン　サ(プ)ダーナー　コダーイ　ナ

来週になるかもしれないね。

ワンポイント 『สัปดาห์หน้า』来週

เขา อาจจะ ลืม ก็ได้

カウ　アー(ト)チャ　ルーム　コダーイ

彼は忘れるかもしれない。

ワンポイント 『ลืม』忘れる

อาจจะ มี วิธี อื่น ก็ได้

アー(ト)チャ　ミー　ウィティー　ウーン　コダーイ

他の方法があるかもしれない。

ワンポイント 『มี』ある　『วิธี』方法

คุณอดุล อาจจะ มา ก็ได้, อาจจะ ไม่มา ก็ได้

クンアドゥン　アー(ト)チャ　マー　コダーイ　アー(ト)チャ　マイマー　コダーイ

アドゥンさんは来るかもしれない、来ないかもしれない。

ワンポイント 『มา』来る

42 ～すべきだよ

ควรจะ ～

基本フレーズ

ควรจะ โทรไปหา เขา นะ

クアンチャ　トーパイハー　カウ　ナ

彼に電話すべきだよ。

こんなときに使おう！

「彼に電話を」と勧めたいときに…

『主語＋ควรจะ＋動詞』は「主語は～すべきだ」という表現です。人に何かを勧めるときや、アドバイスをするときに使います。主語が省略されるときもあります。

例文の『โทร』は「電話をかける」という意味です。

●基本パターン●

主語　＋　ควรจะ　＋　動詞

基本パターンで言ってみよう!　CD-42

ควรจะ เลิก บุหรี่ นะ

クアンヂャ　ラー(ク)　ブリー　ナ

タバコをやめるべきだよ。

ワンポイント 『เลิกบุหรี่』タバコをやめる　『บุหรี่』タバコ

ควรจะ ซื้อ นะ

クアンヂャ　スー　ナ

買うべきだよ。

ワンポイント 『ซื้อ』買う

ควรจะ ทาน เยอะ ๆ นะ

クアンヂャ　ターン　ィヨィヨ　ナ

たくさん食べるべきだよ。

ワンポイント 『ทาน』食べる　『ทานเยอะ ๆ』たくさん食べる

ควรจะ ขอโทษ เขา นะ

クアンヂャ　コートー(ト)　カウ　ナ

彼に謝るべきだよ。

ワンポイント 『ขอโทษ』謝る

43 ～するはずだよ

～ แน่นอน

基本フレーズ

เขา มา แน่นอน น่ะ

カウ　マー　ネーノーン　ナ

彼は来るはずだよ。

こんなときに使おう!

彼が来るかどうかを聞かれたときに…

前後の文脈によっては『主語＋動詞＋แน่นอน』は「主語は～するはずだよ」という表現です。

例文の『มา』は「来る」という意味です。

●基本パターン●

主語 ＋ 動詞 ＋ แน่นอน

基本パターンで言ってみよう!　CD-43

เธอ ใกล้ จะ กลับมา แล้ว แน่นอน น่ะ

ター　クライ　チャ　クラッ(プ)マー　レーウ　ネーノーン　ナ

彼女はもうそろそろ帰って来るはずだよ。

ワンポイント『กลับมา』帰って来る

อีก ๑๐ นาที จบ แน่นอน น่ะ

イー(ク)　シッ(プ)ナーティー　チョッ(プ)　ネーノーン　ナ

あと10分ぐらいで終わるはずだよ。

ワンポイント『๑๐』10　『～นาที』～分　『จบ』終わる

เขา ใกล้ จะ ถึง แล้ว แน่นอน น่ะ

カウ　クライ　チャ　トゥン(グ)　レーウ　ネーノーン　ナ

彼はもうそろそろ着くはずだよ。

ワンポイント『ถึง』着く

ละคร ใกล้ จะ เริ่ม แล้ว แน่นอน น่ะ

ラコーン　クライ　チャ　ラーム　レーウ　ネーノーン　ナ

芝居はもうそろそろ始まるはずだよ。

ワンポイント『ละคร』芝居　『เริ่ม』始まる

44 ～のはずがない

เป็นไปไม่ได้ที่ ～

基本フレーズ

นั่น เป็นไปไม่ได้ที่ จะ เป็น

ナン　ペンパイマイダーイティー　ヂャ　ペン

ความจริง

クワームヂン(グ)

それが本当のはずがない。

こんなときに使おう！

信じられない気持ちを表すときに…

『เป็นไปไม่ได้ ～』は「～のはずがない」を表す表現です。『เป็นไปไม่ได้』は「その可能性がない」＝「～のはずがない」です。

例文の『นั่น』は「それ、あれ」、『จริง』は「本当の」という意味です。

●基本パターン●

เป็นไปไม่ได้ที่ ＋ ～

基本パターンで言ってみよう！ CD-44

เป็นไปไม่ได้ที่ เธอ จะ รู้จัก ดิฉัน นะ〔女性〕
ペンパイマイダーイティー　ター　チャ　ルーヂャッ(ク)　ディチャン　ナ
彼女が私を知っているはずがないわ。
ワンポイント 『ดิฉัน』私〔女性〕

เป็นไปไม่ได้ที่ ผม จะ ไป นะ〔男性〕
ペンパイマイダーイティー　ポム　チャ　パイ　ナ
私は行くはずがないよ。
ワンポイント 『ไป』行く

เป็นไปไม่ได้ที่ จะ ง่าย ขนาดนั้น น่ะ
ペンパイマイダーイティー　チャ　(ン)ガーイ　カナー(ト)ナン　ナ
そんな簡単なはずがないよ。
ワンポイント 『ง่าย』簡単

เป็นไปไม่ได้ที่ คุณ จะ ทำ ไม่ได้ นะ
ペンパイマイダーイティー　クン　チャ　タム　マイダーイ　ナ
あなたはできないはずがないよ。
ワンポイント 『คุณ』あなた　『ทำไม่ได้』できない

45 ～に違いない

～ แน่เลย

基本フレーズ

เขา หิว แน่เลย

カウ ヒウ ネールーイ

彼はお腹がすいているに違いない。

こんなときに使おう!

昼食を食べていないと聞いて…

『主語 + 形容詞 + แน่เลย』『主語 + 動詞 + แน่เลย』は「主語は～に違いない」と推測する表現です。

●基本パターン●

主語 + 形容詞 + แน่เลย

主語 + 動詞 + แน่เลย

基本パターンで言ってみよう!　CD-45

คุณ เหนื่อย แน่เลย

クン　ヌアイ　ネールーイ

あなたはきっと疲れているに違いない。

ワンポイント 『คุณ』あなた　『เหนื่อย』疲れる

เขา ยุ่ง แน่เลย

カウ　ユン(グ)　ネールーイ

彼は忙しいに違いない。

ワンポイント 『ยุ่ง』忙しい

งาน นั้น ไม่สนุก แน่เลย

(ン)ガーン　ナン　マイサヌッ(ク)　ネールーイ

あの会はおもしろくないに違いない。

ワンポイント 『นั้น』あの、その　『ไม่สนุก』おもしろくない

เขา ชอบ ขนม แน่เลย

カウ　チョー(プ)　カノム　ネールーイ

彼はお菓子が好きに違いない。

ワンポイント 『ชอบ』好きである　『ขนม』お菓子

46 どうぞ～してください

ขอเชิญ ～

基本フレーズ

ขอเชิญ นั่ง ค่ะ〔女性〕

コーチャーン ナン(グ) カ

どうぞ、おかけください。

こんなときに使おう!

お客さんに座ってもらうときに…

『ขอเชิญ＋動詞』は「どうぞ～してください」という表現です。例文の『นั่ง』は「座る」という意味です。

●基本パターン●

ขอเชิญ ＋ 動詞

基本パターンで言ってみよう! CD-46

ขอความกรุณา ด้วย ครับ〔男性〕

コークワームカルナー ドゥエイ クラッ(プ)

ขอความกรุณา ด้วย ค่ะ〔女性〕

コークワームカルナー ドゥエイ カ

どうぞよろしくお願いします。

ワンポイント『ด้วย』一緒に

ขอให้ ถอด รองเท้า ค่ะ〔女性〕

コーハイ トー(ト) ロン(グ)ターウ カ

靴をお脱ぎください。

ワンポイント『รองเท้า』靴

ขอเชิญ ทาน ครับ〔男性〕

コーチャーン ターン クラッ(プ)

ขอเชิญ ทาน ค่ะ〔女性〕

コーチャーン ターン カ

どうぞ食べてください。

ワンポイント『ทาน』食べる

ขอให้ เซ็นชื่อ ครับ〔男性〕

コーハイ センチュー クラッ(プ)

署名をしてください。

ワンポイント『ชื่อ』名前

47 ～しないで

อย่า ～

基本フレーズ

อย่า《ヤー》 ไป《パイ》!

行かないで！

こんなときに使おう!

ここにいてほしいと相手に言うときに…

『อย่า＋動詞』は「～しないで」「～してはいけない」「～するな」という表現です。

例文の『ไป』は「行く」という意味です。

●基本パターン●

อย่า ＋ 動詞

基本パターンで言ってみよう!　CD-47

อย่า《ヤー》 บอก《ボー(ク)》 ใคร《クライ》 นะ《ナ》

誰にも話さないで。

ワンポイント 『ใคร』誰

อย่า《ヤー》 ทาน《ターン》 นะ《ナ》

食べないで。

ワンポイント 『ทาน』食べる

อย่า《ヤー》 สาย《サーイ》 นะ《ナ》

遅れないでね。

ワンポイント 『สาย』遅れる

อย่า《ヤー》 มอง《モーン(グ)》

見るな。

ワンポイント 『มอง』見る

48 ～してもいい？①

～ ได้มั้ย?

基本フレーズ

ตรงนี้ นั่ง ได้มั้ย?

トロン(グ)ニー　ナン(グ)　ダイマイ

ここに座ってもいい？

こんなときに使おう！

空いている席に座りたいときに…

『動詞＋ได้มั้ย?』は「～してもいい？」「～しても大丈夫？」と許可を求める表現です。

例文の『ตรงนี้』は「ここに、ここで」、『นั่ง』は「座る」という意味です。

『～ได้มั้ย?』と聞かれて、OKのときは『แน่นอน』（もちろん）、『ได้เลย』（いいよ）などと答えます。ダメのときは『ไม่ได้』（ダメ）などと答えます。

基本パターン

主語 ＋ 動詞 ＋ ได้มั้ย ?

主語が省略されるときもあります。

基本パターンで言ってみよう!　CD-48

ใช้ ได้มั้ย?

チャイ　ダイマイ

使ってもいい？

ワンポイント『ใช้』使う、使用する

ขอยืม มือถือ ได้มั้ย?

コーユーム　ムートゥー　ダイマイ

携帯を借りてもいい？

ワンポイント『ยืม』借りる　『มือถือ』携帯

สั่ง ได้มั้ย ครับ?〔男性〕

サン(グ)　ダイマイ　クラッ(プ)

สั่ง ได้มั้ย คะ?〔女性〕

サン(グ)　ダイマイ　カ

注文してもいいですか？

ワンポイント『สั่ง』注文する

เขียน แบบนี้ ได้มั้ย ครับ?〔男性〕

キエン　ベー(プ)ニー　ダイマイ　クラッ(プ)

このように書くといいですか？

ワンポイント『เขียน』書く　『แบบนี้』このように

49 ～してもいい？②

～ ได้รึเปล่า?

基本 フレーズ

วันนี้《ワンニー》 ไม่ไป《マイパイ》 ได้รึเปล่า《ダーイルプラーウ》 ครับ《クラッ(プ)》?〔男性〕

今日行かなくてもいいですか？

こんなときに使おう！

行けない、行きたくないと言うときに…

『主語＋動詞＋ได้รึเปล่า?』は「～してもいい？」「～しても大丈夫？」と許可を求める表現です。主語が省略されるときもあります。

例文の『วันนี้』は「今日」、『ไป』は「行く」という意味です。

『～ได้รึเปล่า?』と聞かれて、OKのときは『แน่นอน』（もちろん）、『ได้เลย』（いいよ）、ダメのときは『ไม่ได้』（ダメ）などと答えます。

●基本パターン●

主語 ＋ 動詞 ＋ ได้รึเปล่า ?

基本パターンで言ってみよう！　CD-49

ที่นี่ สูบบุหรี่ ได้รึเปล่า ครับ?〔男性〕

ティーニー　スー(ブ)ブリー　ダイルプラーウ　クラッ(プ)

ここでタバコを吸ってもいいですか？

ワンポイント『ที่นี่』ここ　『สูบบุหรี่』タバコを吸う　『บุหรี่』タバコ

ช่วย สอน หน่อย ได้รึเปล่า คะ?〔女性〕

チュエイ　ソーン　ノイ　ダイルプラーウ　カ

ちょっと教えてくださいますか？

ワンポイント『ช่วย』ちょっと　『สอน』教える

เปิด หน้าต่าง ได้รึเปล่า?

パー(ト)　ナターン(グ)　ダイルプラーウ

窓を開けてもいい？

ワンポイント『เปิดหน้าต่าง』窓を開ける

ช่วย ชิม หน่อย ได้รึเปล่า?

チュエイ　チム　ノイ　ダイルプラーウ

ちょっと味見してくれる？

ワンポイント『ชิม』味見

50 ～していただけませんか?

กรุณา ~ ได้มั้ย?

基本フレーズ

กรุณา พูด ช้า ๆ ได้มั้ย คะ?〔女性〕

カルナー プー(ト) チャチャー ダイマイ カ

ゆっくり話していただけませんか？

こんなときに使おう!

相手の言うことがよく聞き取れないときに…

『กรุณา～ได้มั้ย?』は「～していただけませんか？」「～していただけますか？」と依頼するときの表現です。主語が省略されるときもあります。

例文の『พูด』は「話す」という意味です。

『กรุณา～ได้มั้ย?』と聞かれて、OKのときは『ค่ะ/ครับ, ได้ค่ะ/ครับ』(はい、いいですよ)、ダメなときは『ไม่ได้ค่ะ/ครับ』(できません) などと答えます。

●基本パターン●

主語 ＋ กรุณา ＋ 動詞 ＋ ได้มั้ย ?

基本パターンで言ってみよう!　CD-50

กรุณา พูด อีกครั้ง ได้มั้ย ครับ? 〔男性〕

カルナー　プー(ト)　イー(ク)クラン(グ)　ダイマイ　クラッ(プ)

もう一度、言っていただけませんか？

ワンポイント 『พูด』話す　『อีกครั้ง』もう一回

กรุณา พูด ดัง กว่านี้ หน่อย ได้มั้ย ครับ? 〔男性〕

カルナー　プー(ト)　ダン(グ)　クワーニー　ノイ　ダイマイ　クラッ(プ)

もう少し大きな声で話していただけませんか？

ワンポイント 『พูดดัง』大きな声で話す　『หน่อย』もう少し

กรุณา ช่วย หน่อย ได้มั้ย คะ? 〔女性〕

カルナー　チュエイ　ノイ　ダイマイ　カ

助けていただけませんか？

ワンポイント 『ช่วย』手伝う

กรุณา แนะนำ ร้านอร่อย หน่อย ได้มั้ย คะ? 〔女性〕

カルナー　ネナム　ラーンアロイ　ノイ　ダイマイ　カ

おいしい店を勧めていただけませんか？

ワンポイント 『แนะนำ』推薦する、勧める　『ร้าน』店　『อร่อย』おいしい

51 ～が必要だ

～ น่ะ จำเป็น

基本フレーズ

ความช่วยเหลือ ของ
クワームチュエイルーア　コーン(グ)
คุณน่ะ จำเป็น นะ
クンナ　チャムペン　ナ
あなたの助けが必要なんだ。

こんなときに使おう！
助けを求めたいときに…

『名詞 ＋น่ะ จำเป็น』は「～が必要だ」という表現です。
例文の『คุณ』は「あなた」という意味です。

基本パターン

名詞 ＋ น่ะ จำเป็น

基本パターンで言ってみよう!　CD-51

เงินน่ะ จำเป็น นะ

(ン)ガンナ　チャムペン　ナ

お金が必要なんだ。

ワンポイント『เงิน』お金

การหยุดพักน่ะ จำเป็น นะ

カーンユッ(ト)パッ(ク)ナ　チャムペン　ナ

休憩が必要なんだ。

ワンポイント『การหยุดพัก』休憩

แว่นตาน่ะ จำเป็น

ウェンターナ　チャムペン

メガネが必要。

ワンポイント『แว่นตา』メガネ

これも知っておこう!

たずねるときの言い方です。

ที่พักน่ะ จำเป็น มั้ย ครับ?〔男性〕

ティーパッ(ク)ナ　チャムペン　マイ　クラッ(プ)

ที่พักน่ะ จำเป็น มั้ย คะ?〔女性〕

ティーパッ(ク)ナ　チャムペン　マイ　カ

（宿が必要ですか？）

ワンポイント『ที่พัก』宿

52 どんな～?

～ แบบไหน?

基本フレーズ

เขา เป็น คน แบบไหน?

カウ　ペン　コン　ベー(プ)ナイ

彼はどんな人？

こんなときに使おう!

彼の性格、人柄について聞きたいときに…

『主語 ＋ 動詞 ＋แบบไหน?』は「主語 はどんな～？」とたずねるときの表現です。主語が省略されるときもあります。

例文の『เขา』は「彼」、『คน』は「人」という意味です。

●基本パターン●

主語 ＋ 動詞 ＋ แบบไหน ?

基本パターンで言ってみよう! CD-52

อยาก ดูหนัง แบบไหน?

ヤー(ク) ドゥーナン(グ) ベー(プ)ナイ

どんな映画を観たい？

ワンポイント 『ดู』観る 『หนัง』映画

คุณ ชอบ ท่องเที่ยว แบบไหน?

クン チョー(プ) トン(グ)ティアウ ベー(プ)ナイ

あなたはどんな旅行が好き？

ワンポイント 『ท่องเที่ยว』旅行

ชอบ เพลง แบบไหน ครับ?〔男性〕

チョー(プ) プレーン(グ) ベー(プ)ナイ クラッ(プ)

ชอบ เพลง แบบไหน คะ?〔女性〕

チョー(プ) プレーン(グ) ベー(プ)ナイ カ

どんな歌が好きですか？

ワンポイント 『ชอบ』好きである 『เพลง』歌

คุณ ชอบ รสชาติ แบบไหน ครับ?〔男性〕

クン チョー(プ) ロッ(ト)チャー(ト) ベー(プ)ナイ クラッ(プ)

คุณ ชอบ รสชาติ แบบไหน คะ?〔女性〕

クン チョー(プ) ロッ(ト)チャー(ト) ベー(プ)ナイ カ

あなたはどんな味が好きですか？

ワンポイント 『คุณ』あなた 『รสชาติ』味

53 よく～するの?

～ บ่อยหรือ?

基本フレーズ

พวกคุณ เจอกัน บ่อยหรือ?

プアッ(ク)クン　ヂャーカン　ボイルー

あなたたちはよく会うの？

こんなときに使おう!

ふだんよく会っているか聞きたいときに…

『主語 + 動詞 + บ่อยหรือ?』は「主語はよく～するの？」と頻度をたずねる表現です。主語が省略されるときもあります。

例文の『พวกคุณ』は「あなたたち」という意味です。

●基本パターン●

主語 ＋ 動詞 ＋ บ่อยหรือ?

『บ่อย』は「よく」「いつも」「しょっちゅう」という意味です。

基本パターンで言ってみよう!　CD-53

ไป พิพิธภัณฑ์ บ่อยหรือ?
パイ　ピピッタパン　ボイルー
よく博物館へ行くの？

ワンポイント『ไป』行く　『พิพิธภัณฑ์』博物館

กลับ ภูเก็ต บ่อยหรือ?
クラッ(プ)　プーケッ(ト)　ボイルー
よくプーケットに帰るの？

ワンポイント『ภูเก็ต』プーケット〔地名〕

ตัดผม ที่ ร้านนั้น บ่อยหรือ?
タッ(ト)ポム　ティー　ラーンナン　ボイルー
よくその店で髪を切るの？

ワンポイント『ตัดผม』髪を切る　『ร้าน』店　『นั้น』その

これも知っておこう!

『主語 + 動詞 + เสมอหรือ?』という表現もあります。主語がしばしば省略されます。

มา ทาน ร้านนี้ เสมอหรือ?
マー　ターン　ラーンニー　サマールー
（よくこの店に食べに来るの？）

ワンポイント『มา』来る　『ทาน』食べる　『ร้าน』店　『นี้』この

54 ～そうだね

น่า ～ (นะ)

基本 フレーズ

น่า อร่อย

ナー　アロイ

おいしそう。

こんなときに使おう!

おいしそうなケーキを見て…

『主語 ＋น่า＋ 形容詞 ＋(นะ)』は「主語 は～そうだね」「主語 は～のようだ」という表現です。見た感じを述べる表現です。主語が省略されるときもあります。

例文の『อร่อย』は「おいしい」という意味です。

●基本パターン●

主語 ＋ น่า ＋ 形容詞 ＋ (นะ)

主語 ＋ น่าจะ ＋ 形容詞 ＋ (นะ)

基本パターンで言ってみよう!　CD-54

น่าจะ ยาก
ナーヂャ ヤー(ク)
難しそう。

ワンポイント 『ยาก』難しい、困難である

น่าจะ ดี
ナーヂャ ディー
良さそう。

ワンポイント 『ดี』良い

น่าจะ ถูก
ナーヂャ トゥー(ク)
安そう。

ワンポイント 『ถูก』（値段が）安い

น่า กลัว นะ
ナー クルーア ナ
怖そうね。

ワンポイント 『กลัว』怖い

55 ～しそうだね

ใกล้จะ ～ แล้ว

基本フレーズ

ฝน ใกล้จะ ตก แล้ว

フォン　クライヂャ　トッ(ク)　レーウ

雨が降り出しそう。

こんなときに使おう！

雲行きがあやしいときに…

『主語 ＋ใกล้จะ＋ 動詞 ＋แล้ว』は「主語 は～しそうだね」という表現です。見た感じを述べる表現です。

例文の『ฝน』は「雨」という意味です。

●基本パターン●

主語 ＋ ใกล้จะ ＋ 動詞 ＋ แล้ว

基本パターンで言ってみよう！ CD-55

ไต้ฝุ่น ใกล้จะ มา แล้ว

タイフン　クライヂャ　マー　レーウ

台風が来そう。

ワンポイント 『ไต้ฝุ่น』台風　『มา』来る

หนัง ใกล้จะ จบ แล้ว

ナン(グ)　クライヂャ　ヂョッ(プ)　レーウ

映画が終わりそう。

ワンポイント 『หนัง』映画　『จบ』終わる

เขา ใกล้จะ แต่งงาน แล้ว

カウ　クライヂャ　テン(グ)ガーン　レーウ

彼はまもなく結婚しそう。

ワンポイント 『แต่งงาน』結婚する

ใกล้จะ เสร็จ แล้ว

クライヂャ　セッ(ト)　レーウ

できそう。

ワンポイント ご飯がまもなくできる、パンがまもなく焼き上がるときなどに使えるフレーズ。

56 ～によるよ

ขึ้นอยู่กับ ～ นะ

基本フレーズ

ขึ้นอยู่กับ《クンユーカッ(プ)》 สถานการณ์《サターナカーン》 นะ《ナ》

状況によるよ。

こんなときに使おう!

時と場合によってはと言うときに…

『ขึ้นอยู่กับ + 名詞 + นะ』は「～によるよ」という表現で、物事が何かに左右されるときに使います。

●基本パターン●

ขึ้นอยู่กับ ＋ 名詞 ＋ นะ

基本パターンで言ってみよう！ CD-56

ขึ้นอยู่กับ อากาศ นะ
クンユーカッ(プ)　アーカー(ト)　ナ
天気によるね。

ワンポイント 『อากาศ』天気

ขึ้นอยู่กับ เงื่อนไข นะ
クンユーカッ(プ)　(ン)グアンカイ　ナ
条件によるね。

ワンポイント 『เงื่อนไข』条件

ขึ้นอยู่กับ คำตอบ ของ เขา นะ
クンユーカッ(プ)　カムトー(プ)　コーン(グ)　カウ　ナ
彼の答え次第だね。

ワンポイント 『คำตอบ』答え　『เขา』彼

ขึ้นอยู่กับ เธอ นะ
クンユーカッ(プ)　ター　ナ
彼女によるね。

ワンポイント 『เธอ』彼女

57 ~ってこと?

หมายความว่า ~ หรือ?

基本フレーズ

หมายความว่า อันนี้ ดีกว่า หรือ?

マーイクワームワー アンニー ディークワー ルー

こっちのほうがいいってこと？

こんなときに使おう!

相手が言ったことを確認したいときに…

『หมายความว่า～หรือ』は相手が話したことを確認する表現です。

例文の『ดี』は「良い、いい」、『กว่า』は「～よりも」という意味です。(70課参照)

●基本パターン●

หมายความว่า ＋ 文など ＋ หรือ ?

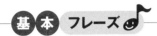

基本パターンで言ってみよう!　CD-57

หมายความว่า เขา ถูก หรือ?

マークワームワー　カウ　トゥー(ク)　ルー

彼が正しいってこと？

ワンポイント 『เขา』彼　『ถูก』正しい

หมายความว่า อร่อย หรือ?

マークワームワー　アロイ　ルー

おいしいってこと？

ワンポイント 『อร่อย』おいしい

หมายความว่า จะ กลับ ประเทศ หรือ?

マークワームワー　ヂャ　クラッ(プ)　プラテー(ト)　ルー

帰国するってこと？

ワンポイント 『กลับประเทศ』帰国する

หมายความว่า ไม่รู้ หรือ?

マークワームワー　マイルー　ルー

知らないってこと？

ワンポイント 『ไม่รู้』知らない

58 ～だよね?

～ ใช่มั้ย?

基本フレーズ

เปรี้ยว ใช่มั้ย?

プリオー　チャイマイ

すっぱいよね？

こんなときに使おう!

相手に同意を求めるときに…

『～ใช่มั้ย?』は「～だよね？」「～でしょ？」と自分の感じていることや思っていることに関して、相手に同意を求める表現です。

『～ใช่มั้ย?』と言われて、「そうだね」と言うときは『ใช่แล้ว』と答えます。

例文の『เปรี้ยว』は「すっぱい」という意味です。

●基本パターン●

文	＋	ใช่มั้ย ?

基本パターンで言ってみよう! CD-58

เขา เป็น คนญี่ปุ่น ใช่มั้ย?

カウ　ペン　コンジープン　チャイマイ

彼は日本人だよね？

ワンポイント 『คน～』～人　『คนญี่ปุ่น』日本人
例えば、なんだか雰囲気が日本人っぽいなという人を見かけたとき。

เมื่อคืน เหนื่อยมาก ใช่มั้ย?

ムアクーン　ヌアイマー(ク)　チャイマイ

夕べ、とても疲れたよね？

ワンポイント 『เมื่อคืน』昨夜　『เหนื่อย』疲れる　『เหนื่อยมาก』とても疲れた

ทาน แล้ว ใช่มั้ย?

ターン　レーウ　チャイマイ

もう食べたよね？

ワンポイント 『ทาน』食べる　『แล้ว』もう～した

คุณ ดูหนัง เรื่องนั้น แล้ว ใช่มั้ย?

クン　ドゥーナン(グ)　ルアン(グ)ナン　レーウ　チャイマイ

あなたはその映画をもう観たんだよね？

ワンポイント 『คุณ』あなた　『ดู』観る　『หนัง』映画　『นั้น』その

59 ～頑張ってね

～สู้ๆ นะ

基本フレーズ

งาน สู้ๆ นะ

(ン)ガーン　ススー　ナ

仕事、頑張ってね。

こんなときに使おう!

仕事をしている人に対して、別れ際に…

『～สู้ๆ นะ』は「～頑張って」と言うときの表現です。
例文の『งาน』は「仕事」という意味です。

基本パターン

名詞など ＋ สู้ๆ นะ

基本パターンで言ってみよう！ CD-59

สอบ สู้ๆ นะ

ソー(プ) スス－ ナ

試験、頑張ってね。

ワンポイント 『สอบ』 試験

สัมภาษณ์ สู้ๆ นะ

サムパー(ト) スス－ ナ

面接、頑張ってね。

ワンポイント 『สัมภาษณ์』 面接

การบ้าน สู้ๆ นะ

カーンパーン スス－ ナ

宿題、頑張ってね。

ワンポイント 『การบ้าน』 宿題

ซ้อม ร้องเพลง สู้ๆ นะ

ソーム ローン(グ)プレーン(グ) スス－ ナ

歌の練習、頑張ってね。

ワンポイント 『ซ้อมร้องเพลง』 歌の練習

60 ～おめでとう！

ยินดีด้วยนะ ～！

基本フレーズ

แต่งงาน แล้ว ยินดีด้วยนะ!
テン(グ)ガーン　レーウ　ジンディードゥエイナ
ご結婚おめでとう！

こんなときに使おう！
結婚する人を祝福するときに…

『ยินดีด้วยนะ ～』は「～おめでとう」という表現です。語順は『～ยินดีด้วยนะ』と『ยินดีด้วยนะ ～』、どちらでもOKです。

●基本パターン●

文など ＋ ยินดีด้วยนะ　！

ยินดีด้วยนะ ＋ 文など　！

基本パターンで言ってみよう!　CD-60

ยินดีด้วยนะ วันเกิด!

ジンディードゥエイナ　ワンガー(ト)

お誕生日おめでとう！

ワンポイント『วันเกิด』誕生日

สอบเข้าได้ ยินดีด้วยนะ!

ソー(プ)カウダーイ　ジンディードゥエイナ

試験に合格おめでとう！

ワンポイント『สอบเข้าได้』試験に合格

ลูก คลอด แล้ว ยินดีด้วยนะ!

ルー(ク)　クロー(ト)　レーウ　ジンディードゥエイナ

ご出産おめでとう！

ワンポイント『ลูกคลอดแล้ว』出産

ได้รางวัล ยินดีด้วยนะ ครับ!〔男性〕

ダイラーン(グ)ワン　ジンディードゥエイナ　クラッ(プ)

ได้รางวัล ยินดีด้วยนะ คะ!〔女性〕

ダイラーン(グ)ワン　ジンディードゥエイナ　カ

受賞おめでとうございます！

ワンポイント『ได้รางวัล』受賞

61 何時に～?

～ กี่โมง?

基本フレーズ

ตอนนี้ กี่โมง ครับ?〔男性〕

トーンニー　キーモーン(グ)　クラッ(プ)

今、何時ですか？

こんなときに使おう!

相手に時間を聞きたいときに…

『文など ＋กี่โมง?』は「何時に～？」という表現です。『文など ＋กี่โมง?』と聞かれたら、『～โมง』などと答えます。

例文の『ตอนนี้』は「今」という意味です。

●基本パターン●

文など ＋ กี่โมง ?

基本パターンで言ってみよう! CD-61

ปกติ ตื่น กี่โมง?

パカティ トゥーン キーモーン(グ)

ふだん、何時に起きてるの？

ワンポイント 『ตื่น』起きる

ไป ทำงาน กี่โมง?

パイ タムガーン キーモーン(グ)

何時に会社に行くの？

ワンポイント 『ไป』行く 『ไปทำงาน』会社に行く

เมื่อวาน ทาน ข้าวเย็น กี่โมง?

ムアワーン ターン カーウジエン キーモーン(グ)

昨日、何時に夕飯を食べたの？

ワンポイント 『เมื่อวาน』昨日 『ทาน』食べる 『ข้าวเย็น』夕飯

พรุ่งนี้ จะ โทร มา หา ดิฉัน กี่โมง?〔女性〕

プルン(グ)ニー チャ トー マー ハー ディチャン キーモーン(グ)

明日、何時に私に電話するの？

ワンポイント 『พรุ่งนี้』明日 『โทร』電話する 『ดิฉัน』私〔女性〕

62 ～するようにしている

พยายาม ～ อยู่

基本フレーズ

พยายาม ตื่นเช้า อยู่ ค่ะ〔女性〕
パヤヤーム　トゥーンチャーウ　ユー　カ
早起きするようにしています。

こんなときに使おう！

「何か心がけている？」と聞かれて…

『主語 + พยายาม + 動詞 + อยู่』は「～するようにしている」「～しようとしている」という表現です。心がけていることなどを話すときに使います。主語が省略されるときもあります。

●基本パターン●

主語 ＋ พยายาม ＋ 動詞 ＋ อยู่

基本パターンで言ってみよう!　CD-62

พยายาม นอนเร็ว อยู่ ค่ะ〔女性〕
パヤヤーム　ノーンレウ　ユー　カ
早く寝るようにしています。

ワンポイント 『นอนเร็ว』早寝する

พยายาม เก็บเงิน อยู่ ครับ〔男性〕
パヤヤーム　ケッ(プ)ガン　ユー　クラッ(プ)
お金を貯めるようにしています。

ワンポイント 『เงิน』お金　『เก็บเงิน』お金を貯める

พยายาม ลดความอ้วน อยู่ ค่ะ〔女性〕
パヤヤーム　ロッ(ト)クワームウアン　ユー　カ
ダイエットしようとしています。

ワンポイント 『ลดความอ้วน』ダイエット

พยายาม พูด ภาษาไทย อยู่ ครับ〔男性〕
パヤヤーム　プー(ト)　パサータイ　ユー　クラッ(プ)
タイ語をしゃべろうとしています。

ワンポイント 『พูด』話す　『ภาษาไทย』タイ語

63 〜を楽しみにしているよ

เฝ้ารอที่จะได้ 〜

基本フレーズ

เฝ้ารอที่จะได้ พบกัน นะ

ファウローティーチャダイ　ポッ(プ)カン　ナ

会えるのを楽しみにしているね。

こんなときに使おう!

会う約束をした相手に…

『主語 + เฝ้ารอที่จะได้ + 〜』『主語 + เฝ้ารอ + 〜』は「私は〜を楽しみにしているよ」という表現です。主語が省略されるときもあります。

●基本パターン●

主語 ＋ เฝ้ารอที่จะได้ ＋ 〜

主語 ＋ เฝ้ารอ ＋ 〜

基本パターンで言ってみよう!　CD-63

เฝ้ารอ วันเสาร์ นะ

ファウロー　ワンサウ　ナ

土曜日を楽しみにしているね。

ワンポイント 『วันเสาร์』土曜日

เฝ้ารอ งานแต่งงาน ของ คุณ นะ

ファウロー　(ン)ガーンテン(グ)ガーン　コーン(グ)　クン　ナ

あなたの結婚式を楽しみにしているよ。

ワンポイント 『งานแต่งงาน』結婚式

เฝ้ารอ อาหาร อร่อย นะ

ファウロー　アーハーン　アロイ　ナ

おいしい料理を楽しみにしているね。

ワンポイント 『อร่อย』おいしい　『อาหารอร่อย』おいしい料理

เฝ้ารอที่จะได้ ไป ทะเล นะ

ファウローティーチャダイ　パイ　タレー　ナ

海へ行くのを楽しみにしているよ。

ワンポイント 『ไป』行く　『ทะเล』海

64 ～で困っているの

เดือดร้อน ～

基本フレーズ

เดือดร้อน《ドゥアッ(ト)ローン》 เรื่อง《ルアン(グ)》 คอมพิวเตอร์《コムピュター》 น่ะ《ナ》

コンピュータで困っているの。

こんなときに使おう！

コンピュータの調子が悪いときに…

『主語 ＋เดือดร้อน (เกี่ยวกับ)～』は「主語は～で困っている」という表現です。何か困っているときに使います。主語が省略されるときもあります。

●基本パターン●

主語 ＋ เดือดร้อน (เกี่ยวกับ) ＋ ～

基本パターンで言ってみよう!　CD-64

เดือดร้อน (เกี่ยวกับ) เรื่องเรียน น่ะ
ドゥアッ(ト)ローン (キィアウカッ(プ)) ルアン(グ)リエン　ナ
勉強のことで困っているの。

ワンポイント 『เรื่องเรียน』 勉強のこと

เดือดร้อน (เกี่ยวกับ) เรื่องค้าขาย
ドゥアッ(ト)ローン (キィアウカッ(プ)) ルアン(グ)カーカーイ
商売のことで困っている。

ワンポイント 『เรื่องค้าขาย』 商売のこと

เพื่อน เดือดร้อน (เกี่ยวกับ) เรื่องเงิน
プアン　ドゥアッ(ト)ローン (キィアウカッ(プ)) ルアン(グ)ガン
友達がお金のことで困っているの。

ワンポイント 『เพื่อน』 友達　『เรื่องเงิน』 お金のこと

คุณ เดือดร้อน (เกี่ยวกับ) เรื่องครอบครัว ใช่มั้ย?
クン　ドゥアッ(ト)ローン (キィアウカッ(プ)) ルアン(グ)クロー(プ)クルア　チャイマイ
あなたは家族のことで困っているでしょう？

ワンポイント 『คุณ』 あなた　『เรื่องครอบครัว』 家族のこと

65 ～された

ถูก ～

基本フレーズ

เขา ถูก ครู ชม

カウ トゥー(ク) クルー チョム

彼は先生にほめられた。

こんなときに使おう!

「学校で彼はどう？」と聞かれて…

『主語＋ถูก＋（行為者）＋動詞』は「主語は（…に）～された」という表現です。

例文の『ครู』は「先生、教師」という意味です。

●基本パターン●

主語 ＋ ถูก ＋ （行為者） ＋ 動詞

基本パターンで言ってみよう！ CD-65

กระเป๋า ถูก ขโมย

クラパウ　トゥー(ク)　カモーイ

カバンが盗まれた。

ワンポイント 『กระเป๋า』カバン

ผม ถูก เตือน〔男性〕

ポム　トゥー(ク)　トゥアン

私は注意された。

ワンポイント 『ผม』私〔男性〕 『เตือน』注意

ดิฉัน ถูก หมา เห่า〔女性〕

ディチャン　トゥー(ク)　マー　ハウ

私は犬に吠えられた。

ワンポイント 『ดิฉัน』私〔女性〕 『หมา』犬 『เห่า』吠える

ถูก ยุง กัด

トゥー(ク)　ユン(グ)　カッ(ト)

蚊に刺された。

ワンポイント 『ยุง』蚊

66 ～なので、…

เนื่องจาก ～ จึง ...

基本フレーズ

เนื่องจาก《ヌアン(グ)ヂャー(ク)》 งานยุ่ง《(ン)ガーンユン(グ)》 จึง《チュン(グ)》 ไป《パイ》 ร่วม《ルアム》
ไม่ได้《マイダーイ》 นะ《ナ》

仕事が忙しいので、参加できないの。

こんなときに使おう!

出欠を聞かれて、参加できないときに…

『เนื่องจาก＋ 文A(理由) ＋จึง＋ 文B（結果） 』は「～なので、したがって…」と理由と結果を表す表現です。

例文の『งาน』は「仕事」、『ยุ่ง』は「忙しい」という意味です。

●基本パターン●

เนื่องจาก ＋ 文A(理由) ＋ จึง ＋ 文B(結果)

基本パターンで言ってみよう！　CD-66

เนื่องจาก มี คน เยอะ จึง สนุก

ヌアン(グ)ヂャー(ク)　ミー　コン　イヨ　チュン(グ)　サヌッ(ク)

人がたくさんいるので、楽しい。

ワンポイント 『มี』いる、ある　『คน』人　『สนุก』楽しい

เนื่องจาก เขา ไม่โกหก จึง ชอบ

ヌアン(グ)ヂャー(ク)　カウ　マイコーホッ(ク)　チュン(グ)　チョー(プ)

彼がうそをつかないので、好き。

ワンポイント 『โกหก』うそ　『ชอบ』好きである

เนื่องจาก อร่อย จึง ทาน เยอะ

ヌアン(グ)ヂャー(ク)　アロイ　チュン(グ)　ターン　イヨ

おいしいので、たくさん食べた。

ワンポイント 『อร่อย』おいしい　『ทาน』食べる

เนื่องจาก คุณ ไม่มา จึง ไม่ไป

ヌアン(グ)ヂャー(ク)　クン　マイマー　チュン(グ)　マイパイ

あなたが来ないので、行かなかった。

ワンポイント 『คุณ』あなた　『มา』来る　『ไป』行く

67 ～だから、…

เพราะว่า ～ เลย ...

基本フレーズ

เพราะว่า《プロワー》 เหนื่อย《ヌアイ》 เลย《ルーイ》 พักผ่อน《パッ(ク)ポーン》

อยู่《ユー》 ที่《ティー》 บ้าน《バーン》 น่ะ《ナ》

疲れたから、自宅で休んでいるの。

こんなときに使おう！

「なぜ会社に行ってないの？」と聞かれて…

『เพราะว่า＋ 文A(理由) ＋เลย＋ 文B（結果）』は「～なので、したがって～」と理由と結果を表す表現です。

例文の『เหนื่อย』は「疲れる」、『บ้าน』は「家、自宅」という意味です。

●基本パターン●

เพราะว่า ＋ 文A(理由) ＋ เลย ＋ 文B(結果)

基本パターンで言ってみよう!　CD-67

เพราะว่า เขา พยายาม มาก เลย สำเร็จ น่ะ

プロワー　カウ　パヤヤーム　マー(ク)　ルーイ　サムレッ(ト)　ナ

彼はとても努力したから、成功したんだよ。

ワンポイント『เขา』彼　『พยายาม』努力　『สำเร็จ』成功

เพราะว่า สุขภาพ ไม่ดี เลย ดื่มเบียร์ ไม่ได้

プロワー　スッカパー(プ)　マイディー　ルーイ　ドゥー(ム)ビアー　マイダーイ

具合が悪いから、ビールを飲めない。

ワンポイント『ไม่ดี』悪い　『ดื่ม』飲む　『เบียร์』ビール

เพราะว่า เมื่อคืน ทาน เยอะไป เลย ไม่ค่อย สบาย

プロワー　ムアクーン　ターン　イヨパイ　ルーイ　マイコイ　サバーイ

昨夜食べすぎたから、調子が悪い。

ワンポイント『เมื่อคืน』昨夜　『ทานเยอะไป』食べすぎる

เพราะว่า เธอ ตัดผม เลย น่ารัก ขึ้น

プロワー　ター　タッ(ト)ポム　ルーイ　ナーラッ(ク)　クン

彼女は髪を切ったから、かわいくなった。

ワンポイント『เธอ』彼女　『ตัดผม』髪を切る　『น่ารัก』かわいい

68 ～のとき

เวลา ～

基本フレーズ

เวลา《ウェーラー》 ขับรถ《カッ(プ)ロッ(ト)》 ชอบ《チョー(プ)》 ฟังเพลง《ファン(グ)プレーン(グ)》〔男性〕

運転するとき、音楽を聴くのが好き。

こんなときに使おう！

「どんなことが好き？」と聞かれて…

『เวลา＋～＋文（…）』は「～するとき…」という表現です。例文の『ชอบ』は「好きである」という意味です。

●基本パターン●

เวลา ＋ ～ ＋ 文（…）

『ตอน』や『ตอนที่』も同じように使われます。

基本パターンで言ってみよう！　CD-68

เวลา ทาน อาหาร ควร เคี้ยว ให้ดี

ウェーラー　ターン　アハーン　クアン　キォウ　ハイディー

食事をするとき、よくかんだほうがいい。

ワンポイント　『ทาน』食べる　『เคี้ยว』かむ

เวลา เดิน ไม่ควร ใช้ มือถือ

ウェーラー　ダーン　マイクアン　チャイ　ムートゥー

歩くとき、携帯を使わないほうがいい。

ワンポイント　『เดิน』歩く　『ใช้』使う　『มือถือ』携帯電話

เมื่อวาน ตอน ไป ซื้อ ของ เจอ คุณธรรมพร นะ

ムアワーン　トーン　パイ　スー　コーン(グ)　チャー　クンタマポーン　ナ

昨日、買い物に行ったとき、タマコさんに会ったよ。

ワンポイント　『เมื่อวาน』昨日　『ไป』行く　『เจอ』会う

เมื่อเช้า ตอนที่ ออกจาก บ้าน ฝน ไม่ได้ตก นะ

ムアチャーウ　トーンティー　オー(ク)チャー(ク)　バーン　フォン　マイダイトッ(ク)　ナ

今朝出かけたときは、雨は降っていなかったよ。

ワンポイント　『เช้า』朝　『ออกจากบ้าน』出かける　『ฝน』雨

69 もし～だったら、…

ถ้า ~ ล่ะก็จะ ...

基本フレーズ

ถ้า《ター》 ถูกใจ《トゥー(ク)ヂャイ》 ล่ะก็จะ《ラコヂャ》 ให้《ハイ》 นะ《ナ》

もし気に入ったなら、あげるよ。

こんなときに使おう!

友達同士で…

『ถ้า＋ 文A ＋ล่ะก็จะ＋ 文B 』は「もし～だったら、…」という仮定を表す表現です。

例文の『ให้』は「あげる、与える」という意味です。

●基本パターン●

ถ้า ＋ 文A ＋ ล่ะก็จะ ＋ 文B

基本パターンで言ってみよう!　CD-69

ถ้า ฝนตก ล่ะก็จะ ยกเลิก การแข่งขัน

ター　フォントッ(ク)　ラコヂャ　ヨッ(ク)ラー(ク)　カーンケン(グ)カン

もし雨だったら、試合が中止になる。

ワンポイント 『ฝน』雨　『การแข่งขัน』試合

ถ้า คุณ ไม่ไป ดิฉัน ก็จะ ไม่ไป ค่ะ〔女性〕

ター　クン　マイパイ　ディチャン　コヂャ　マイパイ　カ

もしあなたが行かないなら、私も行きません。

ワンポイント 『คุณ』あなた　『ไป』行く　『ดิฉัน』私〔女性〕

ถ้า เขา มา ถึง ช้า คง จะ ไม่ทัน นะ

ター　カウ　マー　トゥン(グ)　チャー　コン(グ)　ヂャ　マイタン　ナ

もし彼の到着が遅れたら、間に合わないだろう。

ワンポイント 『ถึง』到着する、着く　『ไม่ทัน』間に合わない

ถ้า มี เวลา ล่ะก็ ช่วย จอง ภัตตาคาร ได้มั้ย?

ター　ミー　ウェーラー　ラコ　チュエイ　ヂョーン(グ)　パッターカーン　ダイマイ

もし時間があったら、レストランを予約してくれない？

ワンポイント 『มี』ある　『เวลา』時間　『จอง』予約

70 AはBより～だ

A ~ กว่า B

基本 フレーズ

ปีนี้ ร้อนกว่า ปีที่แล้ว นะ

ピーニー ローンクワー ピーティーレーウ ナ

今年は去年より暑い。

こんなときに使おう！

気候の話になって…

『名詞A ＋ 形容詞 ＋กว่า＋ 名詞B』は、「AはBより～だ」という比較を表す表現です。

例文の『ปีนี้』は「今年」、『ร้อน』は「暑い」、『ปีที่แล้ว』は「去年」という意味です。

●基本パターン●

名詞A ＋ 形容詞 ＋ กว่า ＋ 名詞B

基本パターンで言ってみよう!　CD-70

ร้านนี้ ถูกกว่า ร้านโน้น

ラーンニー トゥー(ク) クワー ラーンノーン

この店はあの店より安い。

ワンポイント 『ร้าน』店　『ถูก』（値段が）安い　『โน้น』あの

ชานี้ หอมกว่า นะ

チャーニー ホームクワー ナ

このお茶のほうがいい香りだよ。

ワンポイント 『ชา』お茶

จานนี้ เผ็ดกว่า จานนั้น นะ

チャーンニー ペッ(ト) クワー チャーンナン ナ

この皿はその皿のより辛いよ。

ワンポイント 『จาน』皿　『นี้』この　『เผ็ด』辛い　『นั้น』その

เขา อายุ น้อยกว่า คุณ นะ

カウ アーユ ノーイクワー クン ナ

彼はあなたより若いよ。

ワンポイント 『เขา』彼　『อายุน้อยกว่า』＝より年下＝若い　『คุณ』あなた

71 ～のほうが…だ

ทาง ～ กว่า...

基本フレーズ

ทาง《ターン(グ)》 นี้《ニー》 ใกล้กว่า《クライクワー》 นะ《ナ》

こっちのほうが近いよ。

こんなときに使おう!

「どちらが近い？」と聞かれて…

『ทาง＋ 主語 ＋ 形容詞 ＋กว่า』は「 主語 のほうが～」という比較を表す表現です。例文の『ใกล้』は「近い」という意味です。

『ฝั่ง＋ 主語 ＋ 形容詞 ＋กว่า』『ฝ่าย＋ 主語 ＋ 形容詞 ＋กว่า』という表現もあります。

基本パターン

ทาง ＋ 主語 ＋ 形容詞 ＋ กว่า

ฝั่ง ＋ 主語 ＋ 形容詞 ＋ กว่า

ฝ่าย ＋ 主語 ＋ 形容詞 ＋ กว่า

基本パターンで言ってみよう!　CD-71

ทาง นั้น ใหม่กว่า นะ

ターン(グ) ナン マイクワー ナ

そっちのほうが新しいよ。

ワンポイント 『นั้น』それ、あれ 『ใหม่』新しい

ฝั่ง นั้น คน มากกว่า นะ

ファン(グ) ナン コン マー(ク)クワー ナ

そっちのほうが人数多いね。

ワンポイント 『คน』人 『มาก』多い

ฝ่าย ญี่ปุ่น ได้เปรียบกว่า นะ

ファーイ ジープン ダイプリアッ(プ)クワー ナ

日本側のほうが有利だよ。

ワンポイント 『ญี่ปุ่น』日本 『ได้เปรียบ』有利

ทาง ผม เร็วกว่า ครับ〔男性〕

ターン(グ) ポム レウクワー クラッ(プ)

私のほうが早いです。

ワンポイント 『ผม』私〔男性〕 『เร็ว』早い

72 ～だって

ได้ยินว่า ～

基本フレーズ

ได้ยินว่า《ダイジンワー》 เขา《カウ》 เข้า《カウ》 โรงพยาบาล《ローン(グ)パヤーバーン》 นะ《ナ》

彼、入院したんだって。

こんなときに使おう！

「最近、彼に会わないね」と言われて…

『ได้ยินว่า ～』（聞くところによると）は、「～だそうです」「～だって」という伝聞を表す表現です。

例文の『โรงพยาบาล』は「病院」という意味です。

●基本パターン●

ได้ยินว่า ＋ 伝聞内容

基本パターンで言ってみよう！ CD-72

ได้ยินว่า เขา ชอบ อาหาร ญี่ปุ่น นะ

ダイジンワー　カウ　チョー(プ)　アーハーン　ジープン　ナ

彼は日本料理が好きだそうよ。

ワンポイント 『ชอบ』好きである　『อาหารญี่ปุ่น』日本料理

ได้ยินว่า ช่วงนี้ คุณ ยุ่ง หรือ?

ダイジンワー　チュアン(ク)ニー　クン　ユン(グ)　ルー

あなたは最近忙しいって？

ワンポイント 『ช่วงนี้』最近　『คุณ』あなた　『ยุ่ง』忙しい

ได้ยินว่า เธอ จะ ไป อยุธยา

ダイジンワー　ター　チャ　パイ　アユッタヤー

彼女はアユタヤへ行くって。

ワンポイント 『ไป』行く　『อยุธยา』アユタヤ〔地名。バンコクの近くの県〕

ได้ยินว่า ใกล้ ๆ สถานี มี ร้านอาหาร เปิดใหม่ นะ

ダイジンワー　カイクライ　サターニー　ミー　ラーンアーハーン　パー(ト)マイ　ナ

駅の近くに新しいレストランができたって。

ワンポイント 『ใกล้』近い　『สถานี』駅　『ร้านอาหาร』料理の店＝レストラン
『เปิด』開く　『ใหม่』新しい

■著者紹介
欧米・アジア語学センター
1994年設立。40ヶ国語（200人）のネイティブ講師を擁し、語学教育を展開。独自のメソッドによる「使える外国語」の短期修得プログラムを提供している。その他に企業向け外国語講師派遣、通訳派遣、翻訳、留学相談、通信教育、スカイプレッスン。
http://www.fij.tokyo/
主な著書：『新版 CD BOOK はじめてのベトナム語』『CD BOOK はじめてのインドネシア語』『CD BOOK はじめてのフィリピン語』『CD BOOK はじめてのマレーシア語』『CD BOOK たったの72パターンでこんなに話せるスペイン語会話』『CD BOOK たったの72パターンでこんなに話せるベトナム語会話』『CD BOOKベトナム語会話フレーズブック』（以上、明日香出版社）、『中国語会話すぐに使える短いフレーズ』（高橋書店）他

〈執筆〉
アドゥン・カナンシン
バンコク生まれ。タイシラパコーン大学建築学科卒業。東京大学大学院修士課程工学系建築専攻を経て東京芸術大学大学院修士課程音楽学専攻卒業。タイ語教師とタイ語学に直接役に立つ仕事をしている。通訳・翻訳・コーディネーターとして日本タイ政府間の事業交渉、国際会議、日本地方都市の観光コーディネーター、歴史ある国際寮の世話人として務める。ナレーター、役者、音楽家、占い師としてもいろいろな業績を残している。

〈校正協力〉松岡直子

本書の内容に関するお問い合わせ
明日香出版社　編集部
☎(03)5395-7651

CD BOOK たったの72パターンでこんなに話《はな》せるタイ語会話《ごかいわ》

2020年　3月　26日　初版発行　著者　欧米《おうべい》・アジア語学《ごがく》センター
発行者　石野栄一

明日香出版社
〒112-0005 東京都文京区水道2-11-5
電話(03)5395-7650(代表)
(03)5395-7654(FAX)
郵便振替00150-6-183481
http://www.asuka-g.co.jp

■スタッフ■　編集　小林勝／久松圭祐／古川創一／藤田知子／田中裕也
営業　渡辺久夫／奥本達哉／横尾一樹／関山美保子／藤本さやか
財務　早川朋子

印刷　株式会社研文社
製本　根本製本株式会社
ISBN 978-4-7569-2081-2 C0087

編集担当　石塚幸子

CD BOOK たったの 72 パターンで こんなに話せる中国語会話

趙 怡華

「〜はどう？」「〜だといいね」など、決まった基本パターンを使い回せば、中国語で言いたいことが言えるようになります！　好評既刊の『72 パターン』シリーズの基本文型をいかして、いろいろな会話表現が学べます。

本体価格 1800 円＋税　B6 変型　〈216 ページ〉　2011/03 発行　978-4-7569-1448-4

CD BOOK たったの 72 パターンで こんなに話せる韓国語会話

李 明姫

日常会話でよく使われる基本的なパターン（文型）を使い回せば、韓国語で言いたいことが言えるようになります！　まず基本パターン（文型）を理解し、あとは単語を入れ替えれば、いろいろな表現を使えるようになります。

本体価格 1800 円＋税　B6 変型　〈216 ページ〉　2011/05 発行　978-4-7569-1461-3

CD BOOK たったの 72 パターンで こんなに話せるポルトガル語会話

浜岡 究

「〜はどう？」「〜だといいね」など、決まったパターンを使いまわせば、ポルトガル語は誰でも必ず話せるようになる！　これでもうフレーズ丸暗記の必要ナシ。言いたいことが何でも言えるようになります。

本体価格 1800 円＋税　B6 変型　〈224 ページ〉　2013/04 発行　978-4-7569-1620-4